Franca Treur

Dorsvloer vol confetti

2009 Prometheus Amsterdam

Dit is een werk van fictie. Iedere gelijkenis met werkelijk bestaande personen berust op toeval.

Omslagontwerp Tessa van der Waals
Foto omslag Anke van Iersel
Foto auteur Bob Bronshoff
Zetwerk Mat-Zet BV, Soest
www.uitgeverijprometheus.nl
ISBN 978 90 446 1023 9

Een nachthutje in de komkommerhof

's Winters zijn de zondagen het snelst voorbij. Als de dominee om vier uur de middagdienst afsluit met de zegen voor weer een hele week, vliegen ze alle zeven naar het fietsenhok. 'Om de poten te breken,' zegt de vader. 'Daar komen nog eens ongelukken van.' Dat zegt hij altijd: 'Daar komen nog eens ongelukken van.' Net als: 'Als je brokken maakt, ik betaal niks hoor.'

Het gaat erom wie het eerst thuis het klinkerpad op rijdt. De eerste noot van het uitleidend orgelspel geldt als startschot. Omwille van het fatsoen wordt de etappe van de kerkbank naar het fietsenhok nog snelwandelend genomen, maar eenmaal op de fiets zijn er geen beperkingen meer. Dan gaat het slalommend door het uitwaaierende kerkvolk, langs mannen in pak en vrouwen met vrome gedachtes, langs kleine meisjes die bang voor hun wielen opzij springen, langs opgeschoten jongens die niet te beroerd zijn om hen uit evenwicht te brengen.

Voorbij de bocht kunnen ze dan eindelijk in de hoogste versnelling langs de vliedberg en recht op de blonde duinkammen af. Wanneer ze door de eerste gemotoriseerde kerkganger worden ingehaald, moeten ze minstens voorbij het pestbosje zijn. Een groepje bomen waar ze nooit mogen spelen, omdat er oude koeien onder begraven liggen die aan iets besmettelijks zijn gestorven.

Op het wegje waar ze aan wonen waait het altijd. Een zoute zeewind die tegen hun voorhoofden beukt en die van hun haren vettige strengetjes maakt. Vlak bij het hofhek van hun boerderij gaat degene aan kop, die niet meer kan worden ingehaald, achteloos rechtop zitten, een hand losjes in de jaszak. La-la-la.

Katelijne klaagt dat ze nooit kan winnen omdat zij meer wind vangt dan de jongens door de plastic zak met haar hoedje aan het stuur, die soms als een razende tekeergaat. En door haar wapperende rok, die dan zo bol staat als landbouwplastic dat over kuilgras wordt gespannen. 'Dan kun je er ook voordeel van hebben,' zeggen de broers, maar als de wind haar in de rug duwt en onder haar door komt, heeft ze twee handen nodig om te zorgen dat niemand haar witte onderbroek ziet.

Zeven uithijgende kinderen, met zandkleurige haren en in de ooghoek het beginnetje van een traan van de harde wind. Drie jongens, Katelijne en weer drie jongens. De familie Minderhoud. Ze verdringen elkaar bij de achterdeur, om na de vader, die als enige de sleutel heeft, het eerst naar binnen te gaan.

Ze hebben natuurlijk ook namen, maar op 't dorp zeggen ze 'de jongens van Arjaon en Rina' en zelf zeggen Arjaon en Rina voor het gemak gewoon 'de jongens'. 'Denk eraan, jongens, vanmiddag naar de tandarts, dus goed je tanden poetsen.' 'Jongens, doe je goede goed aan; over een halfuur begint de kerk.'

Alleen als de vader zegt: 'Jongens, geven jullie de koeien eten?' weet Katelijne – afijn, weet iedereen zonder dat het ooit is uitgesproken, dat Katelijne haar overall en klompen onaangeroerd kan laten staan. Werkorders krijgt Katelijne van de moeder en complimenten krijgt ze wanneer de orders niet nodig zijn geweest, als de moeder boven komt en alle bedden al opgemaakt aantreft en als de wc al glimt nog voordat de moeder haar de soda wijzen kan. De moeder maakt niet graag woorden vuil aan huishoudelijke aangelegenheden.

Klinkt het: 'Jongens, aan tafel', dan schuift als laatste ook Katelijne aan, die nog gauw controleert of er wel voor iedereen bestek ligt. Tijdens de kortdurende maaltijd gaat het algauw over landbouwminister Braks, over percentages vet en eiwit, over vijfhonderd gulden voor een kalf, de wagens inspannen om naar het land te gaan met wel of geen kooiwielen aan de trekker en over niet al te veel gasolie meer in de tank. Aan Katelijne, die nooit in dit soort gesprekken betrokken wordt, gaan ze grotendeels voorbij, terwijl ze in haar hoofd haar eigen wereld heeft, sterk afhankelijk van welk bibliotheekboek ze aan het lezen is. De jongens leren niet naar haar te luisteren, om de eenvoudige reden dat ze naar hun maatstaven nooit iets interessants te melden heeft.

Maar op zondag wordt er niet gewerkt en gaan de gesprekken over de preek – althans, onder de koffie na de dienst. En dan laten de jongens het graag over aan Katelijne, die daar behoorlijk de schurft aan heeft, want het is altijd lastig praten over de weg naar het heil wanneer die gekend wordt met het hoofd, maar niet met het hart. Ter versterking van het lichaam zijn er sesamcrackers met kaas, die de vader klaarmaakt, omdat het zondag is. De rest van de week is de keuken van de moeder. Op zondag wordt er om twaalf uur niet gegeten, want dan hebben ze nog niets gedaan waar ze honger van hebben kunnen krijgen. Op de vieruurcrackers vallen ze aan als boerderijkatten op een pannetje melk.

'Weer 'n ouwe schriever,' zegt de moeder terwijl de sesamzaadjes op het plateau van haar borsten vallen. Wanneer er geen dominee is, zoals meestal – want daar zijn er standaard te kort van in hun kerkverband – wordt er een preek gelezen. Het liefst een uit een ver verleden, toen de tijden beter waren en Gods kinderen talrijker.

'Ja-a,' zegt de vader dan, met een snor die nat is van de koffie. 'Maar het is nog steeds actueel, of niet soms?' En dat beaamt de moeder weer. Het is de vaste aanloop naar het echte werk: 'Wat waren z'n punten, jongens?' Hij wijst altijd eerst naar de tweeling. Dat kan-ie wel doen, maar die weten het toch niet. Die kun je op z'n hoogst vragen hoeveel snoepjes ze hebben gekregen en ook daarvoor hebben ze nog hun vingers nodig. Daarna vraagt hij het aan de groteren en Katelijne helpt hen uit de brand, in de hoop daar eens een dankbare blik voor terug te krijgen. Zoals dat echter gaat wanneer de gewenning optreedt: het wordt allang niet meer opgemerkt; alleen wanneer ze het laat afweten trapt deze of gene haar nog eens tegen de schenen.

Als ze de punten kan zeggen, denkt de vader dat ze goed naar de preek heeft geluisterd, hoewel die punten alleen een kwestie is van aan het begin even opletten; het zijn er meestal maar drie, en ze herzeggen ze vaak ook nog. Wat ze tijdens de preek met haar gedachten doet of wat de gedachten met haar doen, staat daar volledig los van.

Vanaf de tweede kop koffie praten de vader en de moeder over andere dingen dan de preek en begint dus het vrije gedeelte van de zondag. Alles met vrij erin is altijd beter dan dat wat eraan vooraf is gegaan. Op kerstavond zit de volle kerk ongeduldig te wachten op het vrije verhaal, dat verschrikkelijk spannend is, vergeleken met de herders of de wijzen uit het Oosten, en het is ook heel goed dat ze vrij zijn van de Duitsers. Al zitten er 's zomers nog genoeg op het eiland om aan hun vrouwen te laten zien waar vroeger hun hoofdkwartier zat en hoeveel potjes kaarten ze in die en die bunker hebben gespeeld – je weet wel met kameraad zus en zo over wie ik je nog heb verteld, voor ze zich met een schorre keel van al dat lullen op een strandlaken laten zakken.

De kleintjes zijn het ongeduldigst en doen het eerst hun laarzen aan – lang zullen ze niet meer klein blijven, want melk en lucht zijn ervoor nodig om de hoogte in te schieten en van beide is er in overvloed – en ze jagen (hop, toe maar, vort, allee) de koeien naar het vak waar ze moeten wachten tot ze gemolken worden. De vader rolt een sjekkie en zet de melkmachine aan. De groten leggen voer neer aan de kant waar de koeien straks geleegd weer uit zullen komen. Alleen Rogier, de oudste, helpt de vader in de melkput, want met meer dan twee loop je mekaar maar in de weg.

De moeder leest de *Saambinder*, een blad dat ze van de oma krijgt als die het uit heeft (zoals alle bladen en kranten die de vader en moeder lezen) en waar slechts één minuscuul plaatje in staat, van een opengeslagen bijbel. Katelijne leest liever de *Gezinsgids* of de *Terdege*. Daar zitten ook plaatjes van bijbels in, maar ook van dieren en van de koningin en de prinsen.

De moeder vraagt vaak aan Katelijne wat ze van de prinsen

vindt, vooral van de oudste als hij op de foto staat met een grote marinepet op, maar Katelijne leest liever het vervolgverhaal dan dat ze naar de prinsen kijkt. En als ze het uit heeft, gaat ze Duyvis-pinda's eten bij de oma, die op hetzelfde erf woont en ook maar alleen is. De opa van Katelijne is nog de opa van de tweeling geworden, maar die van Lourens al niet meer. Hij is gestorven zonder dat hij door de Heere is bekeerd en hij is wat de oma betreft het niet meer levende voorbeeld van wat er met je gebeurt als je je bedrijf belangrijker vindt dan je zaligheid. Daarom komt ze pas met de pindabus op de proppen als ze een verhaal uit de Bijbel heeft voorgelezen. Of twee.

Wie nat wil worden moet in de regen lopen. Wie zalig wil worden, moet de middelen gebruiken: de Bijbel lezen, naar de kerk gaan en naar de catechisatie. De zaligheid is er niet mee te verdienen, maar de Heere mocht er in zijn lankmoedigheid nog eens iets van komen te zegenen.

Katelijne weet dat ze de oma geen groter plezier kan doen dan door 'verder' te zeggen als ze klaar is met een verhaal. Dan denkt de oma dat de Heere heel misschien al bezig is om een zaadje te laten ontkiemen in haar hart. Wat zou het een wonder zijn, want van Gods kinderen worden er nog maar weinig meer gevonden. Hoewel het heel speciaal voelt als de oma dat van haar denkt, moedigt Katelijne haar meestal niet aan om door te lezen. De verhalen zijn bekend, en ze is eerlijk gezegd meer geïnteresseerd in het handje zoute pinda's.

De broers komen ook om beurten langs, hun wangen blozend roze van de buitenlucht. Zij houden alleen hun hand op tot oma hem vol heeft gedaan – 'apekezen, wat hebben jullie toch grote handen', zegt ze altijd, ook bij de kleintjes, dus ze zegt maar wat – en dan smeren ze hem meteen weer naar de koeien.

Eindelijk durft Katelijne tegen de oma te zeggen dat ze het 'een beetje oneerlijk' vindt dat de jongens nooit hoeven te blijven luisteren en zij altijd. De oma begrijpt haar helemaal verkeerd. Ze zegt dat ze het ook jammer vindt voor de jongens.

’s Avonds aan tafel leest de vader niet voor uit de gewone Bijbel, zoals hij altijd doet en waarbij je na twee verzen al aan iets anders denkt, behalve als het echt spannend is. Wanneer hij leest over de omzwervingen in de woestijn waarbij kwakkels uit de hemel neerdalen om de kinderen Israëls te spijzigen, of wanneer er water uit een rots komt, nadat ertegen gesproken is. Ze houdt van het verhaal van de heidense profeet Bileam, die Israël komt vervloeken, maar uiteindelijk zegent, nadat zijn ezelin tegen hem had gepraat, van de slang van koper die zieken het leven redde als ze ernaar keken, en ze leeft mee met Rachab, de hoer die Jozua’s verspieders het leven redde met een scharlaken koord.

Een groot deel van de Bijbel bestaat echter uit wetten, wijsheden en waarschuwingen, die saai zijn en onbegrijpelijk, maar de vader slaat niets over, zelfs de lange namenlijsten niet.

‘Deze zijn de geboorten van Sem: Sem was honderd jaren oud, en gewon Arfachsad, twee jaren na den vloed. En Sem leefde, nadat hij Arfachsad gewonnen had, vijfhonderd jaren; en hij gewon zonen en dochteren. En Arfachsad leefde vijf en dertig jaren, en hij gewon Selah. En Arfachsad leefde, nadat hij Selah gewonnen had, vierhonderd en drie jaren; en hij gewon zonen en dochteren.’ En ook die Selah gewon kinderen en zijn kinderen gewonnen er ook weer. Al die geslachten staan erin.

‘Wat werd iedereen oud in die tijd, hè?’ verzucht de vader verlangend. De kinderen begrijpen wat hij bedoelt. Als er iemand is die een extra eeuw zou kunnen gebruiken, is het de vader; er is werk genoeg.

Maar op zondagavond blijft de Statenbijbel dicht en leest de moeder voor uit de kinderbijbel. Dat mogen ze van de vader eigenlijk niet zeggen, kinderbijbel, want er is maar één echte Bijbel, het ware Woord van God en dat is voor jong en oud. Ze leest uit de *Bijbelse geschiedenis, verteld aan onze kinderen* en haar anders zo harde stem wordt dan zacht als pluis. De kinderen vergeten haast dat ze die verhalen al lang en breed kennen.

Op dit soort momenten, in het gelige licht van het peertje dat onder de stoffen lampenkap vandaan komt, voelt Katelijne, die daar aanleg voor heeft, de warmte van de familieband. Lang kan het samenzijn echter nooit duren, er zijn volle uiers die wachten.

Koeien gaan voor. Zij zijn eerder geschapen dan degenen die ze moeten melken.

Op zekere dag wordt er in het dorp een nog jonge dominee beroepen over wie de moeder zeer te spreken is. Hij krijgt nogal kritiek omdat zijn vrouw tijdens zijn eerste dienst op 't dorp met een rood wollen vest was verschenen (het was gedekt rood, vergoelijken sommigen, maar men moet dat niet te makkelijk goedpraten, het komt op een eeuwigheid aan, zeggen de preciezen) en misschien is het niet eens zozeer het rode vest dat niet goed gevallen is, als wel haar rechte schouders waar het omheen heeft gehangen en waarmee ze helemaal naar de voorste bank is gelopen. Wie fier is van z'n eigen, heeft de Heere niet nodig. Bovendien lijkt deze domineesvrouw regelrecht uit de Wehkampgids te zijn gestapt, wat je maar van weinig vrouwen op het dorp kunt zeggen. En daarmee is ook de dominee een tikkeltje verdacht geworden.

'Niets is mooier,' heeft hij gezegd, 'dan tijdens je avondwandeling voorbij een huis lopen waaruit de lofzangen opklinken naar den hemel.' De moeder moet er in bed met de vader over hebben gesproken, want hij is helemaal niet zo voor die jonge dominee. 'Volgens mij lust hij er wel pap van,' zegt hij, maar hij zegt niet waarvan. Misschien heeft hij dat van de oma, die welbeschouwd zijn moeder is en die er ook niet voor was. 'Hij preekt er wel over, maar er niet uit,' zei ze, hoewel ze dat later wel weer een beetje heeft teruggenomen.

Desondanks zingen ze op zondagavond precies negen psalmen, voor iedereen één. De oudsten, die al blokfluitles hebben gehad, begeleiden hen om beurten. De zelfgemaakte luiken blijven open, zodat wandelaars het hemelse gezang niet alleen kunnen horen, maar ook de hemelse zangers kunnen zien.

's Zomers is het heel andere koek. In de zomermaanden zijn er drie diensten per zondag en dat alleen al zorgt voor een dag vol onrust.

De vader en moeder vinden twee kerkdiensten in principe wel genoeg, maar het is te simpel om te denken dat ze kunnen doen alsof het winter is. Soms is er namelijk 's middags een dominee en de andere keer 's avonds, en naar een dominee luisteren gaat boven een leespreek. Toch gaat de vader bij voorkeur gewoon 's ochtends en 's middags, behalve als er 's avonds een heel goeie is.

De moeder kiest voor 's avonds, waarschijnlijk omdat ze de mogelijkheid heeft, en zo ontstaat de kans dat de kinderen drie keer mee moeten, bijvoorbeeld als ze volgens de vader 's middags niet hebben stilgezeten, de punten niet hebben kunnen zeggen of omdat ze op de rustdag met een bal hebben gespeeld. Wat ook nog kan, is dat ze 's avonds met de moeder mee moeten, omdat ze gewoon geen zin heeft om in haar eentje te gaan.

Het begint allemaal met een krakeling die niet vers meer is. 'Die taaie dingen vreet ik niet,' had Katelijne opstandig gezegd. 'Bij tante Mattie hebben ze 's zondags na de dienst bolussen bij de koffie.' De moeder had haar een ondankbaar kreng genoemd – 'En trouwens hoe wist je dat ze zacht waren, heb je er soms met je tengels niet af kunnen blijven?' – en die beschuldiging hangt nu als een luchtballon boven hun hoofden, de grote grijze wolken verwelkomend die vanaf de duinen deze kant op komen drijven en die door negen paar ogen strak in de gaten worden gehouden, want er ligt hooi af.

'Het weerbericht, je kunt er ook geen fluit op rekenen,' zegt de vader en dat is alles wat hij erover zegt, want hij moet het toch aan de Heere overgeven. Hij spreekt tegen niemand in het bijzonder maar degenen die de witte plastic stoeltjes vullen op het pasgemaaide en besproeide gazon hebben het gehoord en denken stuk voor stuk na over een passend antwoord, dat er niet is. Daarover is het in de kerk vanmorgen niet gegaan, wie preekt er nog over gewas en arbeid in deze moderne tijd?

Zaterdag was het hooi al zo goed als droog geweest. Toch wilde de vader het nog niet persen. Pelleboer had het over het zoveelste hogedrukgebied gehad en niet over wolken, zelfs geen flarden. 'Ik wacht nog,' had de vader gezegd. 'Nog een paar uur straffe zon en het wordt een keurig hooitje maandag.' Maar gisteravond was het zonnetje toch niet mooi ondergegaan.

In de aangrenzende schrale wei, waar door de aanhoudende droogte van de afgelopen tijd amper nog iets te vinden is wat mals en sappig lijkt, reikhalzen de koeien over het prikkeldraad, waar de geur van het versgemaaide gazongras lokt. Gras is altijd groener bij de buren.

'Sterven aan Gods heilige wet,' zegt Katelijne. 'Eén: de wet vervloekt de zondaar. Twee: de wet verdoemt de zondaar. En drie...' Ze hapert.

'Net wist ik het nog,' zegt ze benauwd. Vervloekt, verdoemd, wat was nou het derde punt? Ze bengelt met haar voeten heen en weer, waarbij de rand van de stoel in het vlees van haar knieholtes snijdt.

'De wet doodt de zondaar,' zegt ze opgelucht.

De vader knikt. 'Weet je z'n tekst ook nog?'

Katelijne denkt even na. Het was uit Galaten, maar ze hoeft het al niet meer te zeggen, want er komt een auto langs en iedereen draait zich om naar de weg, waar normaal gesproken weinig volk door komt. De kleintjes verheffen zich op hun tenen om over de struikjes heen te kijken.

'Koosje met d'r hond,' constateert de vader, zijn nek strekkend als een reiger. De hond rent in de berm ernaast met zijn tong uit zijn bek. Iemand zegt dat het schofterig is dat ze zo hard rijdt, wat volstrekt onnodig is om te zeggen, want daarover is iedereen het eens en ze vliegt elke dag te hard voorbij. Zoiets uitspreken geeft echter een lekker gevoel en dus is er altijd wel iemand die zegt dat het schofterig is en dat Koosje zelf haar luie reet eens moet oplichten.

Andere van dat soort eeuwig terugkerende beweringen zijn: nooit van z'n levensdagen 'op durp' willen wonen, nooit van z'n lang-zal-ze-leven 'in stad' willen wonen of op kantoor willen werken, melk uit een pak is niet te zuipen en het beste moment om te gieren is wanneer de wind naar het dorp staat.

'Ik zou wel eens in Koosje d'r auto willen rijden,' zegt Rogier, de oudste broer, stoer. ‘En dan zij het hele eind ernaast lopen, tot d’r tong uit d’r bek hangt. En reken maar dat ik dan niet zomaar zo’n beetje dertig rijd.’ Ook dat zegt hij niet voor het eerst.

‘Je bent nog lang geen achttien,’ zegt Katelijne.

‘Ik kan heus wel autorijden,’ zegt hij. ‘Ik rijd toch ook met de trekker?’

Dat is waar. Hij rijdt al op het land en op het erf. Niet op de weg nog, want daar heeft hij een trekkerrijbewijs voor nodig en daar moet je zestien voor zijn. Hij rijdt beter dan de vader, want die vergeet nog wel eens de voorladerbak omlaag te doen als hij door de mendeuren de schuur binnen gaat, want die deuren zijn qua hoogte maar berekend op een briesend paard.

Niet dat de schuur daarvan weet, trouwens. Die weet nooit nergens van. In de oorlog heeft hij zelfs een tijd in het water gestaan, maar je zou het niet zeggen. Er loopt alleen een streep net boven de verroeste muurankers; vanaf de grond tot daar zijn de voegen anders van kleur door het zout, dat is alles.

‘Gisteren reed je anders als een kip zonder kop,’ zegt Christiaan, de tweede broer, die naar de lomschool gaat en de rest van zijn tijd gebruikt om Rogier op fouten te betrappen.

Christiaan produceert rivaliteit zoals hij zweet produceert, of zijn dagelijkse drol, die hij trouw aan de voeten van zijn eerstgeboren broer legt in de hoop dat-ie daar een keertje over onderuitgaat. Hij doet het om zijn eigen plek te veroveren in de pikorde (die van de vader, waarin Rogier al jaren de onbetwiste koploper is). Om dezelfde reden brengt hij tegenwoordig bouten en moeren mee, of nog rechte spijkers die hij ‘onderweg ergens vindt’.

Een paar weken geleden is dat begonnen. Rogier kwam thuis met een schroef die hij op straat had zien liggen. Hij blonk nog, hij was nog niet gebruikt.

‘Een zelftapper,’ zei de vader, die er met zijn vinger op tikte. ‘Kijk, er zit nog een boorpunt aan ook.’ Hij stak hem in zijn broekzak, keek waarderend naar Rogier en zei: ‘Die komt altijd wel een keer van pas.’

De volgende dag legde Christiaan opeens twee vleugelmoeren

op het tafelzeiltje en drie dagen daarna een bout met een dopmoer. Alles nog spiksplinternieuw. Ze waren het er allemaal over eens dat die verdonkeremaand waren uit het techniekklokaal van zijn school, en de vader zei natuurlijk dat hij daar ogenblikkelijk mee op moest houden, maar Christiaan reageerde verontwaardigd dat hij alleen maar tegenwoordig 'zijn ogen openhield onderweg'.

'Dat eindje van hier naar de bushalte zeker,' zei Rogier, en dan liep het natuurlijk weer op ruzie uit, zoals het daar ook nu weer op uitdraait, nu Christiaan 'als een kip zonder kop' heeft gezegd.

De kleintjes scharen zich achter Rogier en beginnen met hun mollige handjes op Christiaans knieën te meppen, waar op zondag een beige broek omheen spant, geen van spijkerstof (die zijn voor doordeweeks). Katelijne stelt zich vierkant op achter Christiaan, niet omdat hij gelijk heeft, maar omdat het Christiaan is, en degene die het altijd al tegen Rogier moet afleggen. Jeroen ten slotte, de derde broer, is weer meer voor Rogier en waar Rogier voor is – met uitzondering van roodbonte koeien, want Jeroen is als enige in de familie voor zwarte. Jeroen heeft zijn eigen ideeën, ze hangen niet af van wie dan ook. Belangrijker dan zijn ideeën is het feit dat hij als geen ander schoeve beesten kan kalmeren. Daar heeft de vader al veel gemak van gehad.

De moeder vraagt of ze dat nu in de kerk hebben geleerd, dat gebekvecht en zegt dat ze wel eens een keertje rustig wil koffiedrinken, en de vader roept 'Nu is het klaar', en dan komt er een tweede auto langs, die langzaam rijdt. Een Passat volgens Rogier, die dat soort dingen altijd snel ziet. De auto heeft een Duits kenteken.

'Een rotmof,' zegt Christiaan.

'Hij heeft een hitlersnor,' verzint Rogier ter plekke.

'Dat hebben ze allemaal,' zegt Christiaan, die zulke onzin altijd onmiddellijk gelooft. Christiaan krijg je alles aan z'n verstand. Als Jeroen 's avonds in bed tegen hem zegt dat hij nog niet 'gebid heeft' zit hij meteen naast z'n bed 'ik ga slapen ik ben moe' te zingen, al was de laatste keer nog geen vijf minuten geleden.

'Hij moet terug naar Moffrika,' zegt Lourens, wat bijzonder grappig klinkt uit de mond van iemand die nog geen vier is.

'Van wie leer je dit soort dingen?' zegt de moeder, maar ze lacht ook en zo is de hele familie weer vrolijk.

Intussen ziet de zon er steeds meer uit als een eierdooier van een kip die geen groenvoer krijgt en dat is geen goed teken. Je moet er niet in kunnen kijken, alleen dan is hij straf genoeg om het gras te laten drogen. In de Bijbel is het gebed van één gelovig mens, genaamd Elia, voldoende om het na een tijd van grote droogte te laten regenen. Andersom werkt het helaas niet. Negen mensenkinderen op een middelgroot gazon die de wijzers van de klok zouden willen doordraaien tot werken weer een heilige plicht is en geen verbod, zijn blijkbaar niet genoeg om daar iets aan te veranderen, dus zullen ze lijdzaam moeten toezien hoe de regen van het in potentie perfecte hooi, bleek bedorven schimmelspul maakt dat geen beest wil vreten en dat tot gevarens toe zal broeien op de hooizolder.

Net na de middag, om kwart over twaalf, stuurt de vader iedereen naar bed, zodat hij daar zelf ook naartoe kan, evenals de moeder. De meesten proberen echt te slapen, in plaats van dat ze zoals in de winter in hun bed een boek liggen te lezen. Door tevreden te snurken hopen ze dat de vader hen om twee uur niet wakker maakt, zodat ze tenminste aan de middagdienst kunnen ontsnappen. Het is amper het proberen waard, want de vader heeft er maar weinig moeite mee om hun de dekens van het lijf te trekken, maar de truc heeft een keer gewerkt en dat wat gewerkt heeft, kan dat misschien nog eens doen. Katelijne, die sowieso midden op de dag niet slapen kan, zal om tien voor twee haar boek wegleggen om te doen alsof.

Ze hangt op haar ellebogen boven *Elske van de orgeldraaier*, gekregen met kerst, van school en inmiddels al drie keer gelezen, maar ze heeft alle bibliotheekboeken al uit, dus ze moet wat. Echt geconcentreerd leest ze niet, omdat in haar maag een gat zit dat van zich laat horen. Veel van zich laat horen zelfs, voor een gat ter grootte van een krakeling.

Ze weet dat de moeder niets lekkers in huis heeft. 'Snoep is maar troep' is haar eenvoudige adagium. Tegen beter weten in sluipt ze toch naar de keuken (de slaapkamer van de vader en moeder is daar precies boven). Haar blote voeten kletsen zacht op de plavuizen en bijna struikelt ze over de emmers bij de wasmachine, die de moeder gebruikt om het spoelwater in op te vangen, dat immers nog schoon is en waarmee de vloer nog geschrobd kan worden of de wc doorgespoeld. In de keuken knarsen de kastdeurtjes beschuldigend en de opgediepte trommels maken hun holle blikken geluiden. Leeg, ook leeg.

Dan een boterham. Behoedzaam laveert ze de botervloot, waarvan het deksel er zo gemakkelijk af vliegt, over de pindakaaspot heen. Het geeft al een klereherrie als je er morsetekens met je mes op tikt, laat staan wanneer het op de stenen vloer klettert. De bruine Brabantia-broodtrommel knerpt ook al zo, die is al zo oud als Vlissingen. Nu nog de chocoladepasta, die natuurlijk weer helemaal achteraan moet staan. Na tien minuten van acrobatiek staat alles op de keukentafel en heeft ze alleen nog een mes nodig.

Net als ze de bestekla open heeft, komt er een auto aan die vaart mindert en hun oprit op draait. Bezoek op de rustdag is hier even zeldzaam als snoep in de trommel, en op dit moment komt het ook behoorlijk ongelegen. Katelijne ziet hoe de onschuldige pastapot van wit plastic verandert in een vat van verzoeking, hoe de botervloot er een ranzig randje aan geeft en het brood zich schaamt voor het feit dat het uitlokt tot de vuile zonde van het eten.

Is er nog een manier om aan de klappen op haar billen te ontkomen?

Katelijne haast zich op haar blote voeten via de terrasdeuren naar de oprit, waar inmiddels van de bijrijderskant een vrouw uit de auto is gestapt. Ze heeft kort haar, gestifte lippen en oorbellen en ze draagt een broek. Achter het stuur zit een man en op de achterbank zit een jongen van een jaar of tien met een gezicht als een suikerbiet en veel te grote bruine ogen. Het is de Passat van daarstraks.

'*Ist deine Mutti irgendwo?*'

'Wat?' vraagt Katelijne.

'*Dein Vati oder deine Mutti? Sind sie da?*' Alsof de vrouw begrijpt dat de vader en moeder daar ergens moeten zijn, lanceert ze de schelle woorden langs de kamperfoelie en de wingerd naar het raam met de gehaakte gordijntjes en het gedroogde trouwboeket.

'Nee,' zegt Katelijne zachtjes. Ze kijkt omhoog. Achter de gordijntjes beweegt nog niets, het zondagmiddagslaapje wordt niet graag opgeofferd aan opvoedkundig optreden, maar garanties worden niet geleverd, zoals tachtig jaar trouwe kerkgang nog niets betekent voor het lot van de ziel in het hiernamaals.

De vrouw kijkt teleurgesteld van Katelijne naar de auto naar de lucht; de laatste kweekt begrip voor de situatie door de kleur aan te nemen van het soort zand dat men wel in paardenbakken doet. Straks zullen plassen elk terrein voor man en paard ontoegankelijk maken.

'*Vor es zu regnen anfängt, wollen wir das Zelt aufgeschlagen haben.*' Ze legt haar armen met de vingertoppen tegen elkaar aan om een puntdak uit te beelden. 'Maar alles is vol. Kunnen we hier niet staan voor één nacht? *Wir würden dir sehr erkenntlich sein.*' Ze wijst naar het grasveld naast de oprit, waar de schommel staat en de konijnenren. Er zitten twee zwart-witte Lotharingers in.

Willen ze hier kamperen op het erf? De vader en moeder willen dat nooit hebben. Geen geloop van vreemden op hun hof.

Katelijne schudt haar hoofd. Dat gaat niet.

'*Er ist krank,*' zegt de vrouw. Ze wijst naar de jongen die achterin zit. Hij kijkt met zijn koeienogen indringend naar Katelijne, die zo veel directe aandacht niet gewend is en plotseling beseft dat ze in haar nachtpon staat.

'*Er ist krank,*' herhaalt de vrouw.

Krank. Katelijne proeft het woord met haar oren. Ooit heeft de Heere Jezus zelf dit woord gebruikt. 'Ik ben krank geweest, en gij hebt Mij bezocht,' zei Hij. 'Voor zoveel gij dit een van deze Mijn minste broeders gedaan hebt, zo hebt gij dat Mij gedaan.'

Er bestaan bijbels waarin alles wat de Heere Jezus letterlijk heeft gezegd met rood is gedrukt. De meester heeft erover verteld.

Katelijne wijst naar het veldje. 'Oké, daar dan,' geeft ze zich gewonnen, want zo voelt het: alsof er iets is wat sterker is dan zij, waardoor ze dit moest zeggen.

'*Ah, vielen Dank. Wann kommen deine Eltern wieder?*'

Katelijne voelt hoe de vrouw haar van hoofd tot teen opneemt. Ze wil tegen haar zeggen dat ze haar nachtpon aanheeft om, ja waarom eigenlijk? Wie gaat er nou midden op de dag naar bed?

'Ik ook *krank,*' zegt ze, en ze wijst naar het roze beertje op haar buik. Het is eruit voordat ze er erg in heeft en plots liggen haar ouders niet langer achter die vergeelde gordijntjes, maar zijn ze als razenden op weg om voor haar krankheid een geneesheer te vinden. Het beeld bevalt haar: de moeder die 'Toe Arjaon' zegt, 'rijd niet zo hard', en de vader die woedend antwoordt dat hij voor zijn dochter bereid is om tot het uiterste te gaan.

'*Ach so,*' zegt de vrouw, en haar koele blik verandert op slag in een begripvolle, die Katelijne liever heeft, als ze eerlijk is. '*Wann kommen deine Eltern wieder?*'

Dat verstaat Katelijne niet. 'Daar,' wijst ze nog eens. 'Daar bij de schommel.'

De vrouw stapt weer bij haar man en kind in de auto en ze rijden tot dicht bij het veldje. Terug in de keuken smeert Katelijne alsnog haar boterham want na zo veel liefdadigheid is het tijd om aan zichzelf te denken. Ze stopt hem onder haar nachthemd, waar hij niet blijft zitten – wel tussen het elastiek van haar onderbroek – en smeert een tweede. Deksels en kastjes dicht, kruimels van tafel, geen haan die ernaar kraait.

Kauwend achter de vitrage van haar kleine slaapkamerraam kijkt ze toe hoe de man de tent uitspreidt. De vrouw zegt iets en pakt ook een punt beet. De man haalt zijn schouders op, de vrouw schudt haar hoofd en wijst naar de lucht die zo meteen als een sappige zongerijpte tomaat zal openbarsten. De tent wordt een kwartslag gedraaid.

De jongen zit op zijn knieën, met de ellebogen op de hoedenplank en iets in zijn handen wat wel een Rubiks kubus lijkt. Weer kijkt hij recht in de ogen van Katelijne, die nu terugdeinst, maar niet voor lang. Alleen God en haar geweten kunnen haar achter het gordijn zien staan.

Katelijne vermoedt dat de vader en de moeder boos zullen zijn, omdat ze het niet zo hebben op vreemden, maar ze kan niet anders. De Emmaüsgangers herkenden de Heere Jezus ook niet toen Hij met hen mee wandelde en toen ze Hem in huis nodigden. Je moest er toch niet aan denken dat je Hem zou hebben weggestuurd.

De tent staat. Touwtjes worden door de man aan de palen van de schommel gebonden of aan een pin in de grond gespannen. Het is een hoge, bijna vierkante tent in de kleur van Haagse hopjes en met donkerbruine ritsen.

De jongen mag eruit. Hij draagt een spijkerbroek en een zwarte trui met gele strepen; onder zijn vrije arm houdt hij zijn hoofdkussen. Hij kijkt nog een keer naar het huis, waar in een kleine kamer Katelijne achter een raampje staat te gluren en verdwijnt dan met zijn vader in de tent. De moeder loopt erachteraan met een deken.

Katelijne is het beu om te staan, want het zeil is koud aan haar voeten, maar ze voelt zich verantwoordelijk als een badjuffrouw bij het buitenbad. Ze heeft iets hoogs nodig om op te zitten. Tegen het raam staat een aanrechtkastje dat uit de vorige keuken van de oma komt en nu voor Katelijnes kleren wordt gebruikt. Daarop zitten gaat echter niet; het heeft geen bovenkant, alleen een lichtblauw badlaken en wanneer ze dat wegtrekt, kijkt ze regelrecht in de bestekla met onderbroeken, katoenen maillots en opgerolde sokken.

Ze tilt haar bureaustoel (die zijn carrière eveneens in de keuken van de oma is begonnen) op het bed, maar dat is veel te wiebelig en bovendien te ver van het raam. Ze zet hem daarom tegenaan de vensterbank en stapelt hem vol met de boeken van haar ene boekenplank. Als ze erbovenop zit, kan ze perfect zien hoe de Duitser uit de melkstal komt met een fles in zijn handen, waar vermoedelijk water in zit dat hij getapt heeft bij het lage kraantje. Zijn vrouw komt gebukt de tent uit en zegt iets tegen hem waarbij ze naar hun huis wijst; de man schudt van nee. De fles die hij eerst nog als overwonnen buit voor zich uit hield, zakt naar beneden, er zijn blijkbaar plotseling belangrijker dingen. De jongen komt uit de tent en mengt zich in het gesprek. Zijn ouders kijken hem ernstig aan, ze luisteren naar wat hij zegt en ze knikken. Hij doet een paar stappen naar voren, waarmee hij zijn ouders een paar meter achter zich laat en frummelt aan zijn broek. Zijn moeder schiet toe om te helpen, maar hij duwt haar weg en krijgt het ook alleen voor elkaar. Hij pist met een boogje tegen de konijnenren, alsof zijn ouders niet bezorgd staan toe te kijken.

Toch is het goed om gastvrij te zijn, denkt Katelijne. Ook als je gasten net je konijnenren hebben ondergezeken en daarna een banaantje eten op jouw schommel.

'Wat zullen we nou krijgen?' De vader staat in het deurgat op zijn witte o-benen met aan zijn voeten donkerblauwe sokken en daarboven een lubberige onderbroek. Hij kijkt verbaasd naar Katelijne, die nog steeds boven op haar boeken bij het raam zit. Dan ziet hij door de glasgordijnen de Duitse auto staan en de tent, waar de familie net in is gekropen, want het begint inmiddels zo hard te regenen dat alles doordrenkt raakt als karton dat in een plas is gevallen. In elk geval de tent en het hooi.

'Ze schuilen hier voor de regen. Er was nergens plaats voor hen en ze hebben een ziek jongetje bij zich.' Het komt er gelukkig precies zo uit als ze had gerepeteerd.

'Heb jij dat geregeld? Waarom heb je ons niet geroepen?'

Katelijne krijgt de wind van voren, vooral van de moeder, die erbij komt staan, met haar leverkleurige panty al aan onder haar nachtpon en die zoiets nooit zou doen zonder het eerst aan de vader te vragen. Haar woede is hevig en komt snel, alsof hij al een tijdje klaarlag.

'Ik kan zo niet naar de kerk,' zegt de vader. En dan begint de gramschap weer opnieuw. Of Katelijne daar dan niet over had nagedacht, dat je totaal gebonden bent als je vreemden op je hof hebt.

'Jij denkt dat alles zomaar kan.'

'Die mensen moeten natuurlijk ook naar de wc,' schrikt de moeder opeens, die al bruine Duitse strepen in de pot ziet.

'Ja, ook vannacht,' zegt de vader. 'Dan moet de deur openblijven vannacht. Als we ze tenminste laten staan.'

De moeder is er niet voor, maar de vader vindt wegsturen ook zo wat. Besloten wordt dat de moeder nu naar de kerk gaat, met Katelijne en de jongens en dat de vader hier blijft met kleine Lourens. Vanavond zien ze weer verder.

De tweeling juicht dat ze met de auto gaan, maar het is alweer bijna droog en de moeder besluit op het laatste moment toch nog te gaan fietsen, zodat ze om twee minuten voordat de dienst begint zwetend binnenkomen, met natte plekken op hun kleren van de druppels uit de bomen op het kerkplein. Er is geen tijd meer om de haren te kammen. Als Katelijne en de moeder in de hal roef-roef voor de spiegel hun hoedje opzetten, gaat naast hen de deur van de consistorie al open. Een stoet van een stuk of tien mannen trekt in ganzenpas voorbij, zwart, zoals ze leren dat hun ziel is voor de Heere. De scriba kijkt verstoord opzij naar de verfomfaaide incomplete familie Minderhoud. Zijn drie kinnen geven zijn afkeuring extra gewicht.

Katelijne hoopt dat de preek zal gaan over de barmhartige Samaritaan – die schoot haar onderweg nog te binnen – maar het gaat helaas over de kinderen van Juda die door de Babyloniërs uit Kanaän werden weggevoerd omdat ze tegen de Heere hadden gezondigd. De meesten schikten zich in hun nieuwe land en pasten zich aan de goddeloze Babyloniërs aan. Slechts een paar waren er nog die de Heere bleven vrezen, een enkele Sioniet die weende vanwege heimwee naar de tempel en om het wonder dat de Heere hen nog niet om hun zonden had verteerd:

> Zouden we niet moeten wenen, omdat de Heere geweken is uit ons vaderland? Zouden we niet moeten wenen, nu de regering met God of Zijn gebod geen rekening meer houdt, nu zij Gods geboden, Gods dag en Gods Naam lastert? Zouden we niet moeten wenen omdat er zo weinig ware, wenende Sionieten meer zijn, nu er slechts hier en daar nog één is overgebleven als een nachthutje in de komkommerhof?

Precies, denkt Katelijne, die de preek maar meteen toepast. We moeten een nachthutje zijn in de komkommerhof, en dat betekent dus onderdak bieden aan degene die daarin wil schuilen, want hoe weet de wereld anders dat we nachthutjes zijn? En ze neemt zich voor om dit straks bij de koffie te vertellen, want ze heeft nog geen gelegenheid gehad om de Bijbelse opdracht ter sprake te brengen.

Ze kijkt eens opzij naar de moeder, die het echter te druk heeft met haar eigen toepassing van de preek om haar blik te beantwoorden.

'O geliefden, dat wij ons in dit middaguur nog eens mochten verootmoedigen in waarachtig schuldbesef,' leest de ouderling met net een beetje extra dramatiek in zijn stem, wat betekent dat het amen nadert. De jongens, die de hele preek onderuitgezakt hebben gezeten, horen het ook en gaan rechtop zitten, klaar om als eerste te gaan staan voor het dankgebed.

'Wij hebben het maar zo nodig dat het ons gaat als de ware Sionieten. Vaders en moeders, jongelingen en jonge dochters, kinderen: wat zou het groot zijn, wanneer we het eens uit mochten roepen: We hebben God op 't hoogst misdaan, wij zijn van 't heilspoor af gegaan. Ja, wij en onze vaad'ren tevens. Och, dat we eens hartelijk mochten buigen voor Gods onfeilbaar en dierbaar Woord. Amen.'

Als ze naast de zwijgende moeder de oprit op fietst zijn de tent en de Passat vertrokken.

'Ze hebben een andere plek gevonden,' zegt de vader. 'Ik had gezegd dat ze vannacht hier kunnen blijven als ze niks anders konden vinden.'

Katelijne vraagt waar ze naartoe zijn, en de vader antwoordt dat hij dat niet weet. Hij zegt het zo bars dat Katelijne niet meer durft te beginnen over het nachthutje in de komkommerhof, dat ze dan maar zal bewaren voor de oma, die deze taal tenminste verstaat.

Nu willen de jongens eindelijk ook wel eens weten van de hoed en de rand, en Katelijne geniet van de macht van het weten en van de aandacht. Ze spaart haar munitie, schiet één voor één de details, die ook de vader en de moeder nog niet kennen (waarvan er niet al te veel zijn, dus ze moet er zuinig mee omspringen) de lucht in en constateert tot haar tevredenheid dat haar woorden door acht open monden worden opgevangen.

'Heeft hij echt tegen de ren aan lopen pissen?'

'De smeerkanis.'

'Echt een mof.'

Voor Katelijnes eigenmachtige optreden wordt een gepaste straf bedacht: de hele week direct na het avondeten naar bed, wat de moeder op maandag al verandert in direct na het afwassen naar bed.

De volgende dag is helaas geen van de broers nog geïnteresseerd in nieuwe details over de Duitse jongen. Het hooi moet worden geschud, er moet het beste van worden gemaakt. De rollen zijn weer exact zoals ze waren. Daarbij voelt het overgrote deel van de familie zich overduidelijk het fijnst.

De tweeling vindt een Rubiks kubus bij de schommel, die Katelijne zich na een paar dagen, als de meeste belangstelling ervoor alweer is gezakt, toe-eigent en diep achter haar kleren in het keukenkastje verstopt. 's Avonds in bed, wanneer het vuurtorenlicht elke paar tellen door een garretje van het gordijn heen kiert en voorzichtig over haar wang strijkt als een moeder die een slapende baby kust, haalt ze hem tevoorschijn. Al draaiend aan de gekleurde vlakjes reist ze in gedachten met de bleke jongen mee, als een pimpampoentje dat op de achterruit zit geplakt.

Paardenbloemen

Toen de opa onwel werd boven de gierkelder, had hij net de kleine Peter uit de stront getrokken. Korné, die van de twee altijd een beetje het sulletje is gebleven, stond er met zijn neus bovenop, met twee vingers in zijn mond.

De vader was in het kalverkot bezig een pasgeboren kalfje te leren drinken en had niets in de gaten. Pas toen hij weer naar buiten kwam en Peter zag staan, van top tot teen onder de gier, kwam hij op de tweeling af gerend. Hij zag hoe de opa raar opzij gedraaid boven op de stang van de mixer hing. Het eerste wat hij deed was de kinderen bij het gat wegjagen. 'Haal mama!' riep hij tegen Korné, maar het schijnt dat die gewoon bleef waar hij was, om niet te hoeven missen hoe de vader de opa omhoogtrok en op de kant legde. Opa's grote klompen – hij had maat 47 – bleven achter in de ronddraaiende stront en blokkeerden uiteindelijk de mixer. De schoepen konden niet meer draaien en de aftakas naar de stationair draaiende trekker klapte af. Een slipkoppeling zat er helaas niet op. De vader merkte het niet eens, omdat toen net duidelijk werd dat de opa waarschijnlijk niet meer bij zou komen.

Een halfuur later reed er een ambulance het erf op, maar de opa is er niet eens meer in geweest. Alleen de kleine Peter moest een nachtje overblijven in het ziekenhuis. De moeder wilde hem zo niet meegeven, met de stinkende gier tot in zijn oren. Dus heeft ze hem, voordat hij in de ambulance ging, eerst nog afgespoten met de slang uit de melkstal en daarna snel in een hoeslaken gewikkeld.

Dat Peter in het gat was geraakt, vond iedereen bijna onmogelijk om zich voor te stellen. Ze zijn van de arbeidsinspectie nog wezen kijken, maar ze vonden geen ongeoorloofde nalatigheden. De gierput was afgesloten met ijzeren afdekplaten, drie naast elkaar. Slechts één daarvan was er open geweest, om de mixer door te laten. De mixer zat aangesloten op de motor van de trekker en roerde in de stront om te zorgen dat er geen dikke koek op kwam. Het is bekend dat er juist tijdens het mixen dampen vrijkomen die gevaarlijk kunnen zijn.

Maar Katelijne herinnerde zich dat ze een week of wat daarvoor tegen de tweeling had verteld hoe de paardenbloemen uit de wei in de magen van de koeien verdwenen, eerst in de pens, dan in de netmaag, daarna in de boekmaag en ten slotte in de lebmaag, en dat ze in de stal weer door hen werden uitgepoept. 'Als je goed kijkt, kun je ze door de roosters zien liggen.' Ze hadden toen op hun knieën bij het voerhek gezeten om door de vloerspleten te zoeken naar de gele bloemen, maar de tweeling had geklaagd dat ze niks zag.

Hoe was het toen gegaan?

Toen had Katelijne gezegd dat het niet waar was, dat ze alles wat ze zei verzonnen had (toegeven dat ze ongelijk had lag echter niet zo erg in haar aard).

Toen had Katelijne uitgelegd dat de bloemen door de koeien vermorzeld werden en dat je er niets meer van kon zien (dat zou, zoals iedereen begrijpt, dichter bij de waarheid zijn. De waarheid is ook dat koeien niet graag paardenbloemen eten; ze vinden ze te bitter).

Toen had Katelijne gezegd: 'Wacht tot papa een keer gaat mixen, dan komen ze met de schoepen mee naar boven draaien. En weet je, daarna gaan ze via de gierslang in de giertank en dan komen ze zo op het land terecht. Daar groeien ze dan gewoon weer verder.' (Dat was niet de waarheid, maar zoiets had ze misschien gezegd, maar ze weet het niet meer precies. Ze moet een jaar of zes geweest zijn, toen. Misschien zeven.) Het probleem met woorden is dat je er, als je ze eenmaal hebt uitgesproken, geen vat meer op hebt. Ze zijn losgelaten, vrij om te gaan en te staan waar ze willen.

Kort daarna werd Lourens geboren.

Over de opa wordt in de familie, ook na al die jaren, nog steeds veel en graag gepraat. Wanneer er krentenbrood op tafel komt met Pasen, dan is er altijd iemand die de geit ter sprake brengt, want dat was steevast de grap van de opa met Pasen: dat de geit alweer zo'n haast had gehad – kijk maar: zo weinig krenten in het krentenbrood.

Na Pasen duurt het nog een maand of zo voordat iemand zegt dat de opa nu onderhand al nieuwe aardappels zou hebben gegeten. De opa was altijd heel vroeg geweest met z'n groente. Hij maakte er een sport van om met alles de eerste te zijn: de eerste sla, de eerste aardbeien en radijzen, en zeker dus het eerste maaltje eerstelingen. Kunstmest vond hij een geweldige uitvinding van de moderne tijd, en voor de slaplantjes rolde hij al in februari een verlengkabel uit om een straalkacheltje onder de broeiramen aan te sluiten.

Ook wordt vaak aangehaald hoe de opa als eenvoudige boerenknecht begonnen was en op een gegeven moment genoeg geld had voor een eigen hofje en een koe. Beetje bij beetje had hij zijn veestapel uitgebreid. Toen hij acht koeien had werden ze één voor één ziek en moesten ze alle acht worden afgemaakt. Het duurde een jaar voordat hij weer een nieuwe kon kopen, een jaar waarin hij en de oma niet wisten hoe ze hun rekeningen moesten betalen.

Vanuit die tijd is er het verhaal van de ham op de mat. Het was op een nacht dat het zo hard onweerde dat de opa en oma uit hun bedstee waren gestapt. Ze zaten met hun jassen over hun nachtgoed en hun zondagse schoenen aan op de bank, klaar om naar buiten te rennen wanneer de bliksem in zou slaan. Het was al vaker gebeurd dat een boerderij in dergelijk noodweer afbrandde en ook bij hen was het al eens in het wagenhuis ingeslagen. Ze baden of God hen wilde sparen – en Hij deed het – en zoals ze de afgelopen tijd gewend waren, baden ze ook voor de stapel rekeningen op de schouw. De volgende ochtend vond de opa een ham op de keukenmat.

'Vind je dat geen wonder?' vraagt de oma als ze het verhaal vertelt. 'De Heere God weet altijd precies wat we nodig hebben. Als de nood op het hoogst is, is de redding nabij.'

Maar de opa vertelde altijd een heel andere versie van het verhaal. Bij hem kwam er nooit geen onweer aan te pas.

Op een ochtend kwam hij uit bed en wilde hij de hoenders uit gaan mesten. Hij had z'n klompen al aan en z'n alpinopet op, toen hij bij de deur bijna struikelde over een ham die daar lag op de mat. Dat zal gaan, dacht hij en hij droeg hem naar de keuken. Hij sneed er een stukje af, proefde en vertrok zijn mond. Brienezout. Toen wist hij dat het een varken met de vlekziekte was geweest, want die werden in zeewater gekookt in de hoop dat je er dan niet van zou weten. Later hoorde hij dat de dominee – van wie mag aangenomen worden dat hem bij een slechte afloop toch de zaligheid wacht – er eerst een stuk van had gekregen. De gulle gever had nog even afgewacht of de dominee 's zondags nog het trapje naar de kansel op had kunnen raken.

Het is een verhaal dat de vader graag vertelt (in de versie van de opa), en waarop de moeder altijd 'hou toch op' zegt, wanneer de kleine huus erbij zitten.

Katelijne doet er zo weinig mogelijk aan mee, aan dat gepraat over de opa, want als hij overdag in haar hoofd zit, blijft hij meestal tot 's avonds laat als ze in haar bed ligt. Ze zeggen dat de doden niet praten en dat kan wel wezen, maar ze verdwijnen niet van voor je ogen. Meestal ligt hij op zijn rug met zijn armen slap naast zijn lichaam en zijn benen naast elkaar als de poten van een dood konijn. Een beetje vanuit de verte, want toen het gebeurde was het niet zo dat ze er met haar neus bovenop had gestaan. Ze was in huis toen het gebeurde, aardappels door de frietsnijder aan het duwen, want het was zaterdag. Toen Christiaan uiteindelijk de moeder had gewaarschuwd, was Katelijne ook meegelopen en had ze de opa van een afstandje op de grond zien liggen.

Voor haar geestesoog ligt de opa tegen een achtergrond van lichte golfplaten, hoewel er bij de gierkelder helemaal geen golfplaten zijn. Het zijn de lichtplaten van het konijnenschuurtje, dat inmiddels allang niet meer bestaat. Maar 's avonds in bed bestaat het wel degelijk.

Het was begonnen toen Rogier een jaar of vier was. De opa timmerde een hok op poten met dik gaas van voren, een ruif voor het gras en een leien dakje erboven. Toen kocht hij twee jonge zwartwitte Lotharingers. Omdat het hok nog te hoog was voor de kleine Rogier, en de konijnen al snel elk vier, vijf kilo wogen, zorgde de opa zelf voor voer en water en voor het uitmesten, en werd het meer en meer zijn eigen hobby in plaats van die van zijn kleinzoon.

Binnen de kortste keren lag er op het stro een hoopje zwart-witte uitgetrokken haren en bleek dat de opa geen twee rammen had gekocht, zoals de verkoper had gezegd, maar een ram en een voedster. Toen timmerde de opa een tweede hok en een derde, en zo groeide het aantal hokken met het aantal konijnen mee. Ze stonden onder en boven en op den duur ook tegenover elkaar met een gangpad ertussen, en toen het er een stuk of vijftien waren maakte hij er een schuurtje omheen van kunststof lichtplaten en pvc-pijpen.

Het zag er een beetje krakkemikkig uit, en als er iets is waar de vader niet van houdt, dan is het van dingen op zijn erf die niet waterpas zijn. Daarom is het inmiddels afgebroken, ze hebben er een flink vuur van gestookt – van de hokken dan, want die waren zo goed als verrot gezeken. De lichtplaten konden nog wel eens ergens anders voor worden gebruikt.

Er zijn nog foto's waar je een heel klein beetje op kunt zien hoe het is geweest.

De oma kwam er op een keer mee aanzetten, een paar jaar na de dood van de opa. Ze had zijn secretaire opgeruimd en was op een envelop met foto's gestuit. Ze waren vermoedelijk, aan de matige kwaliteit te zien, door de opa met zijn eigen kleine camera genomen.

Ze waren voor de tweeling. 'Jullie houden toch zo van konijnen?' vroeg ze. Natuurlijk, knikten ze. Ze wisten het nog goed van opa's konijnenschuurtje. Ze wisten nog hoe de opa hun had geleerd hoe je een mannetje van een vrouwtje kon onderscheiden. Niet dat ze nog een mannetje van een vrouwtje zouden kunnen onderscheiden, dat is best moeilijk bij konijnen als je dat niet heel vaak doet. Je moet ergens op drukken en dan komt het eruit, had de opa hun geleerd.

'Hier, eerlijk delen,' zei de oma.

'Dankjewel,' zei de tweeling beleefd.

Ze bekeken de foto's. Sommige waren van te dichtbij genomen of bewogen, maar de meeste waren, op wat rode ogen na, nog best aardig gelukt. Ze waren alleen erg beduimeld.

Op alle foto's was een ram bezig een voedster te dekken.

De tweeling bekeek de foto's aandachtig, aanvankelijk de tekening van de vacht becommentariërend, later zonder nog iets te zeggen. Daarna maakten ze netjes twee stapeltjes, zodat ze er elk een stuk of dertig hadden, misschien wel veertig. De oma zat er de hele tijd zwijgend op te kijken, op het puntje van de andere bank, haar benen die toen al dik begonnen te worden naast elkaar en de lege gele envelop in haar handen. 'De mooiste heb ik eruit gezocht,' zei ze, meer tegen zichzelf dan tegen haar kleinkinderen, 'maar veel vind ik er niet aan. Je kunt alles wel willen bewaren.' En even later zei ze: 'Maar 't is ook zonde om ze bij het oud papier te stoppen.' Ze veegde met een voet over de vloer alsof ze een peuk uittrapte.

In Katelijnes hoofd waren de foto's samengesmolten met het beeld van de opa op de rand van de gierkelder. Ze was in staat om de helderheid van de beelden te regelen, zoals je een verrekijker kunt instellen, en omdat ze nooit scherp stelde was de opa inmiddels in haar geheugen verworden tot een donkere langwerpige vlek tegen een lichte achtergrond. Een beeld dat overigens niet minder pijn deed aan haar ogen, maar zo liet het zich sneller en gemakkelijker weer verdringen door andere, scherpere beelden. Als het niet snel genoeg ging neuriede ze 'Roodborstje tikt tegen 't raam'. Dat hielp vaak wel. Telkens als ze hem voor zich had gezien, besefte ze weer dat fantaseren een hachelijke onderneming was en nam ze zich voor zich er niet meer aan te wagen.

Gloria

In huis is de geur van boter karakteristiek voor die van de kamers die door alle gezinsleden worden gebruikt. Niet de boter die je bij de SRV-wagen koopt, en zeker niet de valse substantie in plastic kuipjes, die alleen zo heet omdat de hagelslag erop blijft liggen, maar die verder geen enkel merkteken draagt van ware zuivel. Nee, de geur van uit onvervalste melk gekarnde roomboter, vet als jonge haring, smeuïg als heidehoning en, wanneer ze een dag gestaan heeft, sterk als de kloten van een eenjarige ram. Die geur verspreidt zich over de gehele ruimte, en is tegelijk onmiskenbaar, één en uniek. De geur van 'niet werken maar zwoegen'.

In de keuken niet, daar overheerst de lucht van aangebrande groenten en gekookte lever, en 's morgens die van havermout. Ze wisselen elkaar af met een regelmaat die zowel hardnekkig als vertrouwd is – eigenschappen die elkaar wel vaker vinden, omdat soort nu eenmaal soort zoekt. Maar in de woonkamer, de bijkeuken, de gang en op de overloop dragen alle gezinsleden bij aan hun gezamenlijk boeket, hoewel het alleen de losse moleculen zijn (en uitsluitend in gasvormige toestand) waarbij het tot zo'n harmonieuze verstrengeling komt. Elkaar aanraken gebeurt verder alleen met de Jozo ertussen of de kaasschaaf, of per ongeluk. Ze zijn niet zo lichamelijk, misschien omdat ze vanwege hun overtuiging niet zoveel met het lichaam ophebben.

Katelijne, die in haar bibliotheekboeken leest over leeftijdgenotes die bij hun grote en kleine verdrietjes een arm van de moeder (die tegelijk hun beste vriendin is) om zich heen krijgen, raakt gefixeerd op elke vorm van genegenheid die van de moeder uitgaat. Helaas is Katelijne daar meestal niet zelf het voorwerp van. Het zijn de planten en de heesters in de tuin en een hoogst enkele keer de oorlelletjes van de tweeling, waar ze met haar wijsvinger overheen strijkt, omdat ze er zo zacht en lichtjes roze bij hangen, vooral als ze 's avonds in hun pyjamaatjes nog samen zitten te lezen in de stierencatalogus.

Ondanks haar vijfennegentig kilo is de moeder prima in staat om de tuin bij te houden. Wanneer na de donkere winter de dagen weer gaan lengen, de hyacinten de sneeuwklokjes hebben afgelost en de vrouwen op 't dorp hun gordijnen in een voorjaarssopje steken, haalt de moeder de hogedrukspuit uit de melkstal om de groene aanslag van de flagstones te verwijderen. Komt Katelijne dan in haar buurt, dan wordt ze om een kruiwagen gestuurd, om daarmee het dodeblommenspul van vorig jaar naar de mesthoop te vervoeren. Of om een spa, de gieter of de kantenknipper, maar vaak genoeg om helemaal niets, omdat de moeder het alleen wel afkan.

Graag zou Katelijne voldoen aan de verwachtingen van de moeder, die echter onverstoorbaar staat te snoeien en te maaien, sterk en glanzend als een koe, en zonder ooit maar iets van eventuele verwachtingen te laten merken.

En als alles weer uitloopt, eerst de tulpen en de helleborussen, dan de ribes en het longkruid en de blauweregen tegen de gevel, en ten slotte, wanneer al het groen van zonnige vreugde openbarst in een reusachtige kleurenboog ten teken van Gods lankmoedigheid tegenover de wereld, en zelfs de nieuwe op goed geluk geplante stekjes het boven verwachting blijken te doen – kortom, wanneer de uren van toewijding en labeur vergeten worden omdat de tuin eruitziet alsof hij net kant-en-klaar geschapen uit de verpakking komt, dan zou de moeder graag haar trots en haar grote liefde willen tonen aan wie daar ook maar belangstelling voor heeft, maar helaas blijkt dat soort dan iedere zomer weer te dun gezaaid.

'Die tuin is je 'n afgod,' zegt de vader, die liever savooiekolen ziet en rijtjes aardappels, peulen en stokbonen. Het is een hobby die wordt geduld, en de moeder lijdt eronder dat haar echtgenoot haar nooit vraagt om een rondleiding over het nieuwe door haarzelf aangelegde houtsnipperpaadje dat langs de Spaanse margrieten leidt en onder de rode beuk door die ze in een ver verleden nog samen hebben geplant.

Van de zeven kinderen brengt alleen Katelijne het op belangstelling te veinzen, en ze vraagt of de moeder haar duizendschoon aanwijst, en kattenstaarten en juffertje in 't groen en de schoenlappersplant, en heet dit nu vrouwenmantel? 'Nee dit is maagdenpalm, en dat is lievevrouwenbedstro' – 'O, ik dacht al, het is iets met vrouw, de namen zijn mooier dan de planten' – 'en kijk die puntwederik en leuk hé, dat stinkend nieskruid, je ruikt 'm wel, en deze laurierkers heb ik vroeger ook al eens gehad, veel groter dan deze, hoewel, deze doet het toch ook niet onaardig', en Katelijne kan alleen maar bedenken dat de moeder dit alles liever tegen de vader had verteld of tegen de jongens of tegen een vreemde.

Want de moeder, die momenteel bezig is een oude drinkbak van de koeien in te graven bij wijze van vijver, dacht erover om haar tuin open te stellen voor andere tuinliefhebbers en doet het niet, omdat het trots en pronkzucht zouden zijn die haar daartoe zouden aanzetten.

De moeder is iemand die bij elke zonneglitter naar buiten moet en geknield op een rubbermatje haar vereelte handen in de vette klei steekt. Of de spa in de grond. Zij herkent zichzelf niet in de dochter die ook onder werktijd op haar bed ligt te lezen en die altijd klaagt dat ze geen boek meer heeft. Ze herkent niet de drang van Katelijne om een eigen geurspoor na te laten, de behoefte aan een eigen taartpunt in de gezamenlijke onderneming in plaats van enkel goed genoeg om op te dienen, van vorkjes te voorzien en na afloop de lege borden te verzamelen. Of misschien merkt de moeder het wel, maar schenkt ze er geen aandacht aan, in de hoop het in de kiem te smoren, gewend als ze is om eigenwaarde te zien als een gebrek aan nederigheid, eigen aan de natuurlijke staat des mensen.

'Doe eens wat nuttigs,' zegt de moeder. 'De zondagse schoenen moeten nog worden gepoetst, en heb je eigenlijk alle overhemden al gestreken? Of ga voor mijn part het gras maaien, als je maar voorzichtig doet bij de randen.'

Dus past Katelijne wel op om nog veel te klagen en probeert ze liever onzichtbaar te worden, en stiekem en achterbaks. Ze voelt geen enkele behoefte om haar vingers in de aarde te steken en planten uit te rukken, alleen omdat ze volgens de boeken als onkruid worden aangemerkt.

'Jij bent er geen van ons,' zegt de vader. 'Jij bent in het ziekenhuis verwisseld.'

Hij neemt haar apart en zegt dat ze de moeder meer moet helpen. Dat zij het druk genoeg heeft met zo'n groot huishouden en dat ze zich bij hem over haar heeft beklaagd.

Het duizelt Katelijne van verontwaardiging. Is zij niet de enige die nog een vinger uitsteekt in het huis en die met Moederdag een cadeautje koopt van haar eigen geld, terwijl de jongens alleen een jampot vullen met paardenbloemen en madeliefjes?

'Je bent nu eenmaal het enige meisje.' En ze moet goed begrijpen dat ze net als iedereen de verantwoordelijkheid heeft 'om het hier allemaal draaiende te houden'. De vader pakt haar arm en neemt haar mee naar de keuken, waar het aanrecht vol ligt met kaaskorsten, gebruikte sponsjes en pannen die aangekoekt zijn van het eten dat de moeder in weinig tijd en met veel tegenzin heeft klaargemaakt. Daarna neemt hij haar mee naar de wc, waarbij hij wil dat Katelijne samen met hem in de pot kijkt, maar ze rukt zich los, omdat ze ook zo wel weet wat daar te zien is.

'Het aanrecht en de wc,' zegt hij. 'Daaraan kun je zien of je een goede huisvrouw bent.' Hij kijkt om zich heen om te zien of er nog meer werk is, maar hij is een man van buiten en zijn ogen gaan al richting de achterdeur, naar zijn eigen aandeel in het gezwoeg.

Katelijne poetst en schuurt en weekt met soda en azijn, tot de wc-bril glimt en het aanrechtblad zijn oorspronkelijke kleur terug heeft, en nu is zij degene die de vader met haar ontvette vingers beetpakt en hem naar de glimmende gootsteen leidt.

‘Dat bedoel ik,’ zegt de vader. ‘Jij hebt het tenminste begrepen’, en Katelijne bloost van trots. Vrolijk pakt ze nu het hele huis aan. Ze stoft alles met een oude onderbroek van de moeder waar het elastiek uit is en waarin kleine gaatjes zitten. De koppenspinders in de nok pakt ze met een ragebol en ze krijgt er plezier in als ze ziet hoe vies het sop na afloop is. Ze vertelt het de vader en moeder aan tafel, want haar motor loopt nu eenmaal op complimenten. Alleen de vader reageert erop; voor de moeder zitten er aan het huishouden geen interessante kanten.

‘Ze kan best wat,’ zegt de vader, en daaruit begrijpt Katelijne dat de moeder heeft gezegd van niet. Dankzij zijn aanmoedigingen wappert ze nog harder met de onderbroek, tot het moment dat er te lang geen brandstof meer is toegediend en de motor weer hapert en weigert en op den duur alleen nog hortend vooruitkomt nadat er een paar keer op geslagen is.

‘Zo dwars als pokhout,’ klaagt de moeder en dan mag ze logeren bij een oom en tante in een stad ver weg, waarmee ze de enige van de familie wordt die met vakantie gaat.

Ze zijn wel eens een dagje naar Den Haag geweest met het gezin, maar dat is bij die ene keer gebleven, want de jongens liepen erbij met een gezicht alsof ze naar de brandstapel werden gebracht en elke vijf minuten staken ze hun hand onder hun T-shirt om te voelen of hun portemonnee daar nog wel hing. Toen de vader eindelijk wel eens ergens een biertje wilde drinken, ‘op zo’n terrasje’, vond de moeder dat niet nodig, want ‘dat hadden ze thuis ook’. Het uiteinde was dat ze appelsap dronken in de auto en via de Zeelandbrug zijn teruggereden. Thuis zei de oma dat wie aan deze kant van het kanaal geboren was aan de andere kant niks te zoeken had. Het verste wat ze zelf geweest is, is naar het ziekenhuis in Vlissingen en misschien een keertje naar Michieltje op de boulevard.

‘Gezellig dat je er bent,’ zegt de tante in de stad ver weg bij een beker chocomel en een plak cake. En als ze in de keuken wil helpen, zegt de tante dat het niet hoeft, en dan is het opeens des te leuker om het bij wijze van gunst juist toch te doen.

’s Avonds in bed verlicht een lantaarnpaal haar kamer alsof het een kippenhok is met kippen die tot leggen moeten worden aangespoord, maar zijzelf hoeft nergens toe te worden aangespoord, want ze doet hier alles uit zichzelf en ze ligt erbij als een prinses in het grote tweepersoons logeerbed met een veren spiraal eronder, van allemaal kleine ringetjes.

Ze hoort in de verte de treinen langs denderen en ze kan niet slapen van opwinding. Wat doen de mensen 's nachts? Waarom gaan ze zo laat nog ergens heen? Ze had altijd gedacht dat iedereen na middernacht in bed ligt, behalve soms de vader als hij een koe moet gaan verlossen.

Ze speelt met haar kleine nichtjes die zo mooi 'Katelijne' kunnen zeggen. Ze zegt tegen de tante, omdat die zich interesseert voor alles wat ze zegt, dat ze eigenlijk geen broek aan mogen, en de tante vraagt waarom dan niet.

'Omdat het mannenkleren zijn, en vrouwen die mannenkleren dragen is de Heere een gruwel.'

'Vind je een roze broek mannenkleding?'

'Eh... een beetje.' En ze heeft spijt dat ze niet met iets intelligenters is gekomen.

Aan het eind van de tweede dag belt de moeder. Opoe is gestorven, de moeder van de oma. Ze was al een tijdje minnetjes geweest. De begrafenis is al over vier dagen en Katelijne zou negen dagen blijven. De moeder zegt dat ze niet naar de begrafenis hoeft te komen, omdat niemand tijd heeft om haar op te halen.

'Wat voor weer is het bij jullie?' vraagt de moeder.

Ze gaat winkelen met de tante en ze koopt wit-met-rode teenslippers van haar eigen geld. Ze kosten twee vijfennegentig. Het is de eerste keer dat ze teenslippers heeft. Thuis loopt ze op klompen, op school op sandalen en 's zondags op dichte schoenen met veters. Ze kijkt steeds naar haar voeten wanneer ze de slippers draagt en ze beeldt zich in dat iedereen dat doet. De tante koopt een bh in een mooi doorzichtig plastic potje, maar 's avonds bij de koffie klaagt ze dat hij niet past.

'Ach, dan geef je hem aan Katelijne,' zegt haar man. 'Die heeft die dingen binnenkort toch ook nodig.'

'Ik?' zegt Katelijne verschrikt.

Gelukkig lacht de tante haar geruststellend toe. Zie je wel: borsten horen bij volwassen vrouwen en volwassen ben je pas als je voor je rijbewijs mag.

Katelijne maakt kennis met de buurvrouw in een legging en een extra large T-shirt, die barkrukken in haar witgeplavuisde kamer heeft, een grote zwarte televisie, en een grote zwarte leren bank. In de zwarte boekenkast staan geen boeken, maar videobanden en een groot zwart beeld van een zittende lachende man met een enorme buik. Het zijn de spullen van haar nieuwe vriend, ook groot en zwart, maar die is er nooit als Katelijne er is.

De buurvrouw – Gloria heet ze – is moeder van een mager jochie dat zo onbeholpen en harkerig beweegt als een pasgeboren kalfje dat voor het eerst probeert te staan. Gloria zelf is de grote zachte baby die haar zoontje niet is, maar met volwassen grijze ogen. Er zit een tragische blik in, waarvan Katelijne hoopt dat die verdwijnt als zij binnenkomt, maar hij zit er iedere keer nog steeds, ook als haar gezicht lacht. Zij betekent veel voor haar, leest Katelijne in die ogen. Haar kleren hebben geen stugge kragen, geen haakjes, knopen of ijzeren ritsen. Ze draagt alleen gekamd katoen waar een grijzige gloed op ligt van minuscule vale pluisjes. Ze zegt dat ze ervan opkikkert als Katelijne langskomt, en die komt graag en lang en vaak. Ze is zowel boos als jaloers op de peuter, die veel huilt en nooit tevreden bij zijn moeder op schoot zit. Door Gloria, die troostend haar arm om haar schouder legt als ze haar verdriet om de opoe een beetje uitvergroot, vergeet ze dat ze om de opoe huilde en dan huilt ze om alles, vooral om te zorgen dat die arm daar nog even blijft liggen. Ze zegt dat ze op school geplaagd wordt, wat een leugen is; maar ze hoopt niet zo'n erge. 'Waarom zouden ze zo'n leuk meisje moeten plagen?' zegt Gloria.

Gloria heeft één boek, waar Katelijne zittend op een barkruk uit voorleest: *De sprookjes van de gebroeders Grimm*. Ze weet dat de vader en moeder niet willen hebben dat ze sprookjes leest, omdat het leugens zijn die haar kunnen afhouden van de waarheid, maar ze slaagt erin daar niet te veel aan te denken.

'Die vrouw Holle,' zegt Gloria.

Katelijne is er niet zeker van of ze wel luistert. Zelf kan ze zich het gezicht van vrouw Holle wel voorstellen: een verdroogde aardappel, waarin twee spelden zijn geprikt.

Een verhaal waar ze telkens weer naar terugbladert, is dat waarin een meisje, gehuld in een grauwe kiel en klompen, linzen moet uitzoeken voor haar stiefmoeder en diens dochters. Wanneer de dochters van de stiefmoeder naar een bal gaan in de hoop een prins aan de haak te slaan – Gloria zegt dat een bal een feest is en dat klopt wel, want wat ze er doen is dansen – gooien ze eerst nog snel een schotel linzen in de as. Pas als ze die heeft uitgezocht, mag ze ook komen. Het meisje krijgt echter hulp van een paar duiven en dan gaat ze toch nog naar het bal, met een mooie jurk en schoenen die de duiven voor haar uit de bomen laten vallen. De duiven zijn goed voor haar, want ze weten dat zij hen nodig heeft. Op het bal heeft de prins alleen nog maar oog voor haar. Hij danst met niemand anders. Als een andere man met haar wil dansen, zegt hij: 'Zij danst met mij.'

Katelijne begrijpt heel goed waarom het sprookje verkeerd is. Duiven toveren geen kleren en schoenen, dat is heidens. En verder is dansen iets wat niet past bij hun levensstijl en met jezelf pronken ook niet. Leuk lijkt het haar allemaal wél.

Dat is wat ze verzoeking noemen.

Katelijne hangt de was op voor Gloria op de vliering. Door het smalle dakraampje fonkelt de zon door het stof regelrecht in een open kast met oude kleren van Gloria. Katelijne komt naar beneden in een mouwloos gevalletje met tijgerprint en een rokje dat zo kort is dat het maar net aan haar onderbroek bedekt. Er zijn ook schoenen met hoge dunne hakken. Katelijne probeert ermee de trap af te lopen en struikelt bij de laatste treden. Ze valt op haar zij Gloria's huiskamer binnen.

'Och, schaap,' zegt Gloria. 'Heb je je zeer gedaan?'

Het doet geen pijn, en dan zegt Gloria dat ze er prachtig uitziet. Dat ze wel een beetje op haarzelf lijkt, zoals ze vroeger was. Dat zij nog even Katelijnes haar zal doen om het af te maken. Ze pakt een kam en toupeert een grote kuif van voren, die ze helemaal hard maakt met haarlak. De rest van het haar gaat in een hoge paardenstaart.

'Nu je lippen nog,' zegt ze. 'En je ogen.' Ze zegt dat ze een bjoetie is; dat mag ze best van haar aannemen.

Als ze zichzelf aan de tante laat zien moet die er erg om lachen. Ze zegt dat het jammer is dat ze geen rolletje in haar fototoestel heeft, dat het haar eerlijk gezegd zo gek nog niet staat. Dat de vader het niet zou moeten zien, en dat ze de mannen later nog gaat gek maken. De nichtjes kijken bewonderend. Ze willen ook.

Als ze na een week weer teruggaat naar Zeeland, blijft een deel van haar achter en ze schrijft lange brieven naar Gloria, die het eerste halfjaar trouw na elke vierde brief antwoordt. Pas later zal ze de pijn van het missen herkennen als de pijn van een gebroken hart en deze zomer als het moment waarop ze aan zichzelf niet meer voldoende had. Ze heeft een schrift waarin ze droomt van verhuizen naar een stad waar ze vanuit haar bed de treinen kan horen.

Waar moet je anders heen met je onpraktische verlangens?

Als ze thuiskomt ligt er een grote vuilniszak in de bijkeuken. Katelijne trapt er zachtjes tegen en voelt dat hij maar weinig meegeeft. Ze trekt aan het touwtje waarmee hij dichtgeknoopt zit.

'Afblijven,' zegt de moeder, die de bijkeuken in komt en het onmiddellijk ruikt als Katelijne ergens aanzit waar ze niks mee te maken heeft, zoals Katelijne ruikt wat er in de zak zit.

'Zijn het de kleren van opoe?'

'Ja,' zucht de moeder. 'Waar moet ik er allemaal mee naartoe?'

'Op de zolder kunnen ze nog wel ergens,' denkt Katelijne mee. 'In de grote kast bij onze winterjassen.'

'Drink jij nou maar je melk op.' De moeder doet alsof ze net uit school komt in plaats van dat ze negen dagen weg is geweest. 'Je broertjes hebben die ook al laten staan.' In de keuken vergelijkt Katelijne de bekers en pakt de minst volle. Er heeft zich al een donkergeel laagje room gevormd en er drijft een vlieg in die niet eens meer spartelt. Ze hoort de moeder de trap op gaan en ze spoelt de melk door de gootsteen.

'Niet zomaar voor niks de kraan laten lopen,' zegt de moeder als ze weer beneden is. 'Dat is een haveloos aanwensel van je.'

'Ik dronk wat water om de vieze smaak van de melk weg te spoelen,' zegt Katelijne. 'Het is echt niet meer lekker als het al zo lang op het aanrecht heeft gestaan. Dat heb ik toch al zo vaak gezegd.'

De moeder zegt dat ze op de fiets naar 't Moesbosch wil, omdat er een aanbieding is van vier verschillende waterplanten voor de prijs van drie en of ze geen zin heeft om mee te gaan. Ze pakt haar schoudertas van de kapstok en glimlacht gezellig naar Katelijne. Die aarzelt, wetend dat dit soort glimlachjes nooit gratis zijn.

De moeder zet een voet in het holle glazen deurtje van de wasmachine, om haar platte veterschoenen te strikken. Ze trekt haar witte kniekousen op. 'Kun je me mooi even vertellen hoe je het hebt gehad, vakantieganger die je bent!'

'Nee,' zegt Katelijne opeens beslist, die heel goed weet dat 't Moesbosch ruim een halfuur fietsen is, en eenmaal daar een kwestie van verlekkerd planten kijken, vergelijken, ze achter haar moeder aan door alle kassen heen dragen en uiteindelijk weer terugzetten, omdat ze van 't jaar alweer schandalig naar boven zijn gegaan in prijs. Bij de kassa zal de moeder zich bedenken, zeggen dat zij in de rij moet blijven wachten, terugrennen naar de afdeling groenblijvers, en misschien op tijd terug zijn, maar misschien ook niet.

'Ik ben net thuis. Ik wil even m'n gemak houden.'

Ze kijkt haar na vanuit het keukenraam, tot ze vier weilanden ver is, een eenzaam zwart besje tussen het groene gebladerte van de tuin.

Boven in de kast vindt ze de zak, tussen de winterjassen.

Bovenop ligt een groot wit ding, apart verpakt in een doorzichtige plastic zak. Het is de kanten kap die hoorde bij opoes klederdracht uit de tijd dat ze nog niet in bed lag.

De kanker rukte snel op in haar lijf. De artsen wilden haar morfine geven tegen de pijn, en enkele tantes van de koude kant, de aangetrouwden, waren daar ontzettend voor, omdat dat menselijk was, maar voor de oma en de vader en moeder van Katelijne is de mens niet de maatstaf. Het probleem met morfine is dat je er eerder aan dood kan gaan, zeker als je er best veel van krijgt. 'Hoe menselijk is het om iemands genadetijd te verkorten,' zei de oma, want de opoe ging niet aan het avondmaal. 'Het is niet aan ons om het uur te bepalen van haar dood,' vond de vader, en de mening van de warme kant gaf de doorslag.

Katelijne pakt het witte geval voorzichtig uit het plastic. Het bestaat uit twee gesteven delen van witte broderie, een ondermuts en een grote kap, die de vorm heeft van een dubbele schelp. De opoe was de enige hier met zo'n kap. Andere oude vrouwen in het dorp hebben alleen het ondermutsje, maar de opoe kwam oorspronkelijk van Zuid-Beveland. Hoewel ze er op hun dorp mee uit de toon viel, heeft de opoe hem haar hele leven met trots gedragen. Dat weet Katelijne van de vader, van wie ze ook weet dat het zo'n best mens is geweest.

De gouden stikken voor naast het hoofd zitten er niet bij, die heeft iemand anders zeker geërfd. De moeder heeft immers ook al opoes bloedkoralen. Een paar maanden geleden kwam ze ermee thuis: zes snoeren bloedkoralen met een gouden slot om ze bij elkaar te houden. In een vertrouwelijke bui liet de moeder ze aan haar zien: de kralen waren oranjebruin als duindoornbessen maar dieper van kleur en glimmend, en allemaal net een beetje anders gevormd. 'Opoe kon ze niet meer om haar nek verdragen,' zei ze.

Katelijne wilde het best geloven. Opoes huid knisperde als de vellen van een ui.

'Ik moest ze zelf bij haar afdoen, want ze had niks geen kracht meer in haar vingers.'

Nu liggen ze in een beslagen kistje op de slaapkamer van de ouders, maar de moeder had beter het vanillekleurige koffiezetapparaat kunnen krijgen, met de papegaaiensticker erop van de Bond tegen het Vloeken. Of een paar pannen. Andere sieraden dan haar trouwring draagt ze toch niet. Het is een beetje raar om kralen te dragen als je voor de Heere als een worm door het stof moet.

Katelijne diept een kopergroen gebloemde lap op uit de zak, waarvan ze zich herinnert dat de opoe die om haar borsten droeg, de enige plaats waar haar kleren kleur hebben gehad, en verder een stuk of drie grote zwarte rokken en een zwart-wit schort. Ze gaat staan en trekt alles aan over haar jurk. In de groene driehoekige doek zitten gesteven plooien. Die zaten bij de opoe aan de voorkant. De punten legt ze over haar schouder en ze grijpt ze van achteren weer vast om ze tussen haar rokband te steken.

Alles heeft de kaneelachtige geur van de voorkamer, waar de opoe, toen ze nog goed was, naast de kachel receptie hield. Je kreeg er thee uit een porseleinen kopje en zelf nipte de opoe van haar koffie alsof het een jong jenevertje was. Er waren altijd andere vrouwen – familie, aangetrouwde familie of buurvrouwen. Ze kwamen graag, ze waren erg op de opoe gesteld en ze namen hun handwerkje mee, omdat de opoe er wat van zei als ze niets zaten te doen. Sommigen breiden lapjes die ze later thuis aan elkaar naaiden tot dekens voor Roemenië. Katelijne zat graag tussen hen in. Soms breide ze ook iets; meestal zat ze echter te lezen in *Peerke en z'n kameraden* of *Jaap Holm en z'n vrinden*. Ze begreep niet hoe de vrouwen elkaars werk konden bewonderen, terwijl hun vingers ondertussen gewoon door bleven gaan.

De opoe zelf breide noch haakte. Ze miste twee vingers aan haar rechterhand en in de rest zat reuma.

Als Katelijne in de spiegel kijkt, is ze verrast om te zien hoeveel ze op de opoe lijkt, en dan wil ze ook de grote witte kap op. Ze doet haar haar op een rol en zet daar de ondermuts overheen, wat heel aardig lukt. De grote kap is veel moeilijker en blijft wiebelig, en terwijl ze aan het prutsen is, ontdekt ze dat ze door haar ogen te sluiten kan doen alsof het Gloria's handpalm is die over haar sleutelbeen strijkt, of die van haar tante.

Ze loopt naar de slaapkamer van de ouders en haalt de koralen uit het kistje. Ze glimmen niet meer zo verleidelijk als op de dag dat haar moeder ermee thuiskwam. Op sommige kralen zit een wittige gloed, maar dat zie je niet als ze ze om heeft. Bij de achterdeur aarzelt ze over haar teenslippers. Ze kiest uiteindelijk voor de klompen van de moeder. Zelf heeft ze er geen meer sinds ze uit de vorige is gegroeid. De moeder heeft er een hekel aan wanneer Katelijne die van haar aandoet. Ze zegt dat Katelijne haar vorige paar ook al heeft geruïneerd door ermee op de roosters te lopen in de koeienstal. In de stront zit iets wat de rubberen zolen aantast, zegt ze. Maar Katelijne komt heus niet op de roosters. Wat zou ze daar moeten doen?

Bij elke stap die ze zet, beweegt er iets wits mee in haar ooghoeken, alsof er iets naast haar meevliegt, om haar te begeleiden over de heggen en de steggen. Ze denkt aan de twee engelen die de Middelburgse dominee Smytegeldt beschermden toen zijn vijanden hem van een brug hadden willen gooien. Doen engelen dat ook bij gewone mensen?

Er klinkt geschreeuw achter op het erf; het zullen de jongens zijn. Die klinken altijd alsof je ook met je stembanden wedstrijdje moet doen, als wie het verst kan plassen. De moeder zegt dat ze voorgoed bedorven zijn, dat ze nooit meer op een dorp kunnen wonen, omdat je daar buren hebt. Ze hebben geluk dat ze op een hof wonen. Dat zegt iedereen. 'Jullie hebben lekker de ruimte voor de huus.' Ze kijken erbij alsof ze vragen willen: 'Waar hebben ze het toch aan verdiend?'

Rogier, Christiaan en Jeroen staan boven op de kuilpit, die geen pit is, maar een berg gras. Blijkbaar is er de vorige dag ingekuild. Het voelt raar dat ze daar niets van heeft meegekregen.

Ze hebben er wit plastic overheen gespannen en nu moeten er betonblokken op, die de vader met de trekker aanvoert. De jongens wenken met drie paar armen dat hij nog iets naar voren moet rijden. Net drie bewegende voelsprieten op een reusachtige witte rups. Aan de zijkanten zal er straks over de hele lengte een strook zwarte grond tegenaan worden gegooid, zodat het beest onbeweeglijk zal moeten blijven liggen, tot het in de winter stukje bij beetje wordt opengepeld en opgegeten.

'Ho!' schreeuwen de jongens, ze steken hun hand op en de trekker komt tot stilstand tegenaan de kuil. De vader hijst met een hendel de voorlader omhoog tot de bak met betonblokken een meter boven de kuil uitsteekt. Hij zet de motor af en opeens is het erg stil; er is alleen het geluid van de benen van de vader die op de neus van de trekker klimmen. Hij werkt zich omhoog langs de voorlader – *kling* doen zijn klompen tegen het ijzer. Voorzichtig stapt hij via de bak op de kuil. Iedereen houdt zijn adem in, want als hij een gat in het plastic trapt, komt er zuurstof bij en dan bederft het kuilgras. De vader pakt met beide handen een betonblok, houdt het voor zijn kruis en loopt er met kleine, snelle, voorzichtige stappen mee naar Jeroen, die er op dezelfde spastische manier ook een stukje mee loopt, maar een stuk wiebeliger, en die hem dan weer doorgeeft aan Christiaan. Christiaan draait zich ermee om in een zo soepel mogelijke zwaai, doet nog één stap en legt het blok zwierig en toch voorzichtig naast de andere blokken op het zeil. Katelijne kan heel goed zien dat hij niets liever doet dan zware betonblokken zwierig op het zeil vlijen.

Intussen heeft de vader ook al een blok gebracht naar Rogier, die in zijn eentje een keten vormt en dus zelf het hele stuk moet overbruggen. Ook hij heeft de smaak te pakken.

Een blok voor Rogier en een blok voor Jeroen en Christiaan. En weer een en weer een. Er komt vaart en ritme in hun bewegingen, Katelijne begint ervan mee te bewegen, zo aanstekelijk is het en zo graag zou ze met hen mee willen doen. Er zitten natte vlekken onder de mouwen van hun T-shirts. Dat wordt vanavond weer voor iedereen een schoon en ze hebben haar onder aan de kuilpit nog steeds niet opgemerkt.

Ze klimt in de trekker om even hoog te zijn als de anderen. Ze ziet hoe de blokken met het witte zeil een groot langgerekt schaakbord vormen. Als Jeroen, die nog geen jaar scheelt met Katelijne, een blok krijgt toegestopt, zakt hij telkens een beetje in onder het gewicht ervan.

'Zal ik deze keer nieuwe halen?' vraagt Rogier aan de vader als de bak leeg is, en voor die kan antwoorden zit hij al halverwege de voorlader.

'Hé, wat doe jij hier?' zegt hij verbaasd tegen Katelijne als hij in de cabine klimt. Hij kijkt naar haar kleren, vraagt of die van de opoe zijn en laat zich op de trekkerstoel zakken. Hij zegt dat hij 'op zo'n manier' natuurlijk nooit langs haar heen kan kijken en hij houdt zijn beide handen een eind naast zijn hoofd om aan te geven hoe breed ze wel niet is met die kap. Katelijne zegt dat ze dan wel zal bukken, maar Rogier pakt haar arm en duwt die hardhandig richting het opengeklapte portier, zodat ze wel uit móet stappen. Ze staat nog op het afstapje als hij de koppeling al laat opkomen en de wielen al beginnen te bewegen.

'Doe niet zo gevaarlijk, stomme klootzak,' roept Katelijne, en verontwaardigd napruttelend loopt ze naar de schuur, in de hoop daar de tweeling aan te treffen, die vast ergens rondscharrelt. Waarschijnlijk hebben ze Lourens bij zich. Ze trekken tegenwoordig altijd met hun drieën op. 'De drie musketiers,' zeggen de vader en de moeder. 'Waar zijn de drie musketiers? Vast kattenkwaad uithalen.' Dat zeiden ze vroeger bij de groten ook. Als je met z'n drieën bent, heet het kattenkwaad, als zij erbij is, is ze de aanstichtster.

Ze vindt hen in de schuur, waar ze koetje aan het spelen zijn. Korné is de koe, want hij zit op handen en knieën in een ligbox, met zijn hoofd door de halsband boven de voergoot. Onder hem ligt Lourens achterstevoren op wat stro. Korné moet kalven, concludeert Katelijne. Ze speelde het zelf vroeger ook, met de groten.

Peter, de boer, staat over de grup heen gebogen de kont van Korné te inspecteren om te zien of er al pootjes in aantocht zijn. Hij duwt de benen van Korné wat uit elkaar en voelt aan Lourens z'n handjes die er vanonder uitsteken. Hij trekt ze iets naar voren.

''t Ligt goed,' zegt hij gewichtig. 'Ik voel het kopje en de pootjes.'

'Wat vind je van m'n kleren?' vraagt Katelijne.

'Mooi,' zegt Peter, die even vlug opkijkt. Hij vraagt niet hoe ze eraan komt. Korné en Lourens ook niet.

'Meuh,' loeit Korné.

'Hij is koe,' verduidelijkt Peter. 'Hij kan niet praten.'

Alsof ze dat nog niet doorhad. Ze kijkt hoe Peter de verlostouwtjes met het houten stokje aan Lourens z'n polsen bindt en er achteroverleunend aan gaat hangen.

'Au!' roept Lourens.

'Ja, eh, doe nou mee-ee,' reageert Peter geïrriteerd. 'Ongeboren kalvers schreeuwen niet.'

Of Katelijne niet even kan helpen trekken, nu ze hier toch is.

'Ze snijden te veel,' zegt Katelijne. 'Hij moet andersom liggen. Dan kun je het touw over zijn laarzen doen.'

'Maar het kopje komt altijd eerst.'

Katelijne zegt dat kalvers ook wel eens verkeerd liggen. Dat zij het vroeger zo deden.

Korné komt omhoog en wacht tot Lourens andersom ligt. Peter maakt de touwtjes vast om zijn laarzen. Dat gaat beter. Katelijne en Peter trekken Lourens van tussen Korné z'n benen zo de grup over.

Peter licht een been van hem op. 'Een vaarsje,' zegt hij, maar Lourens protesteert.

'Ik ben geen vaarsje, ik ben een stiertje.'

'Zeg, er is je niks gevraagd.'

Katelijne zegt dat het inderdaad een stier is. 'Wat ben jij dan voor boer die het verschil tussen een vaarsje en een stiertje niet ziet.'

Peter vindt het niet iets om te lachen.

'Je moet het zelf weten,' zegt hij. 'Maar dan zal ik je moeten verkopen. Je hebt de kans gehad.' Aan zijn handen en voeten dragen Peter en Katelijne het kalf naar de voorkant van Korné. Als moeder moet hij hem drooglikken, maar hij begint er niet aan.

'Hij wil hem niet kennen,' zegt Peter bezorgd. 'Zo komt de ademhaling natuurlijk niet op gang. We moeten over zijn buik wrijven.' Met een denkbeeldig flesje doet hij wat druppeltjes in Lourens z'n neus. Dan pakken Katelijne en hij elk een bosje stro en wrijven daarmee hard over Lourens z'n blauwe overall.

'Hij redt het,' zegt Peter tegen Katelijne. 'Ik kan het nu wel weer alleen af. Je bent bedankt.' Hij pakt een emmer en een melkkrukje om bij Korné de biest uit te melken.

Katelijne loopt traag en lusteloos naar huis, trekt de kleren van de opoe uit en stopt ze weer in de zak. Daarna loopt ze terug om Rogier en de kleintjes te instrueren niets over de klederdracht tegen de vader en moeder te zeggen.

'Wat bied je?' vraagt Rogier zakelijk.

Katelijne geeft hem vier meegebrachte dropjes van Gloria.

'Meer,' zegt hij.

'Ik moet er ook nog aan de kleintjes geven.'

'Meer,' zegt Rogier.

Katelijne geeft hem er nog een. Zegt dat het zo wel genoeg is.

'Dat zullen we nog wel eens zien,' zegt Rogier en hij steekt ze alle vijf tegelijk in zijn mond.

's Avonds helpt Katelijne de moeder emmers water sjouwen naar de nieuwe vijver, die nu eindelijk vol mag. De moeder haalt het water uit de regenbak met een zinken emmer aan een ketting. Ze gooit het over in een andere emmer en Katelijne brengt die weg. Het hengsel snijdt in haar vingers.

'Voor m'n verjaardag wil ik een tuinslang,' zegt de moeder. 'Zeg dat maar tegen je vader als het zover is.'

'Ga je er ook vissen in doen?' vraagt Katelijne, maar de moeder vindt een paar kikkers wel genoeg, en ze heeft ergens gelezen dat die wel uit zichzelf zullen komen.

'Ik zit alleen nog met Lourens,' zegt ze. 'Dat hij er niet in stuikt.'

''t Is geen baby meer.'

Door de nieuwe waterplanten is de bodem van de put al niet meer te zien. Katelijne stelt zich voor hoe hij tot in het binnenste van de aarde gaat.

'Hieronder zit vrouw Holle,' mompelt Katelijne.

'Wat zeg je?' vraagt de moeder achterdochtig. 'Wat hebben ze je daar weer allemaal wijsgemaakt?'

'Nee, niks.'

De vader wordt erbij gehaald. Hij wrijft nadenkend met duim

en wijsvinger over zijn kin en zegt dat hij wel een stuk kippengaas heeft om eroverheen te doen zolang het nodig is. Katelijne ziet aan haar gezicht dat de moeder liever geen kippengaas over haar nieuwe vijver heeft, maar ze gaat er toch zonder mopperen mee akkoord.

'Dan moeten de kikkers nog maar even wachten,' zegt ze, en Katelijne ziet voor zich hoe ze verlangend in een kring om de vijver zullen staan, tot ze er eindelijk in mogen.

Het gaas zit eroverheen. Ze komen alle drie tegelijk overeind. Hun hoofden botsen bijna. De moeder snuift. 'Wat ruik ik toch?' vraagt ze. 'Een muf luchtje. 'k Zou als ik jou was vanavond maar eens onder de douche gaan.'

Katelijne begint aan haar eerste brief aan Gloria.

Hondsdagen

De lauwe keuken van de oma wasemt als de gapende mond van iemand die net wakker wordt. Katelijne, die er binnenstapt, is er niet op bedacht en trekt instinctief haar neus op. Nauwelijks merkbaar, maar de oma heeft het gezien.

'Ja, kind, het zijn de hondsdagen, dan is het op z'n ergst. En 't was vanochtend ook weer glad erg met de zilvervisjes.'

Dat had ze niet hoeven zeggen, want dat had Katelijne al gezien aan de krant die vol met grijze plekken voor haar klaarlag op de wasmachine. Daarmee mept de oma erop, want elke dooie is er eentje minder.

Het oude huis van de oma is een paradijs voor het platte grijze beestje met zijn teveel aan staarten en zijn voorkeur voor keukenkastjes. Dat is de schuld van het vocht dat in de muren is achtergebleven na de inundatie. De geallieerden hebben in '44 Walcheren onder water gezet om de Duitsers weg te krijgen – met succes. Toen zaten de bewoners echter met het water, dat in buiten- en binnenmuren drong en nooit meer helemaal is weggegaan. In het opkamertje boven de kelder groeien de champignons op het behang.

Haar hele leven heeft de oma het vocht hartstochtelijk bestreden, maar het bleek uiteindelijk sterker dan zij. Op het moment dat ze dat goed en wel besefte, zat het ook al in haar benen, waar ze er sindsdien jaarring na jaarring bij krijgt. In de textielzaak op 't dorp hebben ze haar al gewaarschuwd dat ze inmiddels de grootste maat kousen heeft waar ze bij de groothandel aan kunnen komen.

'Dat kan nou wel wezen,' zei de oma, 'de vraag is wat ik eraan kan doen.'

Arjaon en Rina konden kletsen wat ze wilden, maar naar de dokter ging ze niet, in geen honderd jaar, want haar eigen moeder was daar ook nooit geweest 'en die is er 't negentig mee geworden'. Ze wist niets anders te bedenken dan 's achternamiddags met haar stoel tegen de verwarming te gaan zitten, zelfs in de zomer, om er zoveel mogelijk van te verdampen, maar zoals de worm niet sterft in het vuur slinken haar benen er niet van en zo persisteren ook de schimmelluchtjes en de zilvervisjes die de oma dan maar te lijf gaat met een gevouwen krant, en een enkele keer een *Saambinder* of een *Gezinsgids*, in elk geval iets wat nog door Arjaon, Rina en de kinderen gelezen moet worden.

De familie is allang gewend aan hier en daar wat grijze vlekken op het dagblad, dat hun kant op komt zodra de oma ermee klaar is (en dat is vrij snel, want de oma leest slechts de feuilleton en de geboorte- en overlijdensadvertenties), alleen Katelijne gruwt ervan sinds ze weet hoe ze zijn ontstaan. Volgens de vader moet ze dat soort afkeer maar bewaren voor margarine en frikadellen en schuilt er niks onnatuurlijks in de ingewanden van een zilvervisje.

Het beste was het geweest dat de oma er de sportbijlagen van de PZC voor zou gebruiken, want die houdt ze toch achter, omdat ze de jongens mogelijk zouden aanzetten tot sportverdwazing (en zij betaalt tenslotte het abonnement). Het eerste wat ze doet als ze de krant 's morgens uit de bus heeft gehaald, is hem op de vrieskist openspreiden en de sportpagina's in de oudpapierdoos laten glijden.

Inmiddels hebben Arjaon en Rina de dokter bij haar langs gestuurd.

Eerst had ze nog geprotesteerd en ze was ook tegen hem blijven herhalen dat haar moeder zonder dokter 't negentig was geworden, maar uiteindelijk was ze blij geweest met al die aandacht voor haar kwalen ('zo zie je maar hoe een mens ineens iets hebben kan') en toonde ze iedereen die op visite kwam haar medicijnendoosjes. Ze moet elke dag twee kilometer lopen van de dokter en ze denkt dat ze daar wel aan komt door de eindjes naar de brievenbus, de waslijn en de wc bij elkaar op te tellen.

Haar benen zijn sindsdien niet meer verder aangedikt. Maar minder werd het ook niet. De stroom van levenssappen heeft zich nauwelijks nog noemenswaardig in gang gezet. Haar benen bevinden zich onder haar korte lijf alsof het die van een ander zijn. 'Mijn vreemdelingen hier beneên,' zegt ze met gevoel voor humor. En: 'Als het erger niet is.' Maar ze heeft bij haar stoel een verrijdbaar bijzettafeltje met een laag afhangend kleedje, waarmee ze, als er mannelijke visite komt, met één handbeweging haar vreemdelingen aan het zicht kan onttrekken.

Vaak is het Katelijne die de verse kranten gaat halen, omdat zij graag bij de oma over de vloer komt, die als ze enigszins kan, haar bezigheden staakt om met haar aan de keukentafel te gaan zitten, of in de aan-de-kante kamer, als met een volwassene.

Op zomeravonden zitten ze voor het huis op de witte houten bank met de oranje poten van gietijzer. Ze kijken naar de scherp afgetekende duinen, naar een paartje wilde eenden dat spetterend opvliegt en naar de vaarzen in de wei om te zien 'of ze al een beetje willen elderen'. Ze snuiven de geur op van gemaaid gras, en Katelijne hoopt dat de oma nog eens vertelt over de avond waarop zij geboren werd.

Soms vraagt de oma naar school, waarbij ze dan alleen wil weten of de meester 'veel ontzag' heeft en of hij wel van de oude stempel is. Dan vertelt ze dat ze vroeger als de dood was voor de meester. 'Hij kon ineens achter je te staan,' zegt ze dan. 'En dan was je de klos, hoor.' Ze vertelt nooit waarom ze de klos was. Ze zegt dat ze blij was dat ze op d'r elfde van school af mocht.

Soms fladdert er een koolwitje langs of een kleine vos.

Soms zeggen ze helemaal niks, dat vinden ze allebei niet erg.

'Er zitten buien in de lucht,' zegt de oma. 'Boven Weskappel zie je de donderkoppen. 't Zou veel waard wezen, als het eens lekker regent en als het eens een beetje afkoelt,' zegt de oma. 'Je vader kan ook wel een buitje gebruiken.'

Katelijne vraagt of er nog nieuws is.

'Dat meisje van Melse is hervormd geworden,' zegt de oma. 'Sonja heet ze. Naar d'r grootmoeder Suus, maar die leeft niet meer. Het ouwe mens heeft nooit gemankeerd, en verleden jaar is ze opeens in d'r slaap gestorven.' De oma zwijgt, slaat eerbiedig haar ogen neer en blijft een poosje zo zitten, zodat er niets anders te horen is in de keuken dan de doodsstrijd van een vlieg die met het puntje van zijn vleugel aan een van de okergele vliegenvangers zit geplakt.

'Suus heeft een goede ruil gedaan,' vervolgt ze. 'Als ze dat had geweten, van d'r kleindochter, had ze het heel verschrikkelijk gevonden. Kee zat er ook veel mee.'

Ze heeft dus met Kee gebeld. Dat betekent altijd nieuws. Kee Dommisse is een vriendin van de oma die er ook iets van kennen mag en die op 't dorp woont, in de dorpsstraat waar je doorheen komt als je om boodschappen moet. Zodoende weet ze alles.

'Kee heeft 'r gesproken. Ze loopt nogal met d'r eigen te koop,' zegt de oma. 'En ze heeft de mond vol van Jezus.'

Dan is het foute boel, weet Katelijne.

De oma zegt dat het zo gemakkelijk niet gaat als God een mens bekeert. 'Hij moet wassen,' zegt ze. Met Hij bedoelt ze de Heere, en wassen betekent groeien. 'Hij moet wassen en ik minder worden. Zo is het en anders niet.' De oma denkt dat Sonja zich de Heere Jezus 'vals heeft toegeëigend'. Ze zegt dat zo'n kind zichzelf bedriegt voor de eeuwigheid. Zelfs wanneer ze daarmee een aangenamer leven heeft, is ze volgens de oma slechter af dan wanneer ze zich haar hele leven om haar verloren staat bekommerd heeft en uiteindelijk ook niet uitverkoren is. Dan weet ze tenminste waar ze aan toe is, en dat is de oma ten voeten uit: niet warm lopend voor verrassingen.

De oma waarschuwt graag; ze ziet het als 'haar dure plicht'.

Ze waarschuwt ook tegen de rooms-katholieken. De rooms-katholieken denken dat hun goede werken in Gods ogen nog iets voorstellen, terwijl je toch moet weten dat er van de mens uit geen nagelschrapje bij hoeft. De oma koopt niet bij de V&D, omdat die rooms zijn. En dichter bij huis krijgt elke dominee die in hun gemeente psalm 1 laat zingen van haar een aantekening, omdat daarin de werken der vromen worden geprezen en beloond.

Ach, wie eet er van nature graag genadebrood? De evangelischen en de katholieken gaan met een ingebeelde hemel naar de hel, daarover bestaan – wat de oma betreft – geen misverstanden.

'M'n kind, dat het van jezelf uit toch eens onmogelijk werd om zalig te worden. Ik zou willen dat jij dat nog eens beleven mag.' Ze klopt met haar vingertoppen op het tafelzeiltje.

Katelijne weet nooit wat ze daarop moet zeggen, dus zegt ze niks en kijkt ze schaapachtig voor zich uit.

De oma zegt dat ze vroeger net zo was. Dat ze net als Katelijne er maar op los leefde en niks van de Heere wou weten.

Katelijne wil tegensputteren, ze leeft er helemaal niet op los, vindt ze. Maar de oma vervolgt: 'Want wie niet voor Hem is, is tegen Hem. Weet je dat wel? Er zijn maar twee wegen, 't is van tweeën één.' Ze zegt dat de Heere toen Hij haar stilzette geen spaan van haar heeft heel gelaten.

Katelijne knikt. Ze kent het verhaal. Ze weet ook hoe het verderging. Dat de oma na weken van getob opeens in de Bijbel las over de farizeeër en de tollenaar, die beiden gingen bidden in de tempel. De farizeeër dankte dat hij zo'n goede man was en niet zo slecht als de tollenaar, die mensen immers geld afhandig maakte. De tollenaar bleef echter van verre staan en durfde zijn ogen niet op te heffen naar de hemel. Hij zei enkel: 'O God! Wees mij zondaar genadig!' En dat de Heere Jezus daarover heeft gezegd dat die zichzelven verhoogt vernederd zal worden en dat die zichzelven vernedert verhoogd zal worden.

Toen was de oma een tollenaar voor God geworden. De oma heeft het haar al heel wat keren verteld. Voor tollenaren en zondaren is vergeving mogelijk. Niet voor mensen die het op eigen kracht denken te kunnen.

‘Had Kee verder nog nieuws?’ vraagt Katelijne.

‘Koosje ligt in ’t ziekenhuis. Ze hebben alles bij d’r weggenomen. Zeg dat maar tegen je moeder, dan kan ze een kaart doen. En anders niet, dat ik weet.’

De moeder zal ongetwijfeld vergeten een kaart te sturen. Ze is niet zo goed in dat soort dingen. Ze gelooft ook niet dat een zieke van een postkaart opknapt. ‘Als ik in het ziekenhuis lig, hoef ik ook geen kaarten,’ zegt ze. ‘Dan weten jullie dat maar vast.’

Er zijn veel dingen die ze alvast maar weten. Bijvoorbeeld dat de moeder geen poespas wil, als ze weer een keer een koe hebben die de 10.000 kilo vet en eiwit heeft gehaald. Enkel een foto van de koe voor in de keuken, dat vindt ze mooi, maar daar hoeft dan verder niemand bij. En ook zegt ze dat ze nooit mee zou gaan met de bejaardenmiddagjes van de kerk, al kreeg ze geld toe, en dat ze niet meer aan de deur zal kopen bij die klerejood met z’n dure overalls en werkschoenen, want hij zet je af waar je bij staat. De moeder heeft het er nooit over wat er in de toekomst wél moet gebeuren.

De oma kijkt uit het keukenraam. Katelijne volgt haar blik. De oma zegt dat ze elk moment Wannes verwacht. Dat hij nog wat aardappels zou uitdoen, want die zijn alweer zo goed als op.

‘Ik hoop dat ’n vandaag nog komt, want morgen moet hij naar z’n broer in Eben Haëzer.’

Wannes, of liever Jewannes – maar dat zegt hij alleen als hij de telefoon opneemt – is de ongetrouwde zwager van Kee en hij draagt, sinds de opa er niet meer is, de verantwoordelijkheid over de aardappels van de oma. Hij poot ze, wiedt ze, spuit ze, en doet ze uit met een riekje wanneer ze klaar zijn om op te eten. In de winter zoekt hij ze elke veertien dagen uit op kwaad en spruiten. Meer hoeft hij niet te doen, want dan zou hij nóg vaker komen en het is toch al geen man van goeiendag en de groeten. Wat dat aangaat is ’t precies z’n schoonzuster, voor wie hij trouwens ook allerhande karweitjes doet. Volgens de vader is ’t voor hem de manier om bij de vrouwen over de vloer te komen.

‘Wannes geniet met dodden,’ zegt de oma, ‘als hij iets voor me kan doen.’

Voor andere buitenklussen heeft de oma andere mannetjes. Haar eigen zwager Sam van Ko neemt het spitten voor zijn rekening. Altijd in zijn zwarte pilobroek, weer of geen weer. Hij doet ook de andere groenten, maar omdat hij zulke slechte ogen heeft, komt daar niet zoveel van. De ene week zaait hij peetjes en de andere week denkt hij dat het onkruid is en staat hij ze uit te kappen.

Katelijne vindt het leuk om met Sam van Ko te kletsen, want hij vraagt altijd uitgebreid naar wat ze op school heeft geleerd, vooral bij godsdienst. Als Sam van Ko vroeger had kunnen doorleren, was hij theologie gaan studeren. De oma vindt het maar niets, dat geklets, want 'dan ziet hij helemaal niet meer wat hij doet, als hij z'n aandacht er niet bij heeft' en bovendien verdenkt ze Sam van Ko van evangelische sympathieën. De oma zegt tegen iedereen dat ze nog het meest heeft aan Arjaon, d'r zoon, die de vuilnis doet, de meeste reparaties en na elke bui de regenmeter.

En dan is er nog de bloementuin, die Jeroen verzorgt – en niet de moeder. Jeroen kan ze tenminste commanderen; hij komt niet met het voorstel om de viooltjes eens te vervangen door pluimgipskruid of piramideklokjes of andere moderne ideeën. Jeroen houdt ook de heg bij (en doet daar dan drie dagen over). Het gazon wordt weer gemaaid door Christiaan, die volgens haar 'beter is met de machienen'. Niemand weet waar ze dat vandaan heeft, want Christiaan is tot nu toe degene die van hen allemaal de meeste brokken heeft gemaakt. En bovendien mist hij de hoeken.

Het gras en het kroontjeskruid van tussen de tegels halen doet Katelijne, met een puntenmesje. Daar krijgt ze een rijksdaalder voor.

De oma is niet oud, ze kan alleen maar slecht van pad, van het vocht. Ze vindt echter dat ze nog lang niet toe is aan een aanleunwoning.

Er nadert iemand op de fiets. Ze kijken er alle twee naar.

''t Is Wannes niet, 't is Kee zelf,' zegt de oma en ze zucht, alsof ze helemaal geen zin heeft om haar vriendin te ontvangen, die zomaar aan komt waaien wanneer het haar uitkomt. Maar Katelijne weet dat de oma haar verwacht moet hebben.

'Ah, wacht is, het is donderdag. Ze komt zeker met vis.' De oma kijkt op de kalender die naast de telefoon hangt. Het is een kalender met interieurs van kerken. De week begint er niet met de maandag, zoals op die van de Rabobank, maar met de zondag, omdat de Heere Jezus op paaszondag is opgestaan. Je moet vanaf de opstanding rekenen, want toen begon de Heere Zijn Kerk te bouwen.

Op donderdag haalt Wannes wel eens tong voor de dames van de markt in Middelburg en Kee komt ze dan brengen, zodat ze ook even een uitstapje heeft.

Katelijne heeft het niet zo op Kee, omdat ze het er altijd over wil hebben, en als ze Katelijne ziet, wil ze altijd weten of ze wel om een nieuw hartje bidt. De oma zegt dat ze haar moet verduren, omdat ze een man in Eben Haëzer heeft, waar hij, zoals algemeen bekend is, door zijn dementie alles en iedereen bij elkaar vloekt. Kee durft er eigenlijk alleen nog vrijdagsavonds naartoe, met een pannetje kippensoep voor zondag, en met watjes in haar oren.

De man is ook boer geweest. Z'n ziekte heeft z'n karakter veranderd, maar niet z'n beroep. Als hij zijn zin niet krijgt slaat hij de zusters op hun rug alsof het koeien zijn, en ze geven hem tegenwoordig geen vorken meer omdat hij die als veeprikker gebruikt.

Kee komt zonder te groeten binnenstiefelen met haar ronde rug (van het vloeren dweilen in vakantiehuisjes, toen ze nog een heel stukje jonger was, en onbekeerd) en met haar dito bril en knot. Ze heeft hetzelfde grijs-met-gele spekjeshaar als de oma. Ze zegt dat er geen zuchtje wind is en dat het overal kriebelt van de onweersbeestjes. Ze heeft het nog niet dikwijls meegemaakt, zo'n hitte, terwijl ze toch al heel wat zomers meegaat, onderhand.

Met een plof legt ze de vis op het aanrechtblad.

''t Zijn hele lekkertjes van de keer.' Ze knikt naar Katelijne. Een nauwelijks merkbaar knikje.

Ze had zeker de oma liever voor zichzelf gewild, denkt Katelijne. Ze laat zich echter mooi niet wegjagen.

'Kom, we gaan in de kamer zitten,' zegt de oma. 'Daar is het koeler.'

''t Is dan toch eeuwigheid geworden voor je moeder,' zegt Kee als ze geïnstalleerd is. Ze zegt dat ze dan wel niet zo dikwijls bij de opoe over de vloer kwam, maar dat ze toch altijd goeiendag hebben gezegd in het voorbijgaan.

Ze luisteren naar de slinger van de staartklok. *Klik, kluk, klik, kluk.*

'Geloof je, was er nog een sprankje hoop?'

De oma zucht. Ze zegt dat ze er bij haar moeder maar weinig van heeft mogen zien. En dat er nog geen mens is langs geweest die iets vertellen kon. ''t Is net eender als met Ro,' zegt ze somber.

Daar bedoelt ze de opa mee, weet Katelijne. Na een sterfgeval zijn er wel eens mensen – bekeerde mensen – die ervan mogen getuigen dat de overledene goed is terechtgekomen. Dat mogen ze geloven omdat er tekenen zijn die daarop wijzen, een Bijbeltekst die hen niet heeft losgelaten, dezelfde tekst als degene die de overledene het laatst heeft voorgelezen. Of een psalmversje dat is gezongen rondom het sterfbed. Toen de opa door de gierdampen werd gesmoord, waren er geen tekenen geweest. Tegen beter weten in hoopte Katelijne, net als de oma, dat er iemand langs zou komen, maar dat is nooit gebeurd.

'Ach,' zegt Kee, die blijkbaar anders niks weet te zeggen.

'Ro had het ook altijd maar over de uitverkiezing. Het moet van Hod komen, zei hij, en daar had moeder het ook de hele tijd over. En', haar stem wordt zachter, alsof ze een vreselijk geheim verklapt, 'ze kleefde zo aan het aardse, aan d'r kralen en aan d'r goed.'

'Ach, Ka. Zijn we niet allen van dezelfde lap gescheurd?'

De oma beaamt dat. 'Toe, kind,' zegt ze daarna tegen Katelijne. 'Zet eens wat water op voor de thee. En pakt ook een kommetje voor je 'n eigen.'

In de keuken vult Katelijne de fluitketel en zet hem op het fornuis. Terwijl ze zoekt naar de lucifers in de vensterbank, verschikt ze er de medicijnendoosjes die er op een rijtje liggen. Het zijn er zeven. Ze zet ze op volgorde van grootte: Rogier, Christiaan, Jeroen, zij, de tweeling en Lourens. Van de tweelingdoosjes is er een ietsje groter. Dat is Peter, denkt Katelijne. Toen Peter geboren werd, had hij aan een van zijn voetjes zes tenen. Alleen al daarom is hij de meerdere van Korné. Van de grootste twee hebben de dokters er toen één gemaakt, één scheve, met twee botjes erin, als een ei met een dubbele dooier. Om een of andere reden pest niemand hem ermee.

'Zeg Kee,' hoort Katelijne vanuit de keuken de oma zeggen. 'Zeg Kee, ik heb nog melkvellen bewaard, hoor. Zal ik vragen aan Katelijne of ze ze even op een schotel doet?'

'Ah, nou, als je er toch vanaf moet,' zegt Kee, iets te happig.

Als de oma een pan melk haalt uit de melkstal, kookt ze die meteen, zodat er een dik vel op komt, en dat schept ze op een soepbord voor als Kee komt. Katelijne pakt het bord uit de koelkast en zet het voor haar neer met een vork erbij.

'O, geef maar hier, hoor,' zegt Kee. Ze steekt een hand uit.

'Moet er nog een beetje suiker op?'

'Nee, dat mag ik niet meer van de dokter. Maar zo zijn ze ook lekker.'

Ze eet met smaak. De oma knipoogt naar Katelijne, maar het is onduidelijk wat die knipoog betekent. Misschien schaamt ze zich wel dat haar vriendin vellen eet, denkt Katelijne, maar ze weet ook dat de oma graag iemand blij maakt met iets wat ze anders toch zou weggooien.

De fluitketel begint van zich te laten horen. Katelijne trommelt met haar vingers op het aanrechtblad en kijkt naar buiten, naar de ceders van Libanon, zoals de vader de grote bomen noemt aan de rand van hun erf, maar het zijn gewoon treurwilgen.

Treurwilgen lijken in niets op cederbomen, ze zijn uit de aarde aards, ze groeien met hun hoofd omlaag en ceders reikhalzen juist naar de hemel. Schoon van takken, staat er in de Bijbel, schaduwachtig van loof en hoog van stam. De moeder lacht de vader er altijd om uit. 'Dat heeft dan biologie gehad,' zegt ze. 'Jij hebt er ook alleen maar verstand van als je 't op kan eten.'

Mensen zijn nu eenmaal geneigd om overal meer van te maken

dan het in feite is. Niet in de laatste plaats van zichzelf.

Het water kookt.

'Heb je nog zoete ogenblikken mogen smaken in 't leste?' hoort ze de oma in de kamer aan Kee vragen. Haar stem klinkt anders dan anders: zachter, paaiender. Katelijne houdt niet van die stem. Als de oma zo praat, is de afstand tussen hen een eeuwigheid.

'Daarom had ik je gebeld, Ka. Ik dacht: ik moet Ka eens bellen, want die kent er ook iets van.'

De oma zegt bescheiden dat ze maar 'zo'n kleintje in de genade' is.

'Jij? Zeg dat toch niet, Ka. Jij hebt het beleefd. Jij bent gerechtvaardigd in de vierschaar der consciëntie. Dat maakt niet elk kind van God mee.'

'Ja, kun je het je voorstellen? Ik, de grootste der zondaren, met mijn doodvonnis al over me uitgesproken. Ach, toen de schuldovernemende Borg tussen mij en de Vader ging staan. Toen ik werd vrijgesproken van schuld en straf.'

Nu veegt ze een traan weg, weet Katelijne.

Er klinkt een snik. 'O, ik wens je het zo toe dat je het eens beleven mag.'

Katelijne brengt de thee binnen. Kee heeft het bord al leeg.

'O, van de week, Ka,' zegt ze. 'Het was zo bijzonder.'

Katelijne kijkt naar de oma. Ze ziet hoe haar gelaatsuitdrukking verandert, alsof Kee vertelt over een ontzettend lekker gebakje.

'Ik had zo'n slechte week gehad,' zegt Kee, 'en ik wist niet meer waar ik het zoeken moest. En toen zei ik tegen m'n eigen: als je niet meer weet waar je 't zoeken moet, dan moet je in de Bijbel wezen.' Ze spreekt 'Bijbel' uit als 'Bibel'. 'Kee, zeg ik, dan moet je in de Bibel wezen. En toen ben ik gaan lezen, Ka. Ik sloeg hem zomaar ergens open. "Mijn genade is u genoeg," las ik.'

'Twee Korinthe twaalf,' weet de oma. '"Mijn genade is u genoeg; want Mijn kracht wordt in zwakheid volbracht."'

'"Zo zal ik dan veel liever roemen in mijn zwakheden, opdat de kracht van Christus in mij wone,"' vervolgt Kee. 'En ik dacht, nu weet de Heere toch precies hoe ik eraan toe ben, en ik voelde een kracht in me komen, zo wonderlijk. Het is niet uit te drukken.'

De oma zegt dat het zalige momenten zijn. Dat je daar soms weer weken op vooruit kunt.

'Ja,' snikt Kee. 'Uurtjes van korte duurtjes.' Ze probeert zonder haar bril af te zetten de tranen er vanachter weg te vegen.

De oma bedenkt opeens dat ze nog meer vellen heeft, die van vanochtend, en dat ze die op een schoteltje op 't wasmachien heeft gezet, om af te koelen. 'Toe Katelijne, pak het eens even.'

Maar Kee zegt dat ze het heel lekker vindt, maar toch maar niet. 'Als ik er te veel eet, komt m'n maag er zo van op.'

Ze vraagt aan Katelijne of ze ook wel eens last van haar zonden heeft.

Katelijne kijkt naar haar tenen. Wat moet ze daarop zeggen? Dat ze soms niet in slaap durft te vallen, omdat ze bang is dat de Heere haar 's nachts tot zich zal nemen?

Ze blaast in haar theekopje.

'Ach, zo'n kind, ze wil het niet gezegd worden,' zegt Kee. Ze zegt dat groene blaadjes ook wel eens afvallen en dat het dan te laat is.

Katelijne laat haar theekopje uit haar handen glijden.

'Kind toch, klodder niet zo.' De oma schrikt van nog meer vocht in haar huis. Behalve in de rouw en bekeerd, is ze namelijk ook heel precies op haar vloerbedekking. Ze stuurt Katelijne dan ook subiet om een doekje.

Katelijne staat bij het aanrecht en kijkt om zich heen als iemand die vergeten is waarvoor hij hiernaartoe is gelopen. Traag vist ze het doekje vanachter de kraan. Een zilvervisje probeert tevergeefs uit de gootsteen omhoog te klimmen. Het valt telkens terug op zijn rug. Katelijne kijkt er een tijdje naar en drukt er dan de schoteldoek op.

'Je genadetijd is voorbij,' fluistert ze meedogenloos.

Bezoek

'We moesten Sekker weer eens vragen,' zegt de vader zonder op te kijken. 'M'n kartonnen zijn op.' Hij pakt het laatste lege overhemdkarton van de stapel en neemt een reeds beschreven exemplaar, dat hij er bij wijze van liniaal dwars op legt. Met een balpen trekt hij er met vaste hand – *ratsj, ratsj* – allemaal blauwe strepen langs. Een stuk of vijf overlangs en minstens dertig overdwars, zodat er een lange tabel ontstaat.

Het is een tabel voor de koeien, waarop de vader schrijft wanneer ze voor het laatst gekalfd hebben, wanneer ze bij de stier zijn geweest en wanneer ze in de toekomst opnieuw moeten kalven. Bij de plek van de vader zit de tafel vol met blauwe stippen en streepjes waar zijn pen is uitgeschoten.

'Aan me hoela,' zegt de moeder. 'Dan zitten we er weer een hele avond mee.'

'Eh, eh, 'k-hebbe-geen-tie-tie-tied, hoor,' doet Rogier meteen, die aan het andere uiteinde van de tafel voor zijn tentamens aan het leren is.

Katelijne, die ertussenin zit, lacht er hard om. Rogier is ongelofelijk met stemmetjes. Zijn specialiteiten zijn weerman Pelleboer van de radio, en ouderling Willemse, die leespreken uitbraakt als de grote luchtcompressors waar hij door de week aan sleutelt. Willemse mag hij niet meer aan tafel nadoen, want dat lukt nooit zonder spuugdruppeltjes.

Buurman Sekker Cijsouw – zijn doopnaam is Zacharias – heeft

van zijn leven te weinig gepraat om het goed te kunnen, en is eigenlijk voor iedereen wel gemakkelijk te imiteren. Een kwestie van door de neus praten en een beetje stotteren.

'Wa-wa-wanneer moe-moe-moet ik m'n a-a-aardappels dan doen,' vervolgt Rogier om aan te geven dat het leven voor Sekker enkel bestaat uit kool in de winter en 's zomers sla, en dat hij het daar zo druk mee heeft dat een visite op een achternamiddag er niet af kan.

Sekker Cijsouw, die met zijn oude moeder in een houten huisje woont, heeft geen voorzieningen om zijn eigen kleren te wassen, geen voorzieningen voor wat dan ook eigenlijk, geen douche, geen wc, alleen een hokje buiten met een poepemmer, die hij eens in de zoveel tijd leegt boven zijn aardbeien, omdat die daar zo lekker rond en groot van worden.

Eén keer per maand, zo hebben de vader en moeder al lang geleden voor hen geregeld, wordt hun was opgehaald door een wit bestelbusje, dat een paar dagen later alles weer schoon komt terugbrengen, zodat Sekker z'n hemden weer helder afsteken bij zijn gezicht, waaraan al sinds Katelijne zich kan heugen alles antraciet is: het waas op zijn wangen, het haar dat in lange slierten van de ene kant naar de andere wordt gekamd, dat wat boven zijn ogen als een luifel naar voren steekt en dat wat in een nat tresje uit zijn neus hangt. Zelfs zijn tanden, althans de weinige die hij nog heeft, houden het midden tussen donkergeel en antraciet.

In zijn schone overhemden steken witte rechthoekige, bijzonder stevige kartonnen, die Sekker netjes voor hen opspaart en meebrengt als hij een keer op de koffie wordt gevraagd, samen met een kistje aardbeien als het er de tijd voor is. Of zoete roodgele appeltjes, waar zijn moeder met een puntenmesje de bestoken plekjes uit heeft verwijderd. Zelf doet ze de complimenten; ze wenst in haar leven niet meer verplaatst te worden.

''t Mocht eigenlijk toch wel gebeuren,' zegt de vader alsof het om een tochtige koe gaat die vanmiddag nog gedekt moet worden. 'Dan vragen we hem voor om drie uur.'

'Wat een drift,' zegt de moeder. 'Ik ben er niet vanmiddag, de tweeling moet naar de kerstzangmiddag.'

'Dan doen we het morgen.'

Een hevige regenvlaag slaat kletterend tegen de ramen. Zelfs de moeder, die toch voor geen kleintje is vervaard, krimpt een beetje in elkaar.

'Wat een weertje, wat een weertje,' zegt ze. 'Je kan er met zulk weer niet eens met goed fatsoen komen.'

Ze kijken naar het grijsblauw achter de glazen ruit, waarin je de brandende lamp boven de keukentafel gespiegeld kunt zien. De lamp aan, midden op de dag!

Wat zal het fijn zijn om vanmiddag in de kerk te zitten, denkt Katelijne. Buiten het stormgebruis, binnen zingen bij het orgel.

'Gieren, gieren, gieren, klaarrr!' klinkt het vanuit de woonkamer, waar Lourens en de tweeling met hun trekkertjes en plastic dieren boerderijtje aan het spelen zijn. 'Vroemm, vroemmm, vroemmm.'

Katelijne zegt dat ze ook wel nieuwe kartonnen wil. Dat de hare ook zo goed als op zijn. Ze bladert in een *Standvastig*, een uitgave van de Gereformeerde Bijbelstichting, en legt hem met een klap op de stapel kerkelijke blaadjes die ze al heeft doorzocht. Weer niks.

Ze is op zoek naar plaatjes voor haar werkstuk over Zwitserse kerkhervormers. Van Calvijn met zijn strenge baard en zijn dubbele pet zijn er tekeningen genoeg, maar van Zwingli heeft ze er nog steeds geen kunnen vinden. Ze denkt dat hij er het geduld niet voor had om zich uit te laten tekenen. Misschien vond hij zijn werk belangrijker.

'Wat moet jij er eigenlijk mee?' vraagt de vader plotseling.

'Gewoon, gebruiken. Voor school.' Ze vertelt niet dat ze de kartonnen dubbelvouwt en er gelijnde multomapblaadjes tussen legt, die ze meesmokkelt van school, en al helemaal niet wat ze daarop schrijft.

De vader verslindt kartonnen. Hij moet elk jaar zijn lijsten vernieuwen, omdat vaarzen koeien zijn geworden en koeien weer een kalf rijker, of opgeruimd omdat ze te weinig melk hebben gegeven. Hij heeft de kartonnen harder nodig dan zij.

'Heb je er nog?' vraagt de vader.

'Wat?'

'Van die kartonnen?'

'Nee.' Maar hij zegt dat hij kan zien dat ze liegt en ze moet ze ogenblikkelijk gaan halen.

Katelijne moppert. 'Sekker geeft ze aan óns hoor. "Hier, nog wat voor de huus," zegt-ie altijd.'

'Hoor eens hier, wat is er nou belangrijker: die flauwekul van jou of de koeien? De melkerij, daar moeten we van eten.'

'Doe wat je vader zegt, Katel,' bemoeit de moeder zich er ook mee. Natuurlijk kiest ze partij voor de vader. Zij en de vader, dat zijn twee handen op één buik.

'En gauw een beetje, want ik wacht erop,' zegt de vader. 'De dag is geen kakstoel.'

Uiterst traag komt Katelijne overeind. Ze gaat eerst naar de wc en ze wast haar handen zonder ze af te drogen, zodat er een natte vlek komt op het karton.

'Ik heb erop gespuugd,' zegt ze, terwijl de vader ze uit haar handen pakt. Hij kijkt ernaar met een gezicht alsof ze iets in het Latijn heeft gezegd.

'Dacht je dat ik daar vies van was?' zegt hij eindelijk. 'Hè? Een beetje spuug van m'n eigen vlees en bloed.' Hij grijpt haar met zijn dikke vereelte vingers in haar nek, wat hij altijd veel te hard doet. 'Hè, Kateltje!'

'Au, dat doet zeer.'

Hij laat niet los, en knijpt nog harder. 'Dacht je echt dat ik vies van je was, meisje van me?'

'Au-au!' roept Katelijne. 'Auuuw!'

'Toe, Arjaon, hou eens op, je kent je eigen kracht niet,' zegt de moeder.

'Het is geeneens spuug,' zegt Katelijne, nog steeds verongelijkt, maar het doet haar op een of andere manier toch goed dat hij 'eigen vlees en bloed' heeft gezegd.

Ze eten kroten. Katelijne heeft ze met een oude jas over haar hoofd tegen de striemende regen uit de bak met zand in het schuurtje gehaald. Het is een enorm karwei om voor negen personen kroten schoon te maken, te koken, in koud water te laten schrikken als een ei, te pellen en daarna te raspen. Telkens moet je het stuk dat je aan het raspen bent even onder de koude kraan houden, omdat het anders te heet is aan je vingers. Toch eten ze ze vaak, want het is het lievelingskostje van de vader.

De als onverslijtbaar verkochte reuzenpan met het afgebroken handvat is voor de helft gevuld met geraspte kroten. Op de bodem ligt een laagje kersenrood vocht, als het bloed van mooie mensen, niet dat wat er uit je eigen kapotte knie komt en dat donkerbruin opdroogt. Het lijkt op het rood dat als toegift geboren wordt wanneer een koe haar kalf al aan het aflikken is en waar de katten al een paar uur voor het kalven achter de grup voor klaarliggen.

De kroten zijn nog niet precies gaar, maar iedereen zit al aan tafel. De vader doet 'eerst op zachte keitjes' met Lourens, die zich daar allang te groot voor voelt, maar daar trekt de vader zich niks van aan. Lourens is altijd de klos met dat soort dingen. De jongens gooien hem ook vaak naar elkaar over op het gazon, wanneer de moeder niet kijkt. Daarbij gaan ze steeds iets verder uit elkaar staan, en als de groten eindelijk klaar zijn, wil de tweeling ook altijd nog.

Christiaan kraakt zijn knokkels en kijkt met begerige ogen naar de pannen. Hij prikt met zijn vork in een gehaktbal.

'Wachten,' zegt de vader gebiedend. 'We hebben nog niet gebeden. We zijn niet als de varkens.'

'Ik heb honger.'

'Honger. Je hebt nooit honger gekend, jij.' De kinderen weten al wat er nu komt.

'Bij ons thuis vroeger,' begint hij.

'Als pa een appel at,' vervolgen de kinderen in koor. 'Dan vochten wij om het klokhuis.'

'Precies,' zegt de vader. 'En nu handen samen en ogen dicht.'

De vader zegt het Onzevader op.

De moeder vraagt wie er vanmiddag meegaat naar de zang.

'De zang is voor wijven.' Rogier begint hoog en vals te zingen.

'Dat slaat nergens op,' zegt Katelijne beledigd.

'O nee? Jij gaat ernaartoe en ma gaat ernaartoe. Dat zijn toch al twee vrouwen, of niet soms?' Het woord 'wijven' durft hij niet te herhalen, de lafaard.

'Ik ga helemaal niet,' zegt Katelijne, die het wel van plan was geweest.

'O nee?'

'Nee.'

'Nee?' vraagt de moeder. 'Ik dacht dat jij wel zou gaan.' Zelf gaat ze alleen naar dit soort dingen in de winter, als het spitten is gedaan, de gevoeligste planten bedekt zijn met stro en kippengaas en als de terracotta bloempotten onderdak hebben gevonden tussen de wintervoorraden in het schuurtje.

'Ze gaat heus wel, ze staat te trappelen,' zegt Rogier.

Katelijne zegt dat de zang voor stomme jongens met valse stemmetjes is.

Nu wil de tweeling opeens ook niet meer. De moeder probeert het te sussen.

'Nou wil ik wel eens een keer in vrede eten,' zegt de vader. 'Hier Katelijne, neem nog wat kroten. Je hebt er zo je best op gedaan.' Hij schept een lepel geraspte krootjes uit zijn bord en legt die bij Katelijnes aardappels.

'Hou ze bij je,' zegt Katelijne brutaal. 'Ik hoef ze niet.'

'Nee, ze zijn voor jou, je mag ze echt hebben.'

'Ik zei toch dat ik ze niet hoef.' Ze wil de krootjes terugscheppen, maar de vader trekt zijn bord weg, zodat ze eerst op zijn hand en daarna op het zeiltje terechtkomen.

'Nou moe,' zegt de moeder.

'We eten ze ook veel te vaak,' zegt de vader, terwijl hij zijn hand aflikt en daarna afveegt aan zijn broekspijp. Opeens is het raar stil in de keuken. Het gekras van de vorken op de borden is gestopt. Er is alleen het geluid van de regen die tegen de ruiten slaat. Ze kijken naar de rode bieten op het zeiltje en naar de vader, die zijn vork in zijn gehaktbal plant en vraagt wat er nu opeens aan de hand is.

'Wat krijgen we nou?' zegt de moeder. 'Dat doen we speciaal voor jou.'

'Stop er dan mee, want ze komen m'n neusgaten uit.'

'Ik sta paf,' zegt de moeder verbaasd. 'We weten niet beter of je bent er gek op.'

Hij vraagt hoe ze daar toch bij komt.

'Nou,' stamelt ze. 'Toen je voor het eerst bij ons thuis kwam, zei je dat kroten je lievelingseten was.'

'Dat zei ik omdat je moeder ze had klaargemaakt.' Hij steekt zijn handen omhoog. 'Wat moest ik anders tegen dat mens zeggen?'

De kinderen beginnen te lachen.

'Ik wilde eigenlijk boerenkool doen,' zegt de moeder met een zuur glimlachje, 'maar die is pas lekker als er een keertje vorst overheen is geweest. En ik maar staan raspen. Weet je wel wat een karwei dat is?'

'Ik heb ze geraspt, hoor,' zegt Katelijne. 'En dat is dus mooi de laatste keer geweest. Hoewel, er zitten er nog wel een heleboel in de bak in het schuurtje.'

'Geef ze maar aan de konijnen,' zegt de vader.

Na het eten legt Katelijne er meteen een paar in hun hok. De zwartbonte beestjes krijgen er rozerode kringen om hun neuzen van, als een overdraagbare ziekte die ze hebben opgelopen bij het zoenen.

'Heb je koffie, vrouw?' vraagt de vader, die ervan uitgaat dat de moeder wel in de kamer zit. 'Ik heb iemand meegebracht.'

'Ik ben er,' zegt Katelijne, die al aan komt snellen omdat ze stemmen had gehoord bij de achterdeur.

'Willen de heren koffie?' Ze rolt haar mouwen omhoog, blij met de extra koffiedrinker, want dat betekent een koekje bij de koffie en een beetje gezelligheid, waar je immers nooit te veel van hebt.

Hoewel ze thuis met veel zijn, zijn het geen van allen praters en meestal wordt er onder de koffie niet meer uitgewisseld dan volle en lege mokken en alsjeblieft en dankjewel, als dat er nog af kan, en op een doordeweekse dag soms zonder dat men ervoor opkijkt van krant of vakblad.

'Koffie, wat lijkt me dát lekker,' zegt de veekoopman, die achter de vader binnenkomt. 'Als het de jongedame niet te veel moeite is.'

'Waar is ma naartoe?' vraagt de vader, die niet gewend is daarover in het onzekere te verkeren. Katelijne rolt met haar ogen. 'Hoe kun je nou vergeten zijn dat ze naar de zang is?'

De vader knikt en gaat aan de keukentafel zitten, in de enige stoel met veren eronder en met beklede armleuningen aan weerskanten, degene waar de kleintjes om vechten wanneer ze kleuren aan de keukentafel.

De veekoopman schuift aan de lange kant van de tafel een houten keukenstoel ver naar achteren en neemt erop plaats met zijn buik op schoot en een rijtje overhemdknoopjes precies in het midden, waar het zo spant dat het de vraag is of het daar wel bij blijft. En zal de stoel het houden, want die kraakt zo hard dat Katelijne verschrikt de adem inhoudt, maar de veekoopman, die en passant verklaart dat hij zo graag van 't varken eet, doet kalm de bovenste drie knopen van zijn broek los en begint een sjekkie te rollen. En daarmee lijken alle soorten van gevaar te zijn bezworen.

'D'r is weinig waarvoor je me wakker kan maken, maar verse worst daar doe ik een moord voor,' zegt de veekoopman.

Katelijne gelooft het direct. Zijn lippen staan ernaar. Ze vermoedt dat hij met zijn mond open slaapt voor het geval zijn vrouw nog met een overschotje zit.

'Tweeëntwintig en half, dat is toch helemaal niet gek voor een vaars en een stierkalf? De prijzen zijn niet hoog, de laatste tijd. Op de markt krijg ik er bijna niks meer voor.' Hij praat gloedvol over maar 'een paar vuurtorentjes overhouden' en dat je daar weer 'een heel stel geeltjes' van 'naar de belasting kan brengen'. Bij elk van zijn uitademingen verspringen er een paar tabakskruimels op het tafelzeiltje.

'Tweeëntwintig en half is trouwens prima,' zegt de vader, 'voor die vaars alleen, want daar zit al kalf in. Nog vierhonderd erbij voor het stiertje en je kan ze samen inladen.'

Goed zo pa, denkt Katelijne.

'Met jou valt niet te praten. Ik hoor het al: dat wordt niks. He-lemaal niks. Afijn, dan heb ik in elk geval nog lekkere koffie gehad, van de jongedame.' Katelijne krijgt een knipoog, waar ze lichtjes van verkleurt.

'Suiker en melk, meneer?'

'Meneer. Dat noem ik nog eens een goede opvoeding. Meneer zeg. Dat zeggen ze zelfs bij de bank al jaren niet meer. Alles erin, jongedame. Ik ben een dure. Ha, ha, ha.'

De vader informeert naar de gezondheid van de veekoopman, die eruitziet alsof daar veel over te vertellen valt.

'Ik heb je al een heel tijdje niet gezien.'

'Nee, m'n vrouw sukkelt nogal in 't leste. Die heeft niet graag dat ik ver van huis ben.'

'O, wat mankeert eraan?'

'Ze heeft een storinkje gehad en ze heeft er nogal van geweten.'

'Niet zo best.'

'Nee, maar het voordeel is dat ik als ik thuiskom weer naar binnen durf. Vroeger gooide ik eerst m'n pet naar binnen. Als die niet terugkwam, ging ik zelf.' Hij wacht tot ze om zijn grapje uitgelachen zijn.

'Vandaag heeft ze visite, dus ik dacht, nu moet ik maar weer eens naar Arjaon.'

'Daar doe je goed aan,' zegt Arjaon.

De moeder heeft geluk dat ze er niet is, denkt Katelijne. Die moet niks van koffiedrinkers hebben. 'Ze doen het erom,' zegt ze. Ze klaagt dat ze hier altijd wel een vertegenwoordiger of een bezorger van het een of ander over de vloer hebben. 'Ze weten dat ze hier koffie krijgen en ze passen allemaal hun route erop aan.'

'Die mannen zijn de hele dag op pad,' zegt de vader dan. 'Die zitten de hele dag de schijven uit hun ruggengraat te rammelen. Vind je het gek dat die wel een keer een bakje lusten?'

'Je kan wel aan de gang blijven.'

De vader vindt dat wel het minste. Hij is zo opgevoed. Maar hij heeft makkelijk praten, hij hoeft zich alleen maar in zijn makkelijke stoel te laten zakken en na het eerste bakje zijn kommetje weer bij te schuiven voor een 'doe hem nog maar een keertje vol, vrouw'.

Vandaag treffen ze het eigenlijk nog, want van alle mannetjes is deze veekoopman met z'n verhalen verreweg de leukste.

'Tja, als 't over wuven gaat. 'k Was overlèsten nog bij Kees van de Kromme Weg, weet je wel, die dat hofje tegenaan de duinen heeft. Je weet wel, hij heeft alleen MRIJ.'

'Enkel rooie koeien? Ah, je bedoelt die Kees, die verleden jaar weduwnaar is geworden?' vraagt de vader.

'Precies ja. O, dus je kent hem. Nou, je moet weten, hij kan d'r glad niet tegen om allenig te zijn. En een poosje geleden heeft hij toch ergens een vrouw opgeduikeld, ik geloof van in België, of misschien is 't er gewoon een van d'overkant, dat weet ik niet meer precies. Afijn, die vrouw was de eerste weken poeslief tegen hem, maar op een gegeven moment begon ze steeds over een weekendje weg. Maar ja, hij zat met z'n hof en hij moest zijn beesten toch melken, dat spreekt, hij kon niet mee.'

Dat die vrouw dat niet begrijpt, denkt Katelijne. Als je graag op vakantie gaat, moet je niet iets met een boer beginnen. Bij een boer mag je al blij zijn dat hij een keer een halfuurtje voor je heeft om een lampje op te hangen.

'En dat mens moeilijk doen en zaniken over d'r eens uit wezen en de boog kan niet altijd gespannen zijn – afijn je kent het wel. Ik weet het trouwens goed gemaakt. Drieëntwintig voor dat kalf en die vaars samen en dan praten we nergens meer over.'

'Vijfentwintig,' zegt de vader. 'En geen cent minder.'

Katelijne rekent ongerust uit dat hij in nog geen vijf minuten al honderd vijftig gulden is gezakt en dat de veekoopman nog maar vijftig is omhoog gegaan. De vader en moeder hadden het beter andersom gedaan: hij met de tweeling naar de zangmiddag en de moeder het onderhandelen. Die kan d'r poot tenminste stijf houden. De moeder weet precies hoeveel crackers en kleren kosten en fietsen en nette schoenen en de kapper, want Christiaan wil tegenwoordig al niet meer door de moeder worden geknipt.

Als de vader een vreemde tegenover zich heeft, is hij meteen een ander. Niet de strenge vader, maar zijn snorloze schaduw waar je ongestraft overheen kunt huppelen. 'Die kooplui moeten toch ook eten,' zegt hij en hij begint altijd over hun gezinnen. Hij zou beter eens wat meer aan zijn eigen gezin denken.

'Dan zijn we uitgepraat,' zegt de veekoopman. Hij steekt zijn dikke handen in de lucht. Het zijn net rond gespannen miniuiers, met spenen die strak staan van de melk. Net zo bol als zijn portefeuille in de zak van zijn leren bodywarmer.

'Dan doe ik m'n verhaal nog klaar, en dan ben ik weg. Die vrouw bleef maar zeuren, over dat het toch niet altijd zwoegen kan zijn, en Kees – afijn je kent Kees, een doorgoed mens; zit geen dingetje kwaad in – Kees dacht: ik geef 'r geld en dan kan ze een weekendje op pad met 'r zuster. Hij brengt ze naar het station, ze zouden naar Parijs gaan. Of hij er niet nog een paar honderd bij kon leggen, of voor de zekerheid duizend, want Parijs, dat is zo'n stad waar alle restaurants vijf sterren hebben, en wat moet je als je niks goedkopers kan vinden? Wat ervan over was, zou hij terugkrijgen, dat spreekt, 't was enkel voor reserve. Tja, dacht Kees, daar gaat m'n geld, maar ja, je moet ook geen honger lijden, dus hij naar de bank en hij gaf haar nog een keer duizend. En een emotioneel afscheid, van "'k zal je missen" en "blijf nog even tot de trein komt", en toen kreeg hij eigenlijk nog spijt ook dat hij niet mee kon gaan. Want ja, je weet ook niet of ze daar geen leuke Fransman tegenkomt, die een keer *voes et bel* tegen d'r zegt.'

Hij neemt een slok koffie. 'Zeg, 'k heb er nog eens over nagedacht. Die lekkere koffie van de jongedame, dat moet je ook meetellen, dat kost ook wat. Ik zeg drieëntwintig en half, en ik neem ze gelijk mee.'

'Vierentwintig en half als je ze gelijk meeneemt.'

'Met jou valt ook geen zaken te doen. Ho-pe-loos. Afijn, Kees kwam thuis, opgelucht dat het allemaal goed verlopen was, dat wegbrengen, en toen bleek dat er in de tussentijd bij hem was ingebroken. Alles van waarde meegenomen, tot de jurken en de jarretels van z'n eerste vrouw aan toe. En nu denken ze dat die vrouw dat geregeld heeft, want die moet opeens niks meer van hem hebben.'

''t Is toch wat,' zegt de vader ontzet. Hij zegt dat je tegenwoordig niet voorzichtig genoeg kunt wezen. 'Doe jij je vrachtauto eigenlijk op slot?'

'M'n auto? Hier in de buurt? Knappe kerel die daarmee wegrijdt. Nee hoor, ik laat de sleutel erop,' zegt de veekoopman. 'Daar ben ik nooit bang voor geweest.'

Jarretels, denkt Katelijne en ze doet een zwakke poging om zich jarretels voor te stellen, als een soort broches, als gouden sierspelden voor in haar haar. Wie zou hier de jarretels missen als iemand ze kwam weghalen?

'Zeg, wat denk je ervan. Kunnen we het verschil niet delen?'

'Vierentwintig? Nou, vooruit,' zegt de vader, die enorm voor eerlijk is, 'maar dan moet je ze gelijk meenemen.' Ze slaan elkaar op de handen.

Katelijne schiet overeind. 'De koffie is eigenlijk honderd gulden,' zegt ze, terwijl ze zenuwachtig met haar mouw over het tafelblad wrijft.

'Wat zeg je m'n lieve kind?' De veekoopman kijkt haar aan, maar lang niet zo schaapachtig als de vader.

Ze herhaalt dat de koffie honderd gulden is en dat het dus bij elkaar op vierentwintig en half komt.

'Sjonge jonge, 't is toch een gemeen ding ook, zeg. Dat heb je zeker van je vader, dat lepe.'

Katelijne blijft effen kijken. 'Dat komt altijd maar om de koffie,' zegt ze.

De veekoopman lacht zenuwachtig. 'Ik hoor het al. Er is hier niks voor niks. Ze waarderen tegenwoordig niet meer dat je komt met een verhaal of met een mopje. Het gaat enkel nog om geld in deze maatschappij. In de Middeleeuwen gaven de mensen tenminste nog geld voor een goed verhaal.'

'Verhalen, daar koop je tegenwoordig niks meer voor.'

‘Katelijne.’ De vader vindt het nu toch wat te gortig worden.

Katelijne ziet het gezicht van de moeder al voor zich: ‘Hij dacht dat hij met zijn verhalen wel wegkwam, maar ik had hem door!’

Maar als de veekoopman zijn portefeuille trekt, telt hij negen vuurtorentjes uit en drie vijftigjes. ‘Zo,’ zegt hij, terwijl hij kreunend opstaat en de drie knopen aan zijn broek weer dichtdoet, ‘dan gaan we ze nu maar eens inladen.’

Hij loopt haastig naar de deur, alsof hij vreest dat Katelijne op het punt staat zijn klompen, die onbeheerd bij de achterdeur staan, weg te pakken.

Katelijne kijkt toe hoe de vader zonder iets te zeggen de briefjes bij elkaar veegt en in zijn kontzak stopt. Terwijl ze de lege koffiemokken in de gootsteen zet, wenst ze de veekoopman de pijn toe van onverwacht over een hobbel rijden met zijn tong tussen zijn tanden.

Jood-en-mof

Op de basisschool leert Katelijne het meest van de meisjes uit haar klas. Ze leert wat ze voor haar verjaardag moet vragen en op welk moment. Wanneer het poëziealbum, de bedelketting, de lolobal of het horloge. Wanneer je tien wordt vraag je een Jongbloedbijbeltje met flinterdunne bladzijden, als sigarettenvloei, maar stevig als de taal die erop staat, en dat je mee naar de kerk neemt tot je twee jaar later precies hetzelfde krijgt bij het verlaten van de basisschool. Het oude kun je dan gebruiken voor naar het voortgezet onderwijs.

Katelijne wil liever een sprookjesboek, maar weet dat ze daarover niet hoeft te beginnen.

Van haar klasgenootjes leert ze hoe ze tegen een muur moet ballen met een tennisbal, met één hand, met twee handen, onder haar been door, terwijl ze in haar handen klapt of een rondje draait. Verwonderd vraagt ze zich af wanneer de meiden weten wanneer ze knikkers mee moeten brengen of waspoeder vermengd met shampoo in een boterhamzakje om met je vingers aan te voelen en dat om een of andere reden smurfensnot wordt genoemd, of wanneer een lang elastiek. Elk nieuw attribuut dat uit een jaszak wordt opgediept vervult haar van opwinding, omdat het kennis vertegenwoordigt die zij niet bezit, en wel bezitten wil – nu onmiddellijk.

Het elastiek gaat om de enkels van twee meisjes, die twee meter uit elkaar met de benen wijd gaan staan en Katelijne springt erbinnen, erbuiten, erop, haakt de schoen erin, laat het elastiek terugknallen, springt erop, maakt de laatste halve draai, zoals de anderen doen, en denkt: zou dit het zijn of houden ze nog iets achter?

Ze leert wat ervoor nodig is om indruk te maken of om erbij te horen. De meesten weten dat soort dingen van hun grote zussen, van hun nichten, of van de straat, waar na schooltijd veel schijnt te gebeuren, zonder dat Katelijne er de vinger op krijgt. Ze hoort van een huis in de dorpsstraat waar ze televisie hebben, en vangt flarden op van afspraakjes om daar na het avondeten in de tuin voor het raam te gaan staan.

De meiden hebben het ook over ruzies met de bokkenschool, waar de meisjes broeken dragen en de jongens trainingspakken, en van wie de ouders willen dat de speeltuin ook op zondag open is, maar Katelijne komt er niet achter of er nu echt gevochten wordt of niet.

Ook vangt ze op dat er ergens een bruggetje is waar ze niet moet komen, omdat er een keer iemand op is verkracht. Ze weet niet waar het ergens is of wat 'verkracht' betekent; de meisjes waren er onduidelijk over en ze fluisterden het alsof het om het allerdiepste geheim ging. Elke brug die ze neemt, elke plank over de sloot, krijgt vanaf nu de glans van een potentiële verkrachting, en Katelijne begrijpt steeds beter dat geheimen de wereld mooier maken, zoals bloemstukken dat doen, en papieren slingers.

Bovendien leert ze dat geheimen manieren zijn om in aanzien te stijgen, de verzonnen verhalen over haar 'onzichtbare verre familie' waar ze mee aan komt zetten, worden niet geloofwaardig bevonden of niet interessant. Een goed geheim gaat over iemand die ze allemaal kennen, iemand van het dorp, en daar weet ze nu juist te weinig vanaf.

Een keer blijft ze na schooltijd op het dorp om met de hele klas jood-en-mof te spelen, zoals ze in de pauze hebben afgesproken. Er is een opgewonden stemming in de klas en het ruikt er alsof ze net naar de gymzaal zijn geweest. Eerst krijgen ze echter nog kerkgeschiedenis, over de Bartholomeusnacht, de nacht waarin meer dan duizend hugenoten in Parijs omwille van hun geloof werden vermoord.

‘Het bloed der martelaren is het zaad der kerk,’ zegt de meester, die graag over christenvervolgingen vertelt alsof hij er zelf bij is geweest, en dan het liefst over hoe de slachtoffers levend werden begraven of op de brandstapel verbrand. Soms werden de ingewanden eruit gesneden terwijl ze nog leefden. Mensen keken graag naar een ander om te zien hoe ze er zelf vanbinnen uitzagen.

Van alle martelmethoden lijkt Katelijne die van keizer Nero, die de eerste christenen als levende tuinfakkel gebruikte, nog het ergst. Ze stelt zich voor hoe ze daar zou hangen en hoe haar kleren het eerst verbranden. Iedereen lacht haar uit, want ze zien haar in haar blootje.

Na de bel worden de meisjes de joden en Katelijne, die de verstopplekjes niet kent, wordt als eerste door twaalf jongens onder groot protest – de SRV-man komt op het geschreeuw af om te kijken of alles in orde is – meegesleurd naar een elektriciteitshuisje. Daar wordt ze tegenaan gezet en bewaakt door de oenigste jongen van de klas, die op school aan een mega-lijmbal werkt. Volgens de meiden doet hij er ook zijn neuskeutels bij.

Zijn asem fluit. Met twee zweterige handen omklemt hij onafgebroken haar pols, terwijl ze niks zeggen, slechts elkaars lijfgeur inademen, tot die aan het eind van de middag verdrongen wordt door een keur aan kookluchtjes die uit alle rijtjeshuizen tevoorschijn komt. Hij laat haar pas los wanneer zijn vader komt langsfietsen om hem naar binnen te sturen voor het avondeten.

‘Wat heb jij dan gedaan?’ vraagt de moeder, terwijl ze naar de rode striemen op Katelijnes arm kijkt. ‘Niks, gewoon, jood-en-mof gespeeld op ’t durp.’ Daar willen de vader en de moeder alles van weten. Katelijne, die plotseling de grote bewonderende ogen van de jongens op zich gericht ziet, praat gloedvol over onderduiken, marcheren, volkstuintjes uitkammen en martelen om geheimen te ontfutselen. De striemen op haar arm verlenen haar verhaal genoeg geloofwaardigheid. Ze kijkt wel uit om te zeggen dat tikkertje op het hooi, waarbij je over de hanenbalken van het ene dilt naar het andere springt, eigenlijk veel spannender is.

Alleen Rogier zegt verachtelijk dat hij niet kan snappen ‘wat ze daar nou aan vindt, een beetje lopen spelen op 't durp'.

De ouders vragen haar of de meester ervanaf weet.

'Dit loopt de spuigaten uit,' zegt de moeder, en tot ieders verbazing belt ze hem op. De volgende dag leest de meester de hele ochtend voor uit een boek over een concentratiekamp. Wat de joden is aangedaan is niet om mee te lachen of om een spel van te maken.

Die middag spelen ze bok-bok-hoeveel-hoorns-heb-je-op-je-kop.

Ze krijgt een beste vriendin, Suzanne, die vertelt dat ze in de kerk altijd vier Fruitella's krijgt en dat ze kan huilen op commando. 'Maar ik begin er niet aan,' zegt ze. 'Want dan kan ik niet meer stoppen.' Ze wil weten hoeveel snoepjes Katelijne in de kerk krijgt.

'Twee Mentosjes en drie Topdropjes,' liegt ze en Suzanne knikt tevreden.

Bij Suzanne en haar oudere zussen ziet Katelijne hoe meisjeskamertjes er eigenlijk horen uit te zien, met raamhangers, roze bloemetjesgordijnen, witte beeldjes van uilen en beren, en oude babyfoto's van henzelf. Ook hebben ze al sinds hun geboorte een merklap waar hun doopnaam op geborduurd staat en hun geboortegewicht. Ze slapen met hun drieën op een kamer. Uit de prullenmand onder hun wasbak komt een geur die vaag doet denken aan een dood vogeltje dat al een tijdje in de zon heeft gelegen.

Hun kamer is niet te vergelijken met die van Katelijne, die bruine wollen dekens op haar bed heeft en lakens van katoenflanel. Aan haar muren hangen gordijnen in de kleur van het groene schoolbord en posters met instructies om weidevogels te beschermen. Als ze erover begint koopt de moeder voor haar een dekbed dat nog drie weken naar de winkel ruikt, met een roze overtrek, en er komt zelfs een roze rolgordijntje. De poster over weidevogels blijft. *Door nestbeschermers te plaatsen kunt u veel vogels redden.*

De moeder heeft nog een andere verrassing in petto. Ze gaat een nieuw tweepersoonsbed kopen voor zichzelf en de vader. Eentje met twee aparte matrassen, en Katelijne mag in hun oude twijfelaar. De moeder had eerst de tweeling erin willen laten slapen, maar op hun kamer paste alleen een stapelbed, als Lourens z'n ledikant er ook nog bij moest.

Het bed vult zo'n groot deel van de kamer dat ze haar buik een beetje moet intrekken als ze aan haar tafeltje zit, een aan de muur gemonteerde plank waaraan ze haar huiswerk maakt. De vader zaagt er een hapje uit en zegt haar dat ze niet te veel moet eten.

De eerste nachten dat ze in haar nieuwe bed ligt, kan ze niet slapen van opwinding om wat Suzanne ervan zal zeggen. Het duurt echter nog lang voordat die een keer langskomt, ze vindt het te ver fietsen.

Voorlopig spelen ze nog in de huiskamer bij Suzanne thuis, die in niets lijkt op de hunne.

In hun boerderij is de woonkamer qua kleur nauwelijks anders dan de ruimte voor de koeien. De muren zijn grauw, de banken bruin en er is een overvloed aan grasgroene kamerplanten. De banken vormen een halve cirkel om de schouw, waarop de driedelige Statenbijbel met kanttekeningen staat. Tot voor kort stond er aan weerskanten van de bijbel een beeld van een koe: de beloning voor twintig en vijfentwintig jaar eersteklas melk. Eén koe in Delfts blauw, en één in brons.

Inmiddels is de Delfts blauwe op de plavuizen gevallen, doordat Katelijne er een met handenarbeid gemaakt werkje tussen wilde zetten, een prachtige toren van ijslollystokjes. Van alle huisraad dat kapot kon gaan, was dit wel het allerergste en ze begon met lange uithalen te huilen om te laten zien dat ze heel goed besefte wat ze had gedaan. De moeder troostte haar dat ze in de toekomst misschien wel computergestuurd konden lijmen en toen heeft Katelijne zorgvuldig alle stukken van de koe opgeraapt, tot het kleinste scherfje aan toe. Samen met de houten sokkel zitten ze in een grote koektrommel. De vader en de jongens geloven niet zo in de wonderen van computers. Zij hebben hun hoop gevestigd op het volgende jubileum: bij dertig jaar eersteklas melk hoort een koe van zilver.

Bij Suzanne thuis staat er een cyclaam op de vensterbank boven de verwarming en verder zijn het droogboeketjes, voornamelijk rozen en hortensia's waar de kleur uit is. Aan de muur hangen met minilapjes stof beklede kransen van piepschuim en acht schoolportretten van de kinderen. Op volgorde van leeftijd en diagonaal over de muur. Een andere muur is helemaal bedekt met skaileren boeken.

Ze hebben een Johannus, een elektronisch orgel, waarop bladmuziek met verticale notenbalken staat dat klavarskribo heet. Het orgelbankje kun je openklappen en daar zitten de blokfluiten in en nog meer bladmuziek. Er is ook een tenorblokfluit met dubbele boring en een klepje voor de onderste pink. Met vier blokfluiten en een orgel klinken de niet-ritmische psalmen als op cassettebandjes die je kunt kopen.

Suzanne zegt dat ze op zaterdag- en zondagavond soms uren 'samen musiceren', en ze trekt er zo'n verheerlijkt gezicht bij dat Katelijne treurig denkt aan hun eigen gezang op zondagavond en aan Kaïn en Abel, die tegelijkertijd offerden. De rook van Abel ging naar boven omdat de Heere zijn offer aanzag en de rook van Kaïn ging alleen maar opzij, want het zijne zag de Heere niet aan. Ze is bang dat de negen psalmen bij haar thuis niet hemelwaarts maar den 'oek in drijven, of hooguit richting het volgens de oma zo goddeloze Zoutelande.

Katelijne vindt het fijn om te knutselen bij Suzanne aan de keukentafel, waar stoelen omheen staan met een kussentje van leer dat een scheetachtig geluid maakt als je erop gaat zitten. Ze maken paardenkoppen van ministek en kikkertjes van vouwblaadjes. In het najaar maken ze kerstkaarten waar ze met een kartelschaar een sierrandje aan knippen en met zilverstift *Gezegende kerstdagen en een voorspoedig nieuwjaar* op schrijven. De vader is er nooit. De moeder schilt appeltjes waarvan ze partjes krijgen in een plastic bakje.

Soms gaat Suzanne opeens achter Katelijne staan om aan haar haren te snuffelen. 'Ik kan ruiken,' zegt ze dan, 'dat je gisteren nog bij de koeien bent geweest.'

Of het waar is of niet, het kwetst Katelijne altijd meer dan ze laat merken.

Suzanne krijgt een broertje. Een paar weken mag ze niet bij Suzanne komen spelen, omdat dat te druk is, en als ze daarna weer wel mag komen, moet Katelijne op haar tenen lopen, haar gegiechel onderdrukken, doen wat Suzanne zegt. Een broertje krijgen heeft zo zijn voordelen.

'Jij wil er ook één, hè?' zegt Suzanne, die merkt hoe jaloers Katelijne is.

'Ja, maar dan een zusje.'

'Dan moet je ervoor bidden.' En dat doen ze, op hun knieën voor Suzannes bed. Ze bidden ook nog voor Suzanne, dat ze er daarna nog één krijgt, want 'als ze eenmaal anderhalf zijn is het geen baby meer'.

Op een keer zit Suzannes moeder het broertje borstvoeding te geven in de keuken. Katelijne en Suzanne buigen zich over haar schouder. Katelijne probeert alleen naar het sabbelende kindje te kijken en niet naar de grote witte dooraderde borst met de bruine speen. Ze kijkt lang, ook als Suzanne allang niet meer kijkt. Ze moet steeds denken aan 'Gelijk het pasgespeende kind, zich stil bij zijne moeder vindt'. De moeder begint ongemakkelijk te schuiven op haar stoel.

'Gaan jullie maar buiten spelen,' zegt ze. 'Ik zit hier zo raar.'

Ze wordt uitgenodigd op verjaardagen, waarbij ze naar het zwembad gaan of naar de bowlingbaan of naar het strand. 's Avonds wordt ze met de auto thuisgebracht, dat wil zeggen dat ze voor de auto uit naar huis fietst, met het licht van de koplampen op de achterkant van haar benen. Benen die als een razende op en neer gaan, omdat Katelijne aanvoelt dat ze ongemak bezorgt, wat ze voor iedereen zoveel mogelijk wil bekorten. Als de maan er niet is, is het maar goed dat ze op die manier wordt thuisgebracht, want in het donker rijd je de afslag naar hun wegje zo voorbij.

Als Suzanne jarig is, doen ze thuis spelletjes met de grote zussen, die steeds zeggen dat het helemaal geen geld hoeft te kosten om het toch leuk te hebben. Ook Suzanne zegt het en Katelijne spreekt haar niet tegen.

De spelletjes zijn inderdaad leuk. Soms knopen de zussen rode wollen draadjes in de bomen bij kasteel Westhove met op papier geschreven opdrachten eraan, of ze doen een vossenjacht, waarbij alle gezinsleden met petjes op en oude pyjamajassen aan door het dorp lopen. Je moet ze zoeken en vragen of ze een vos zijn, en dan geven ze een of andere opdracht of een snoepje. Ze zijn zo makkelijk te herkennen dat Katelijne er baldadig van wordt. Ze loopt naar vrouwen toe die ze niet kent en vraagt of ze een vos zijn. Als ze verwonderd nee zeggen, zegt ze: 'O, ik dacht dat je verkleed was, want je hebt een broek aan.'

Daarna ligt ze dubbel van het lachen, en diep in haar hart denkt ze dat ze misschien die vrouw wel aan het denken zet over haar mannenkleren. Dat ze iets goeds doet. Ze ontdekt dat je aan het goede doen soms ook nog gewoon lol kunt beleven, zoals het ook leuk is om een garageverkoop van oude bloempotten, muziekdoosjes en wasknijperrekjes te organiseren voor bijvoorbeeld de Bond tegen het Vloeken of voor de zending in Irian Jaya.

En toch, ze weet dat het ergens niet klopt. God dienen is iets wat je van nature niet ligt. Als het te makkelijk gaat, dan is er iets grondig mis. Ze hoort het elke zondag en ze hoort het van de oma. Het wonder van de wedergeboorte gaat gepaard met ongemak, zelfverloochening, zelfhaat en dikke tranen van ellende.

'Wat vind je het mooiste woord van de Bijbel?' vraagt Katelijne.

Suzanne kijkt haar verbluft aan. 'Dat mag je niet zeggen,' zegt ze, maar ze kan niet uitleggen waarom niet.

'Alles even mooi,' zegt ze ten slotte, omdat ze bang is dat te veel achting voor het een, minachting van het andere betekent. 'En jij?'

'"Een iegelijk,"' zegt Katelijne. 'Dat vind ik het mooiste. Dan kun je doen alsof je 't zelf bent.'

Het is sinterklaas. Meer dan de helft van de klas, waaronder ook Suzanne, viert het niet, omdat het niet Bijbels is. De andere helft houdt pakjesavond, op 6 december, want anders lijkt het te veel op echte sinterklaas.

Bij Katelijne thuis is er voor iedereen een cadeautje en een gedichtje. Het gedicht van Katelijne is door de vader gemaakt en begint zo:

Sinterklaas en Zwarte Piet
Bestaan niet.
Ze zijn een verzinsel,
Van mensen met een twijfelachtig beginsel.

Omdat Katelijne op school geheimzinnig doet over haar sinterklaascadeau, een computerspelletje ter grootte van een cassettebandje, dat ze in haar omschrijvingen tot buitengewone proporties opblaast, lukt het haar om Suzanne zover te krijgen dat ze met Katelijne mee naar huis gaat. Als ze halverwege zijn – ze hebben tegenwind – zegt Suzanne dat Katelijne nu niet moet denken dat ze vaker gaat komen. Ze zegt dat haar moeder niet wil hebben dat ze meteen haar kleren moet wassen als ze een keer bij haar geweest is en dat ze dat 'eigenlijk wel kan begrijpen'. Katelijne verdenkt haar ervan dat ze het gewoon verzint, omdat ze te lui is om te fietsen, maar ze houdt het voor zich, omdat Suzanne in staat is om meteen weer om te draaien.

Het computerspelletje valt Suzanne zoals te verwachten was nogal tegen. 'Dat had je ook wel mee naar school kunnen nemen,' zegt ze streng.

De moeder geeft haar een beker melk, maar Suzanne zegt dat ze 'officieel alleen Yogho! Yogho! drinkt'. De moeder weet niet eens wat het is en Katelijne haast zich om het uit te leggen. Suzanne zegt dat cola ook goed is of 7 Up, maar dat hebben ze ook niet. De moeder zegt dat het hier geen café is, maar als Suzanne de melk laat staan, roert ze er een lepel Nesquik door en dan lust ze het wel.

Suzanne zegt niets over het bed, maar het rolgordijntje vindt ze zo mooi dat ze het de hele tijd naar beneden en weer naar boven wil doen.

'Ga er eens tegenaan staan,' zegt ze. 'Zo, met je achterhoofd.' Ze rolt het gordijn omhoog, terwijl Katelijnes losse haar erin mee draait. Suzanne vindt het schitterend.

'Au,' zegt Katelijne. 'Doe maar weer terug.' Even is ze bang dat Suzanne niet naar haar zal luisteren. 'Ik vind het niet meer leuk,' zegt ze nadrukkelijk.

'Nou zeg, ik wist niet dat je zo kinderachtig was,' zegt Suzanne. Ze laat het gordijn toch zakken. Ze zegt dat ze niet kan snappen dat Katelijne een poster over weidevogels heeft. 'Wat is daar nu aan?'

'Nou gewoon,' zegt Katelijne.

Ze praten over hun plannen voor later. Suzanne zegt dat ze juffrouw wil worden, hoewel dat altijd Katelijnes bestemming is geweest terwijl Suzanne zei dat ze bejaardenverzorgster wilde worden, net als haar moeder vroeger.

Katelijne reageert gepikeerd. Ze zegt dat ze er niet meer aan moet denken om voor de klas te gaan staan. Ze maakt kotsgebaren terwijl ze het zegt en ze rolt overdreven met haar ogen.

'Waarom niet?' vraagt Suzanne verwonderd. Katelijne kan het niet uitleggen. Op een of andere manier lijkt het haar opeens het ergste wat er is.

'Je hebt nooit eens rust aan je hoofd,' zegt ze uiteindelijk. Dat zegt de moeder altijd over hen, dat je met al die kinders nooit eens rust aan je hoofd hebt. Katelijne zegt dat ze in plaats daarvan in een bibliotheek zal gaan werken en ze vertelt aan Suzanne dat de meester haar onlangs na schooltijd een paar splinternieuwe boeken te leen heeft gegeven, die niemand nog gelezen had, hijzelf ook niet. Dat ze de instructie had gekregen om tijdens het lezen op te letten of er geen ruwe taal in werd gebruikt of vloeken of 'dingen die niet passen bij onze levensstijl', en ze had ze trots bij zich gestoken en achter elkaar uitgelezen, met altijd een potlood in de hand.

'Maar ik heb het geen een keer echt nodig gehad, alleen een keer voor niks. Er stond ergens dat de aarde vierduizend jaar bestaat en ik dacht dat er veertigduizend stond.' Een van de nullen had ze al doorgekrast. Gelukkig had ze een goede gum, je ziet er niks meer van.

Suzanne luistert al niet meer. 'Nou, laten we dan maar eens naar buiten gaan,' zegt ze. 'Krijg jij altijd snoep van je oma?'

De oma is echter op visite. Katelijne neemt Suzanne mee naar de koeienstal om alle Katelijnes aan te wijzen. Lang geleden is er een keer een kalfje naar haar genoemd en die heeft inmiddels zelf ook weer kalfjes gekregen. Ze zegt dat er vijf Katelijnes zijn en dat ze allemaal heel lief zijn. In het bijzonder Katelijne 4, die ze voor de gelegenheid haar lievelingskoe noemt. Het is de taal van de meiden op school: lievelingskleur, lievelingstante, lievelingseten. Niet de taal van de broers, die het leuk vinden om te zeggen dat Katelijne zoveel weer tochtig is en bij de stier moet. Het is een oud grapje, maar ze blijven er geniepig om lachen, alsof ze zeggen dat ze de schijterij heeft.

Suzanne vraagt haar waaraan ze Katelijne 4 kan herkennen.

'Stikmakkelijk,' zegt Katelijne. 'Het is een wittekop.'

Als ze in de stal aankomen zijn ze net met haar bezig. Ze zagen haar de hoorns af, want die groeiden terug haar kop in.

'Hier,' zegt Rogier. Hij raapt een van de kromme hoorns van de grond en geeft die aan Suzanne. Alleen om te bekijken – hij houdt ze zelf –, maar Suzanne durft ze niet eens aan te raken. Met haar handen stijf op haar rug en met opgetrokken neus kijkt ze alleen maar veel te lang naar een koe die haar staart heft en achter mekaar haar darmen leegt.

Rogier zet de hoorn tegen zijn hoofd, gaat vlak voor Suzanne staan en doet tamelijk levensecht een stier na. Suzanne springt verschrikt achteruit.

'Je moet 'm kietelen,' zegt Katelijne. 'Daar kan hij niet tegen.' Ze wou dat haar vriendin eens niet zo bangelijk deed. Ze zal dit nog lang van Rogier moeten aanhoren.

Katelijne weet niet zo goed hoe ze het heeft. Aan de ene kant veracht ze Suzanne om haar schijterigheid, maar Suzannes afkeer zorgt er ook voor dat in het beeld van de boerderij als de heilige spil een barstje begint te ontstaan dat Katelijne meer dan welkom is, en plotseling begint ze zelf aan tafel ook te klagen over stank en ongewassen armen. Het verlangen om mee te doen is niet verdwenen; er komt alleen iets bij wat mokt om het feit dat alles waar het hier om draait ook bestaat zonder dat zij daar ook maar iets aan hoeft bij te dragen, ongeveer zoals je ontiegelijke dorst kunt hebben, maar minstens zo dringend naar de wc moet om te plassen.

Verraad

Katelijne staat in de badkamer. Ze pakt haar washandje voor boven dat nog op het wasrekje hangt van vanmorgen en wast haar gezicht. Ze houdt haar adem in; wanneer een van de jongens het voor vanonder heeft gebruikt, expres om haar te pesten of per ongeluk, wil ze het niet weten. Dat het zo nu en dan gebeurt, staat voor haar even vast als dat zij soms haar nagels schoonmaakt met hun tandenborstel.

De moeder zegt dat het belangrijk is om nagels goed schoon te maken nadat je buiten hebt gespeeld. In de zwarte aarde die onder je nagel achterblijft kunnen wormeneitjes zitten, die je inslikt als je bijvoorbeeld met je vinger in je mond zit om een vleesdraadje van tussen je tanden te peuteren. 'En dan zijn we veel verder van huis.'

Katelijne draait met de punt van haar washand in haar oorschelp en denkt aan het boek van Rogier. Tijdens de koffie had de moeder vanavond onverwacht een plat pakje voor Rogier op tafel gelegd.

'Hier, van opa en oma,' zei ze. 'Het zat bij de post.'

De opa en oma van moederskant wonen op Goeree-Overflakkee, maar ze gaan er nooit naartoe en zij komen ook nooit hier. Er is ruzie geweest, over een ongetrouwde broer van de moeder. Ome Dirk kwam een keer bij hen logeren en had toen opeens een vriend bij zich, waar de vader en moeder niet op gerekend hadden. Katelijne herinnert het zich nog wel. Rogier zou bij de kleintjes op de kamer gaan, op een matras op de grond, en ome Dirk zou in Rogier z'n bed slapen, zoals ze dat altijd doen met logés. Toen die vriend opeens ook meekwam, hadden ze voor hem geen slaapplek meer en sindsdien is ome Dirk nooit meer geweest en ook de opa en oma niet, alleen nog toen Lourens werd gedoopt. En van alle verjaardagen hebben ze alleen die van Rogier onthouden, die als klein kind het vaakst bij hen heeft gelogeerd. Ieder jaar krijgt hij van hen een boek, per post.

Maar Rogier is nog lang niet jarig. Eerst verjaart de tweeling nog.

Rogier is met de vader voor hen bezig een zijspan te lassen aan een oude op de kop getikte crossfiets. Het vordert langzaam, want ze werken er alleen af en toe 's avonds aan, als de tweeling op bed ligt en de vader geen andere karweitjes heeft.

'Ze gaan al een beetje suffen, daar op Goeree,' zei de vader vanachter het *Reformatorisch Dagblad* toen Rogier het boek uitpakte, en toen had de moeder haar kin omhoog gedaan en gezegd dat hij er achttien jaar geleden anders niet te beroerd voor was geweest om naar 'daar op Goeree' toe te komen.

De vader had zijn schouders opgehaald. 'Ach ja,' zei hij.

'Je hoeft niet zo over ze te praten, het is leuk dat ze aan dat kind z'n verjaardag denken.'

'Een maand van tevoren.'

'Maar toch, na alles.'

'Hoor eens hier,' onderbrak de vader haar. ''t Is mijn fout alle maal niet. De Schrift is er heel duidelijk over.'

Intussen drentelde Katelijne, die al een tijdje geen nieuw boek meer had gezien, als een loopse teef om Rogier heen, steeds proberend over zijn schouder mee te lezen.

Rogier zei dat hij de koorts van haar kreeg en als hij even niet in het boek bezig was, legde hij er bezitterig zijn hand op. Er was natuurlijk geen sprake van dat zij het als eerste mocht lezen, maar ze was niet te houden geweest. Alsof ze op het punt stond van een hoge glijbaan af te glijden en ze opeens zeiden dat ze via de trap weer naar beneden moest.

Ze weet dat Rogier het boek straks mee naar boven neemt, hoewel het eigenlijk verboden is, lezen in bed. Als de vader van zijn laatste ronde bij de koeien komt en nog licht bij hen ziet branden, zijn ze niet jarig. Zeker Rogier niet, want die moet tegenwoordig 's ochtends vroeg op.

Twee maanden geleden was Rogier thuisgekomen met de mededeling dat hij zich op ging geven voor de middelbare agrarische school. Hij had er al enorm moed op – op de school waar hij nu zit wordt hij nogal vernegerd. Ook de vader is dat beu, elke veertien dagen is er wel weer een pootje van zijn bril af.

In het begin kwam hij nog thuis met verhalen over dat hij die en die een toontje lager had laten zingen.

'Wat is er met je oog gebeurd?' vroegen ze dan.

'Tegen zo'n kreng van een ijzeren kast op gelopen, bij handenarbeid.'

Sinds Jeroen op dezelfde school ging wisten ze wie het was die een toontje lager moest zingen. En dat zou straks allemaal veranderen, op de landbouwschool.

'Zo,' had de vader gezegd. 'Weet je dan wel wat het is om boer te zijn?'

'Eh...' antwoordde Rogier verwonderd. 'Ik ben er toch mee opgegroeid?'

'Opgegroeid, ja. Maar verantwoordelijkheidsgevoel, heb je dát ook?'

Rogier haalde zijn schouders op en zijn gezicht straalde een en al onbegrip uit. Ook de moeder keek de vader onderzoekend aan om te zien of hij een grapje maakte, maar dat bleek niet zo te zijn.

'Tegenwoordig denken ze overal zo makkelijk over,' zei de vader, en toen gingen er nog veel meer wenkbrauwen naar boven, want Rogier was nu juist iemand die na schooltijd meteen z'n oud goed aandeed en die niet te beroerd was om ook het vuile werk aan te pakken. Zijn enige probleem was dat hij 's ochtends niet uit zijn nest kon komen, en dat bleek dan ook hetgeen waar de vader op doelde.

'Nou zeg,' zei Rogier. 'Als het zo moet, dan roep je me voortaan maar om zes uur.'

De vader ging nog even door, zei dat het goed was om van tevoren te beseffen waar je aan begon, want boer ben je altijd, niet alleen tussen negen en vijf, en sindsdien trekt hij 's ochtends om zes uur bij Rogier de dekens van zijn bed af.

Voor zover Katelijne weet is het Rogiers enige zwakke plek. Achilleshiel, zo noemen ze dat ook wel, heeft ze ergens gelezen. Maar wie die Achilles nou helemaal is? In de Bijbel komt hij niet voor, dat weet ze zeker.

Ze trekt haar nachtpon aan, kruipt in haar bed en wacht. Om kwart voor elf sluipt ze naar Rogiers kamertje om onder zijn deur te kijken of er nog licht aan is. Ze ziet niets, maar ze weet heel goed dat dat bedrog kan zijn, omdat hij zijn wereldbol als bedlampje gebruikt, en daar komt maar heel weinig licht van af. Daarom legt ze haar oor tegen de deur om te luisteren of ze geen bladzijden meer hoort omslaan. Ze hoort echter niets behalve de opgewonden stemmen van de vader en moeder in de badkamer beneden.

De vader heeft weer eens iets verkeerds gezegd, denkt Katelijne, terwijl ze Rogiers slaapkamerdeur voorzichtig opendoet. Hij snapt maar niet dat alleen de moeder op de opa en oma mag schelden. Het gaat altijd zo. Als de vader een keer iets over hen zegt, is het in één keer wel háár familie.

Rogier ligt op zijn zij, naar haar toe gedraaid, zijn mond op een klein rond kiertje, als om een vrije doorgang te bieden aan in en uit lopende pissebedden. Zijn ademhaling is langzaam, zwaar en regelmatig. Katelijne laat zich op haar knieën zakken en voelt onder het bed. Haar grabbelende vingers grijpen in iets zachts waarvan ze hoopt dat het slechts een opgerolde sok is, en net als ze tegen iets stoot wat wel eens het boek zou kunnen zijn, hoort ze de vader en moeder de trap op komen.

'Ik vind het voor de huus ook niet veel waard,' zegt de vader.

'Ik kan er toch eerst zelf weer eens naartoe gaan?' De moeder vergeet helemaal dat er al kinderen in dit huis liggen te slapen, ze praat gewoon hardop. 'Ze hoeven toch niet direct allemaal mee? En bovendien, ze zullen er niks van krijgen, hoor, 't zijn verder keurige mensen.'

Katelijne sprint op haar tenen naar Rogiers deur en doet die zachtjes dicht.

'Je hebt geen idee met wat voor andere moderne ideeën die Dirk ze ondertussen heeft geïndoctrineerd. Ik ken dat soort...'

Een klap. De deur van de ouderlijke slaapkamer. Even later is er het geluid van twee gordijnen die met ferme rukken worden dichtgetrokken.

Katelijne bukt opnieuw onder het bed van Rogier, vindt het boek en neemt het mee naar haar eigen kamer.

Ze leest tot diep in de nacht. Het gaat over de oorlog. Een NSB'er vertelt aan de Duitsers over de verzetsgroep waar zijn zus bij zit. Hij wil bij de Duitsers in een goed blaadje komen. De zus komt dit net op tijd te weten en waarschuwt de groep, die zwaarbewapend in een hinderlaag de Duitsers opwacht.

Halverwege het boek valt ze in een onrustige slaap.

Rogier staat op de schommel, in zijn handen heeft hij de veel te zware luchtbuks van de opa, waarmee hij ook op eksters schiet.

'Pak pen en papier,' roept hij tegen Katelijne. 'Schrijf naar Calvé dat ze de pindakaas ook in emmers van vijf liter gaan verkopen. Ik ben het zat om elke twee dagen een pot leeg te moeten maken.'

'Er moet dan wel een deksel op,' zegt Peter. 'Ik wil niet de hele tijd pindakaas ruiken als ik aan het eten ben.'

Rogier richt de buks op Peter en schiet. Omdat hij op de schommel staat mist hij, maar hij blijft het net zo lang proberen tot hij raak schiet. Peter beweegt zich niet meer. In zijn hoofd zit een gaatje, waar iets donkers uit lekt.

'Pindakaas stinkt niet,' zegt Rogier. ''k Zou willen dat ik dat nou eens niet meer de hele tijd hoefde te zeggen.'

'Nou,' zegt Korné, de sukkel, ''t is toch zo.' Gelukkig hoort Rogier het niet. Het is zijn redding, denkt Katelijne.

'Wie is er voor Ford?' roept Rogier. 'Ik wil vingers zien. Eén, twee. Hoger.'

Iedereen steekt zijn vinger op. Ford is de beste, dat weten ze allemaal. Alleen Christiaan is voor Deutz, maar Christiaan is er niet. Diep in zijn hart is Christiaan trouwens ook meer voor Ford, maar helaas voor hem is Rogier dat al.

'Ha, daar hebben we Christiaan,' roept Rogier als Christiaan er opeens toch is. 'Ben je voor Ford of voor Deutz?' Met een zwaai zet hij de buks tegen zijn schouder en richt op Christiaans hoofd.

'Deutz,' zegt Christiaan. Hij doet zijn schouders naar achteren en zijn kin omhoog.

Pang! doet Rogier. Katelijne wil voor hem springen, maar ze is te laat. Christiaan ligt naast Peter. Uit zijn hoofd stroomt bloed in een plasje dat de vorm aanneemt van de Zeeuwse eilanden.

'Wie wil er boer worden?' vraagt Rogier nu. Weer gaan alle vingers de lucht in. Ook die van Katelijne. 'Hier wordt niet gelogen,' zegt Rogier. Hij wil Katelijne neerschieten, en komt erachter dat de duiven zijn voorraad kogels hebben weggepikt. 'Ik zie dat ik even geen kogels meer heb,' zegt hij. 'Maar je hebt ze nog van me te goed.'

Katelijne schrikt wakker van een deur die opengaat. Niet haar deur.

'Nah, hup. Lamstraal,' zegt de vader, 'ik wil niet nog een keer naar boven moeten.' Hij schraapt langdurig zijn keel en loopt de trap af. Het duurt even voordat Katelijne beseft dat de vader Rogier heeft geroepen om te helpen melken. Het is nog vroeg. Ze heeft geen zin meer om te slapen, geen zin meer in die stomme dromen. Ze staat op en loopt naar Rogier z'n kamer.

'Blijf jij maar liggen,' zegt ze. 'Ik ga pa wel een keer helpen.'

'Jij?' zegt de vader verbaasd als ze aangekleed en wel beneden komt. Hij steekt snel het laatste stukje van een balkje kaas in zijn mond. Dus zo komen ze aan die droge afgeknotte stukken. Van de moeder mogen ze nooit balkjes kaas. Als ze het ziet mept ze op je vingers met de kaasschaaf.

De vader geeft haar een overall van Jeroen en Katelijne verdeelt haar rok zo goed mogelijk over de pijpen.

Katelijne huivert bij de achterdeur. Haar vel verstrakt van de kou. Volgens de kalender zouden er al zo'n beetje overal eieren moeten liggen, maar je zou het niet zeggen. Een nachtvorstje, zegt de vader.

In de stal, waar zeventig koeienlijven elkaar als kacheltjes staan te verwarmen, is het behaaglijk. De vader schraapt de stront van de ligboxen af met de krabber en Katelijne jaagt de koeien op, die loom hun adem achterna stappen.

Tijdens het melken staat ze met de vader in een langwerpige put; de koeien staan een meter hoger aan weerskanten schuin naast elkaar opgesteld. Eerst dipt ze alle spenen met ontsmettingsvloeistof en daarna helpt ze de vader ze af te poetsen met een doek. Ze zijn allemaal heel verschillend. De spenen van de jonge vaarzen zijn meestal nog klein, die van de oudere koeien zijn lang en dik, en bij een zit er een grote wrat op. Katelijne bekijkt het bloemkooltje nauwkeurig.

'Heb je die al gehad?' vraagt de vader. Hij duwt haar weg zonder haar antwoord af te wachten en poetst ze zelf. 'Als we 't op jouw tempo doen, zijn we vanavond nóg bezig.'

Nu moeten de melkstellen erop aangesloten worden. Katelijne heeft het de vader wel vaker zien doen, maar toch doet hij het haar nog een keer heel precies voor.

'Kijk, op de landbouwschool leren ze je het zo,' zegt de vader. 'Je houdt met je linkerhand het melkstel vast en met de rechter hang je één voor één de tepelbekers aan de spenen. Ik doe het zelf liever zo. Ik hou hem eerst met rechts vast en dan hang ik de twee achterste er met mijn linkerhand aan. Daarna pak ik 'm over.'

'Dat lijkt me ook beter,' zegt Katelijne.

Er zijn ook koeien met zes spenen.

'O, dat, dat zijn bijspeentjes,' zegt de vader. 'Stilletjes laten wezen; pak gewoon de vier grootste.'

De melkglazen lopen vol en ze moeten wachten tot een hele rij van vijf klaar is. Katelijne legt haar armen tegen een glas aan om ze te warmen.

'Wat is het toch mooi,' zegt de vader tevreden, 'als je zo je inkomen ziet binnenstromen. Van die verse volle melk, puur natuur.

Weet je wel, Kateltje, dat ik nooit iets anders zou willen zijn dan boer?'

Hij wacht haar antwoord niet af. Het was geen echte vraag.

'Melk,' gaat hij door, 'is toch eigenlijk iets heel wonderlijks. Ze hebben het geprobeerd na te maken, in een laboratorium, maar het is ze mooi niet gelukt.'

Een koe begint er kletterend te zeiken. De vader veegt gedachteloos een spetter van zijn voorhoofd en praat verder op de cadans van de zuiginstallatie. Over dat het erom gaat in je leven de hand van de Schepper te zien. 'En dan kan je niks als daarvoor dankbaar zijn, Katel.'

Er komt een koe binnen met een paarse stip op zijn poot.

'Die heb ik gemerkt,' zegt de vader, 'want die heeft uierontsteking. Daarvan mag je de melk niet laten doorlopen, denk erom. Die vang ik op in een emmer, en daarna moet het melkstel even goed gespoeld worden.'

'Wat gebeurt er als die melk toch in de tank gaat?'

'Dan kan ik die tank weg laten lopen.' Hij legt uit dat het nog erger is als het al in de melkauto zit; dan moet hij de schade betalen voor het verlies van het hele compartiment. Ze nemen overal monsters van.

'Ze zijn enorm fel op penicilline,' zegt hij. 'En ik zak dan weer terug naar vijfentwintig jaar eersteklas melk, in plaats van achtentwintig.'

Katelijne begrijpt wat het betekent. Nog vijf jaar voordat er een nieuwe koe komt op de schouw.

Als ze bijna alle koeien gehad hebben, gaat de schuifdeur open. Er komt een man binnen met een veel te grote spijkerbroek boven zwarte Strövels-klompen. Het is Kees Koppejan. Katelijne kent hem van de kerk. Daar is hij hulpkoster en als hulpkoster is hij overijverig. Zijn taak is mensen die laat in de kerk komen een plekje te wijzen, zodat ze niet hoeven te zoeken, maar hij begint daar al mee als de kerk nog maar halfvol is, alsof het opvullen van de banken een puzzel is die hij persoonlijk moet zien op te lossen. Hij geeft een Tupperware-reuzenemmer aan de vader en legt zijn armen op een van de buizen bij het trapje. Hij heeft zin in een praatje.

'Is 'n weer al leeg?' vraagt de vader. 'Jullie drinken toch ook snel, hé.'

'Je hebt er toch geen hekel aan, we zijn toch trouwe klanten?'

'Je bent m'n allertrouwste klant, ik kan niet anders zeggen.'

'Wie weet kom ik volgend jaar nog vaker,' zegt Kees geheimzinnig.

'Wat? Komt er weer een bij?'

'Ja. Het mocht eigenlijk niet meer van de dokter, want ze moeten bij Lenie altijd met een keizersnee komen. Maar ja, ik ben stout geweest.' Hij knipoogt naar Katelijne.

'Dat wordt de negende dan?' vraagt de vader.

'De tiende,' verbetert Kees. 'Ze kunnen d'r beter een rits in zetten.'

De vader grinnikt. Hij trekt de stop uit een van de melkglazen en houdt de emmer eronder. Hij vult hem tot de rand.

'Afijn, het ís al net een rits. Een dikke lange bobbel, met puntjes aan weerskanten. Ha, ha, ha!'

Als hij weg is zegt de vader: 'Je zou 'm toch ook een cent geven.'

Na het melken spuit Katelijne de melkstal schoon met de hogedrukspuit. Ze doet er lang over. Ze wil dat de vader vanavond zegt dat het allemaal nog nooit zo schoon is geweest.

Buiten is het nog steeds koud. Katelijne staat stil bij de achterdeur. Alles ligt er prachtig fijnbedruppeld bij, de groene kamperfoelie, de waslijn, het deksel van de regenbak, het gras en het prikkeldraad, de witte wollen schapen.

Fris als een fles mineraalwater, denkt Katelijne. Mineraalwater uit de koelkast, zoals ze altijd hebben met verjaardagen, voor als tante Mattie komt.

Tante Mattie doet aan de lijn. Als ze op visite komt hoeft ze geen gebakje, geen boterhamworst om een augurkje en geen blokje kaas met een zilveruitje. Zelfs geen bowl, al is die van de moeder met zo weinig mogelijk toegevoegde suikers. 'Die van oma, die is pas zoet,' zegt de moeder. 'Die doet er cassis door en bessenlikeur, maar dan wordt het sap zo troebel en proeft alles op den duur hetzelfde.'

Maar tante Mattie wil ook niet de gezonde bowl van de moeder. Alleen een schijfje komkommer of een radijsje. En mineraalwater.

'De stadse madam, ze moet altijd van die apartjes,' zegt de moeder, die tante Mattie behalve stads ook altijd een beetje ''n astrant figuur' vindt, omdat ze de eerste keer dat ze bij de oma over de vloer kwam direct op de bank was gaan liggen, 'want ze voelde d'r eigen niet zo lekker'. 'De aanstelster,' praat de moeder de oma na, 'zo ziek was ze glad niet hoor.'

De vader wil nooit geen kwaad woord over haar horen. 'Toe, Mattie,' zegt hij altijd. 'Dat is toch ook niet gezellig. Een stukje kaas, daar weet je niet van hoor. Neem er een likje mosterd bij. Of een glaasje wijn voor de gezelligheid.'

Ze doet het nooit, en Katelijne snapt wel waarom. Wanneer ze arriveert – haar begroeting is altijd een tikkeltje overdreven –, met haar rode lippen en haar ronde vormen, zegt de vader altijd dat ze er goed uitziet, dat ze alweer bekomen is. En Katelijne weet wat dat betekent: bekomen. Je zegt het niet tegen iemand die op gewicht gebleven is.

'Katelijne!'

Ze schrikt op. De stem komt van de kant van het erf, dat is ze niet gewend.

'Katelijne, kijk jij nog even in de wei bij de schapen of er nog genoeg water in de drinkbas is.'

'Oké,' roept ze. En geheel overbodig erachteraan: 'Doe ik.' Alsof ze bang is dat de vader het alsnog aan iemand anders zal vragen.

Zachtjes psalmzingend kruipt ze op haar knieën onder het prikkeldraad door.

Als ze binnenkomt zitten ze al allemaal aan de koffie. Iedereen heeft een stuk krant op schoot, een *Boerderij*, of een ander blad. Maar ze lezen niet, ze luisteren naar de moeder, die iets aan het voorlezen is.

's Ochtends was er nog niets aan de hand geweest, leest de moeder. *Vader keek donker als altijd, omdat hij zo'n last van zijn rug had. Moeder voedde haar jongste dochter en zette haar rechtop tegen zich aan zodat ze een boertje kon laten en legde haar toen in de box. De andere kinderen speelden buiten, want het was er het weer voor. De lucht was blauw. Muggen trilden in wolkjes boven de sprinken, rijpende tomaten geurden in de kas, de walnotenboom had zijn blad al verloren, het lag onderaan klaar om opgeharkt te worden en alles was zoals het hoorde te zijn op deze tijd van 't jaar, tot het moment dat er buiten plotseling een bizar geluid klonk.*

Katelijne verschiet van kleur. Ze herkent de zinnen. Het is het begin van een verhaal dat ze een tijdje geleden heeft geschreven. 'Hé,' zegt ze. 'Hoe komen jullie aan mijn schrift? Geef hier, daar hebben jullie niks mee te maken.'

'Rogier heeft het gevonden,' zegt de moeder.

'Wat moest jij op mijn kamer?'

'Ik was mijn boek kwijt,' zegt Rogier. 'Een zeker iemand had het gejat. Ik heb me rot lopen zoeken. Lees nou verder, ma.'

'Verder,' dringen ook de kleintjes aan.

De moeder kijkt naar Katelijne, aarzelt even en leest dan door. Katelijne laat zich in een stoel zakken. Ze vergeet haar boosheid. Ze luistert gebiologeerd naar de stem van de moeder, die bezig is de woorden, háár woorden, te laten ontsnappen aan het papier.

Toen het begon, klonk het al meteen hard en het zwol snel aan tot nog veel harder. Het leek het geluid te zijn van miljoenen bazuinen. Het was niet een geluid vanuit de verte, zoals je wel eens hoorde van 'de Hooizolder' op zaterdagavond. Daarvan hoorde je dat het hard was als je op de plek zou zijn waar de muziek werd gedraaid. Nee, het was hier bij hen aanwezig en doordringend, en het was duidelijk dat er iets bijzonders aan de hand was. Toch was het nog steeds mogelijk om iets tegen elkaar te zeggen en elkaar te verstaan, alsof het om een ander soort geluid ging dan ze zelf maakten, een bovenaards allesomvattend geluid, dat de wereld onder een stolp plaatste.

De andere kinderen kwamen naar binnen en grepen zich aan hun vader en moeder vast. Ze huilden. Ze waren doodsbang en ze werden nog veel banger toen ze zagen dat hun ouders het ook waren.

Moeder wilde de radio aanzetten om te luisteren of er iets over gezegd zou worden, misschien was er iets over op radio Zeeland, maar vader verbood het haar.

'Als dit de dag is dat we voor Zijn rechterstoel moeten verschijnen,' zei hij, 'dan moeten we geen vertrouwen stellen op mensen en zeker niet op een apparaat waar doorgaans goddeloze praat uit komt.'

Ze schrokken. Zou dit de jongste dag zijn? Waren ze daar al wel op voorbereid?

De stem van de moeder hapert even. Katelijne kijkt op. Ze ziet de oudste jongens schuiven op hun stoelen, hun hoofd naar beneden. Alsof ze inmiddels allang weer verdiept zijn in hun eigen lectuur.

'Verder,' zeggen de kleintjes.

De moeder leest:

Toen beefde de grond. Het duurde zo'n twintig seconden en voelde als enorm veel op de schaal van Richter.

'De graven worden geopend,' zei vader met eerbied en ontzag in zijn stem.

'We moeten zingen,' zei moeder wanhopig, maar niemand was in staat om te zingen en ze wist ook zo gauw niet welke psalm er toepasselijk was. Vader moest denken aan het oude vrouwtje dat hij onlangs was tegengekomen. Een raar mens. 'Wees bereid,' had ze gezegd. 'Ziet de bruidegom komt.' Hij was snel doorgelopen, maar herinnert zich nog het verrimpelde gezicht, dat stroperige bij de mondhoeken.

'Adam niet geleerd, is Christus niet begeerd,' zei vader. 'Kinderen, voelen we de last van onze zonden drukken?' Maar ze voelden allemaal dat het nu te laat zou zijn. De genadetijd was definitief voorbij.

'We moeten bij elkaar blijven,' zei moeder. 'Hou mekaars hand vast.' Zelf had ze de baby op haar arm en met de andere hand greep ze vader vast.

Plotseling stonden ze in het volle licht. Er was geen ontkomen meer aan.

'Stop maar, vrouw,' zegt de vader. 'Zo is het wel genoeg geweest. We gaan maar weer eens aan het werk.'

De moeder klapt het schrift dicht en geeft het aan Katelijne.

'Ik ga onder de douche,' zegt Katelijne. 'Ik stink naar de koeien.'

Terwijl het water over haar heen gutst, vraagt ze zich af wat nu het beste is: van huis weglopen of zo gewoon mogelijk blijven doen. Het was duidelijk dat haar verhaal niet werd gewaardeerd en ze had gezien hoe de jongens argwanend naar haar keken alsof ze zich ervan wilden vergewissen dat ze geen staart onder haar rok had, of horens op haar kop. Ze vinden dat ze niet spoort. Ze vinden haar een vreemde. Katelijne bestudeert haar gezicht in de spiegel of de gedachte aan weglopen al sporen heeft nagelaten, maar ze kan niets ontheemds ontdekken dat er nog niet eerder had gezeten. Blijven is misschien toch maar het beste.

Als ze haar met natte haren omlijste hoofd om de badkamerdeur steekt, staat Rogier haar op te wachten.

'Dat krijg je ervan als meisjes zich met de koeien gaan lopen bemoeien,' zegt hij boos. Hij houdt haar een ijzeren staafje voor.

Katelijne bekijkt het. Ze heeft geen idee wat het is.

'Zie je niet dat het is afgeklapt?' zegt Rogier. Het blijkt dat ze na het spuiten het deurtje van de melkstal open heeft laten staan. De helft van de koeien was naar buiten gelopen en had verdwaasd in het rond gesprongen. Eén had een paar rode kolen verbrijzeld in de tuin bij de oma, maar erger was het dat er in het melklokaal een slang van het koelsysteem was kapotgetrapt en dat er ergens – Katelijne begrijpt niet precies wat Rogier bedoelt – dit ijzeren stangetje was afgeklapt. De vader zal er een buisje omheen moeten lassen.

'Zijn de koeien alweer binnen,' vraagt Katelijne verschrikt.

'Ja, natuurlijk, allang,' zegt Rogier. 'Wat dacht je dan?' Jantje de Kikker was hen komen waarschuwen, net toen zij onder de douche stond, en ze waren onmiddellijk met hun allen naar buiten gerend.

Hij zegt dat het een zootje is in de melkstal en dat er weer helemaal opnieuw gespoten kan worden.

'Ik zal het direct doen,' belooft Katelijne. Het blijkt echter niet de bedoeling dat zij nog in de melkstal komt. Rogier was alleen maar naar binnen gekomen om haar te laten weten dat het wat hem betreft de laatste keer is geweest dat zij gemolken heeft.

De vijfde colonne

'Volgens mij is Katelijne een stuk slimmer dan Rogier,' zegt een neef met een stalen bril. Door zijn eigen broers en zussen wordt hij 'de professor' genoemd en dat, in combinatie met de bril, zorgt ervoor dat hij een zekere autoriteit geniet binnen de familie. Zijn vader denkt dat er in hem een uitvinder schuilt, omdat hij eens een wasknijper als boekenlegger heeft gebruikt.

Ze kijken hem allemaal ongelovig aan.

'Nooit wat van gemerkt,' zegt Rogier en zelfs Christiaan spreekt hem deze keer niet tegen.

'We zullen het eens testen,' zegt de neef. 'Wie wil er eerst?'

'Ik,' zegt Rogier meteen en Katelijne moet naar de gang, waar ze in haar buik iets voelt zinderen, iets waarvoor ze de woorden niet kent, maar het lijkt op wat ze voelt als ze bij Stratego stilletjes de maarschalk naar voren schuift.

'Wat sta jij hier geheimzinnig te doen?' vraagt de moeder, die een pak appelsap uit de kelder nodig heeft. 'We hebben visite hoor.'

Als ze naar binnen mag, zit iedereen om een stuk papier gebogen, Rogier met een roder gezicht dan normaal. Minzaam vraagt Katelijne of iedereen een beetje naar achteren kan alstublieft, dan kan ze ook wat zien, want het gaat tenslotte nu om haar, nietwaar?

''t Is winter,' zegt de neef. 'Het is bitter koud en het heeft zo hard gevroren dat er ijs ligt op de sloot rond deze tuin – kijk, hier.'

'Oké,' zegt Katelijne, die op het papier een vierkantje in een vierkantje ziet staan.

'Jij staat hier en je moet naar daar, want daar hangen appels aan de boom die geplukt moeten worden.' Hij tekent een boom in het midden met drie veel te grote appels eraan.

Appels, denkt Katelijne. In de winter? Ze wil echter haar neef die haar kennelijk hoog heeft zitten niet voor het hoofd stoten. Daar gaat het nu blijkbaar niet om.

'Nu gaat het erom,' zegt de neef, de spanning vergrotend door eerst nog heel precies de steeltjes aan de appels te tekenen en zelfs nog een paar bladeren met nerven, 'wat de kortste weg is naar de appels. Hier, zo, langs dit pad, of zo, over het ijs.'

'En waar sta ik ook alweer?'

'Hierrr!' Minstens vijf wijsvingers wijzen haar de plek aan.

'Over het ijs,' zegt Katelijne. 'Dat is veel korter. Dat ziet een klein kind.'

'Fout!' roept de jury unaniem. 'In de winter worden er geen appels geplukt. Ha haaaaaa!' Rogier lacht opgelucht.

'Dus toch even slim,' zegt de neef en hij knikt erbij alsof hij toegeeft dat niet zijn laatste maar wel zijn eerste opinie de juiste is.

'Volgende week hebben jullie een toets die een paar dagen duurt,' zegt meester Wisse. Thuis zegt de moeder dat dit waarschijnlijk de Cito-toets zal zijn, 'om te kijken of je naar de mavo of naar de havo kunt.'

Havo. Katelijne kent het woord, maar kan zich er geen voorstelling bij maken. Ze kent alleen lui die naar de mavo gaan, in Middelburg, die dichterbij is en korter duurt. Alleen Christiaan en nog een paar gaan helemaal naar Krabbendijke, waar de school staat voor degenen die liever met hun handen werken.

'Wat is havo?'

Voor de moeder is het gesprek echter alweer afgelopen en Katelijne, die nog vol vragen zit, weet dat ze er niet mee aan moet komen als het hoofd van de moeder er niet naar staat. Ze weet ook hoe ze eraan bij kan dragen dat de moeder weer voor haar bereikbaar is, dus zet ze de borden en de onderzetters op tafel, en de lepels en de vorken en de ketjap, zonder dat het haar is gevraagd.

'Peterselie, bieslook, een uitje?' biedt ze de moeder aan. Voordat de moeder begint met koken, loopt ze altijd met een teiltje door de tuin langs de sla, de wortels, de bieten, de bonen, de bloemkolen, de andijvie, de spruiten en de spitskolen. Dan bevoelt ze alles met haar lange dikke vingers en kiest ze uit wat vol en rijp is en dat gaat in het teiltje.

Als ze bijna klaar is met koken, gaat ze nog een keer naar buiten, naar het kruidengedeelte, 'voor de finnissing tats' zegt ze, maar vaak zijn als ze terugkomt de aardappelen aangebrand en de boontjes of de peetjes, zodat de jongens, die buiten hun overalls staan uit te doen, juichen omdat ze denken dat ze gebakken aardappelen krijgen. Dan heeft de moeder ergens onderweg vogelmuur aangetroffen of zevenblad of klein kruiskruid. En als je daar niets aan doet, dan gaat het zo woekeren. Of ze heeft heermoes moeten uittrekken, dat van dat gemene spul is met van die dikke wortels.

'Snijd het zwarte er maar af,' zegt ze tijdens het eten. 'Daar krijg je kanker van.'

Katelijne weet dat het voor iedereen beter is wanneer zij het tweede rondje van de moeder overneemt.

'Doe maar een uitje,' zegt de moeder. 'En wat maggiplant en selderij voor in de soep.'

'Kan ik naar de havo, denk je?'

'Dat weet ik toch niet, kind. Dat zullen we dan wel zien, hé.'

Een maand later krijgt iedereen van de klas een brief die ze aan de ouders moeten geven.

'Heeft de meester iets gezegd over deze brief?' vraagt de moeder als ze hem gelezen heeft.

'Nee, hoezo?'

'Je schooladvies staat erin.'

'Wat staat er?' Opeens voelt Katelijne aan het gedraai in haar maag dat het niet in orde is.

'Hier, kijk zelf maar, ik moet nodig naar m'n aardappels.'

Advies vervolgopleiding vwo leest Katelijne, waarop de tranen haar in de ogen springen, want vwo, dat is de school waar Christiaan ook op zit. Is ze dan nog te stom voor de mavo?

Aan goede vaklui is altijd gebrek, zegt de vader altijd tegen Christiaan. Maar als je een meisje bent?

'Moet ik naar Christiaan z'n school?' vraagt Katelijne mismoedig, terwijl ze achter haar moeder aan loopt naar de keuken.

'Je hebt toch kunnen lezen wat er staat?'

'Ja, vwo.'

'Nou dan.'

'Moet ik daarnaartoe?'

'We zullen het er nog wel eens met de meester over hebben.'

Die komt langs, op de fiets en opvallend glad geschoren, op een avond waarop Katelijne naar boven wordt gestuurd, maar omdat het over haar gaat, vindt ze dat ze het volste recht heeft om aan het sleutelgat te luisteren. Ze geniet ervan wanneer anderen over haar praten. In de gang kan ze ruiken dat de meester flink wat aftershave heeft gebruikt.

'We hadden het eerlijk gezegd niet zo in de gaten dat ze zo goed kon leren,' zegt de moeder. 'Het afgelopen jaar was haar rapport geloof ik een stuk minder dan vorige jaren.'

'Ja,' zegt de meester. 'Dat kan kloppen.' Zijn stem klinkt niet als de stem die hij in de klas gebruikt, de stem die alle mogelijkheden uitsluit, behalve de zijne. Deze keer klinkt hij voorzichtiger, als iemand voor wie de dingen niet langer vanzelfsprekend zijn. Hij zegt dat hij niet zo scheutig is geweest met de negens en dat een tien de indruk kan geven van volmaakt te zijn.

'Ik had een beetje naar beneden afgerond. Ze denken tegenwoordig zo makkelijk dat ze heel wat zijn, hè, die kinders? Zeker als ze hun cijfers met elkaar gaan vergelijken enzo, dan lopen ze algauw van hun neus te maken.

De vader en moeder reageren begrijpend. Daarna praten ze over de pabo, dat ze daar wel aanleg voor heeft, waarbij ze steeds zeggen dat ze niet op de zaken vooruit moeten lopen. Katelijne beseft dat men haar toch niet dom vindt, integendeel. Van blijdschap en opwinding kan ze niet slapen en loopt ze om het kwartier naar de wc in de hoop in de gang de meester te treffen als hij zijn jas aantrekt om naar huis te gaan.

De volgende dag moppert de vader dat die Wisse zo'n afschuwelijke plakker is. Om halfelf zat hij er nota bene nog.

'Wat wil je?' zegt de moeder. 'Hij heeft thuis niemand die op hem wacht.' Ze draait aan haar trouwring, die net weer naar de juwelier is geweest om een beetje opgerekt te worden. 'Geen mens aan wie hij een beetje aanspraak heeft.'

Katelijne denkt eraan dat er óf niemand op je wacht, óf altijd dezelfde. Ze denkt aan de oma, die 's avonds ook zelf de lampen en de kachel uit moet doen, voor ze alleen in het grote bed kan stappen, waarvan ook het kussen van de opa nog steeds elke veertien dagen een schoon overtrek krijgt.

'Misschien heeft de meester wel een elektrische deken,' zegt ze, en ze is de vader dankbaar dat hij er veel te hard om moet lachen.

'En dat moet dan naar het vwo,' zegt de vader, terwijl hij met zijn ruwe vingers, die aanvoelen als boomtakjes, opeens onverwacht over haar achterhoofd aait.

Op school bereidt meester Wisse Katelijnes klas voor op de confrontatie met de wereld. Die is volgens hem gewis aanstaande, hoewel er na deze refoschool gewoon weer een andere zal komen, waar men net zo goed rekening houdt met God en Zijn gebod, en de meisjes geen broek aan mogen. Toch vermoedt de meester dat ze aan vele verleidingen zullen worden blootgesteld. 'Wereldgelijkvormigheid' noemt hij het.

'Denk erom, kinderen, jullie zijn anders. Jullie zijn geboren op het erf van het Verbond. Dat is een groot voorrecht. Dat moeten jullie goed beseffen als jullie straks naar de stad zullen gaan, want er zijn daar vele verleidingen. Satan, de mensenmoorder van den beginne, heeft ulieden zeer begeerd om te ziften als de tarwe, staat er in de Bijbel. Hij zal alles op alles zetten om jullie van het rechte spoor te trekken. Hebben jullie eigenlijk een idee welke manieren hij tot zijn beschikking heeft?'

Dat hebben ze. Gezien bij hun oudere broers en zussen of de kinderen van de buren. Satan zal:

- niet-christenen op hun pad sturen, die hen zullen uitlachen omdat ze er anders uitzien en omdat ze niet overal aan mee zullen doen
- meisjes bewegen om tijdens de lange fietstocht naar school een broek aan te doen of (indien de ouders oplettend zijn) om zich achter het schuurtje van Koppejan stiekem om te kleden
- hun verkeerde boeken laten lezen, bijvoorbeeld sprookjesboeken (heidens) of boeken waarin staat dat de mens afstamt van de aap
- hen naar verkeerde muziek laten luisteren (bijvoorbeeld bij het ringrijden of als je de radio per ongeluk op een verkeerde zender afstemt).

De meester is blij dat het punt van de muziek wordt genoemd, want daar wil hij vanmiddag inderdaad naartoe.

'Precies,' zegt hij. 'Ongewild zullen jullie getrakteerd worden op popmuziek.' Hij vindt dat je dat zoveel mogelijk moet zien te voorkomen.

'Dus als je naar het ringrijden wil, dan moet je je afvragen, of je daar wel hoort met je gedoopte voorhoofd.' Hij zegt dat je beter ook maar geen radio kunt nemen, ook niet voor het nieuws of voor het weer, want dan moet je heel goed de baas kunnen over de knop en van nature kan niemand dat. 'Denk niet te snel dat die muziek geen vat op je heeft, want in muziek zit iets wat je verleidt.'

Hij heeft er een bewijs van, een cassettebandje met popmuziek op kant A en gospel op kant B, en iedereen weet al van de voorgaande klassen wat er het eerst komt: een lied uit Duitsland. 'Iets wat je daar echt niet moet draaien, want dan ga je de gevangenis in.' De opwinding glimt op ieders gezicht als de meester de cassetterecorder uit de kast haalt, die helaas gezien het formaat en de leeftijd van het apparaat toch maar weinig goeds belooft voor de klank.

'Muziek doet je altijd iets,' zegt de meester. 'Als je iets mooi vindt, wil je meezingen en meebewegen. Luister maar eens naar dit lied. Het is gemaakt door een zekere meneer Wessel.'

Het klinkt als de aubade op Koninginnedag bij hen op het dorp, maar dan veel meer gelijk, want bij hen zingt de bokkenschool altijd twee keer sneller dan zij.

De kinderen hopen dat de meester over te halen is om het bandje terug te spoelen en het lied opnieuw te draaien, maar de meester doet het al uit zichzelf en hij trekt zijn jasje erbij uit. Katelijne herkent het overhemd dat eronder vandaan komt, en dat onder de armen grote vochtplekken vertoont, als een van kreukvrij polyester.

'Kijk wat er gebeurt,' zegt de meester, 'als ik het volume opvoer.' En ze luisteren nog een keer en het apparaat valt best mee, en omdat iedereen hard meestampt en -klapt klinkt het alsof het koor bij hen in het klaslokaal staat, en dat vindt waarschijnlijk ook de meester van groep 7, die nog geen jaar op deze school werkt, en via de tussendeur komt vragen wat 'er hier nou gaande is'. De meester van groep 7 staat er al om bekend dat hij vanaf de voorkant van het schoolplein in de gaten houdt wat er achter het fietsenhok gebeurt, en het is dan ook niet verwonderlijk dat hij ook wenst te weten wat er in het lokaal naast hem aan de hand is, maar het komt wel ongelegen.

Gelukkig moet hij wachten tot het lied is afgelopen, want eerder wordt zijn aanwezigheid door de meester niet opgemerkt en de kinderen zeggen natuurlijk niets – ze voelen aan hun water dat het dan uit is met de pret.

'Ik waarschuw de kinderen voor de gevaren van meeslepende muziek,' zegt de meester als het afgelopen is. 'Ik wil hun laten voelen dat het zenuwstelsel reageert op geluid van meer dan zeventig decibel. Muziek kan opwindende reflexen versterken die gewetenoverstemmend zijn.'

'Juist,' zegt de collega van groep 7 en meer weet hij niet te zeggen, dus trekt hij de deur maar weer achter zich dicht, wat hun eigen meester, aan zijn geknipoog tegen de klas te zien, als een overwinning beschouwt.

'Jullie hebben gemerkt,' zegt de meester 'dat je naar deze muziek niet kunt luisteren zonder mee te willen doen. En hierdoor' – hij buigt zich over naar de klas – 'lukte het de nazi's om hun duivelse ideeën op de massa over te brengen. Zien jullie nou hoe gevaarlijk muziek is?'

Hij heeft het tegen de hele klas, maar Katelijne, die veel boeken over de Tweede Wereldoorlog heeft gelezen en altijd van zichzelf heeft gedacht dat ze wel in het verzet zou hebben gezeten als ze er toen al was geweest, vat het op als een persoonlijke terechtwijzing. Ze kijkt naar het ingelijste portret van koningin Beatrix dat voor in de klas hangt en ze schaamt zich dat ze om het hardst heeft meegeklapt.

'De duivel zoekt altijd naar iets waar je hart naar uitgaat. Dat is je zwakke plek waar hij je altijd feilloos weet te treffen. Herinneren jullie je nog wat ik over de vijfde colonne in de Tweede Wereldoorlog heb verteld? Dat waren Duitsers in burger, die zich achter de linies bevonden toen het Duitse leger ons van buitenaf aanviel. Die vijfde colonne viel ons aan in de rug. Ons hart is als die vijfde colonne. Je denkt zo makkelijk dat je de strijd tegen de Satan en zijn volgelingen aankunt, en altijd vergeet je weer de vijfde colonne.'

Daarna luisteren ze naar 'Yellow Submarine' van de Beatles, dat volgens de meester over drugs gaat. Het klinkt onschuldig; ze zouden het er niet achter hebben gezocht, dat van die drugs.

'Het is Engels, ik versta het toch niet,' zegt Robbie van de Woestijne. 'Dan kan de tekst wel on-Bijbels zijn, maar als ik dat niet weet, geeft het toch niet.'

'Zou de Heere er ook zo over denken?' vraagt de meester.

Robbie zwijgt beschaamd, want hij weet ook wel dat de Heere niets, maar dan ook niets door de vingers ziet.

Het volgende lied – 'nummer' zegt de meester – heet 'Stairway to Heaven' en is van Led Zeppelin. 'Dit hoor je als je het gewoon afspeelt,' zegt de meester, 'en nu draai ik hetzelfde nummer nog een keer, maar dan achterstevoren. Dan moeten jullie eens goed opletten wat je hoort.' De meester zet het bandje weer aan, maar niemand verstaat er iets van. De meester zegt dat je omgekeerd een satanische tekst kunt horen. Dat ze in Amerika hebben ontdekt dat het onderbewustzijn omgekeerde boodschappen kan ontcijferen. Ze luisteren nog een keer, en inderdaad, wanneer de meester zijn hand opsteekt kun je de woorden *Séten* en *six six six* onderscheiden. De meester leest de vertaling van de tekst voor: 'Er is geen ontkomen aan. Het is mijn lieve Satan, wiens weg mij beroerd maakt'. Net als hij het nog wil laten horen, klaagt Eline Davidse dat ze er plotseling heel erge hoofdpijn van krijgt.

'Ga maar even naar de wc,' zegt de meester zo kalm mogelijk, maar iedereen ziet hoe de kleur uit zijn wangen trekt en dan beginnen ook de kinderen onrustig met hun billen over hun stoelzitting te schuiven. Katelijne wordt aangewezen om met Eline mee te lopen, maar van meelopen is wat Katelijne betreft geen sprake. Ze is veel te druk met een hoogst interessant dotje met haar nagel vanonder haar tafelblad te krabben.

Ieder ander moment zou ze de kans om tijdens de les de klas uit te mogen met beide handen aangrijpen. Vandaag blijft ze als aan haar bank geplakt zitten. De meester heeft makkelijk praten, maar wat als de duivel straks plotseling op haar overspringt? Toen Jezus de man uit Gardara van duivelen verloste, voeren die in een kudde zwijnen die daar toevallig in de buurt was en die beesten stortten achter mekaar het ravijn in.

'Katelijne?'

Dan durft ze niet langer te weigeren en wandelt ze traag en onwillig achter Eline aan richting de meisjes-wc's. Als Eline de toiletten heeft bereikt, wacht Katelijne bij de klapdeuren, die ze alvast voor de terugweg een eindje openzet.

Door de glazen ruit kijkt ze argwanend toe hoe Eline bij het kraantje staat en haar handen wast. Voor iemand in wie mogelijk de duivel is gevaren, ziet ze er angstwekkend normaal uit, hoewel dat uiteraard een list kan zijn. De slang nu is listiger dan alle dieren des velds.

'Gaat het weer?' vraagt de meester.

Eline knikt. Het lijkt er uiteindelijk toch op dat het allemaal kouwe drukte is geweest.

De meester praat verder met weer volop overtuiging in zijn stem. Toch lijkt er nog steeds een onzichtbare nevel in de klas te hangen, waaruit op ieder moment een beest zou kunnen opdoemen, een met bokkenhoorns en een spottende treiterlach.

'Veel jongelui,' zegt de meester, 'kunnen niet meer zonder popmuziek. Als ze huiswerk maken, fietsen of kranten bezorgen, willen ze altijd naar muziek luisteren. Het vult alles op, zodat ze geen tijd en geen behoefte hebben om nog te bidden of in de Bijbel te lezen.'

De meeste kinderen kijken naar hun handen, hun merkloze sportschoenen of langs de meester naar het bord, naar de catechismusvraag van de week, want ze hebben ook zonder die muziek niet zo vreselijk veel zin om in hun vrije tijd te gaan bidden of in de Bijbel te gaan lezen. Ze weten ook dat zij die de weg geweten en niet bewandeld hebben, strenger gestraft zullen worden dan degenen die helemaal nooit iets hebben geweten.

'Liedjes gaan ook heel vaak over seks,' zegt de meester, maar daar heeft hij nu even geen voorbeeld van, en kant A is inmiddels afgelopen. Terwijl de meester het bandje omdraait, vraagt Louw de Visser aan Katelijne, die voor hem zit, of ze weet wat 'seks' betekent.

'Nee,' zegt Katelijne en Louw laat een geringschattend gegrinnik horen en zijn buurman lacht schaapachtig met hem mee.

'Moet je eens aan je moeder vragen. Moet je vanmiddag aan je moeder vragen.'

De klas wordt weer wat rumoeriger, want ze weten dat het ergste nu voorbij is. Na alle satansteksten is wat er op kant B staat niets om bang voor te zijn, maar daar is de meester het he-le-maal niet mee eens. Ook relipop is gevaarlijk – misschien nog wel gevaarlijker – juist omdat je er zo snel kritiekloos naar luistert. Ze zingen of impliceren vaak dat je voor Jezus moet kiezen (alsof je dat kunt!) of dat je een parel in Gods hand bent. En wie denkt dat hij een parel is, heeft een veel te hoge dunk van z'n eigen, want in werkelijkheid zijn ze maar stofjes aan de weegschaal.

'En wat denken jullie: is die ruige muziek tot Gods eer?' vraagt de meester. 'Gaat het niet veeleer om de eer van de zangers zelf?'

Daarom moeten ze van hem ook kritisch staan tegenover Kajem. Daarop komt nog meer protest, want dat is muziek waarbij niet eens gezongen wordt. Het is alleen organist Klaas Jan Mulder op een kerkorgel, samen met een drumstel, een dwarsfluit en een synthesizer.

De meester zegt dat het 'misschien niet per definitie fout' is, maar dat hij zich afvraagt of het wel om God gaat en niet om de lekkere muziek. Maar hij krijgt de hele klas over zich heen bij wie dit soort muziek thuis gewoon in het cd-rekje zit.

De meester kijkt op zijn horloge. 'Zo zie je maar,' zegt hij, met een beetje spijt van de anticlimax. 'De wereld is boordevol gevaar. En alleen kunnen we ons nooit staande houden. Gelukkig hoeven we dat ook niet alleen te doen. Kom, ga staan, jongens en meisjes, dan zingen we het lied dat Luther zong, die immers ook tegen vreemde machten strijden moest. Om des tijds wille zingen we alleen het vierde vers.'

De meester gaat achter het traporgel zitten, haalt zijn schouders hoog op en trapt stevig op de pedalen:

Gods woord houdt stand in eeuwigheid
en zal geen duimbreed wijken.
Beef, satan! Hij, die ons geleidt,
zal u de vaan doen strijken!
Delf vrouw en kind'ren 't graf,
neem goed en bloed ons af,
het brengt u geen gewin:
wij gaan ten hemel in
en erven koninkrijken!

Net als iedereen zingt Katelijne heel hard mee, zo hard dat het niet mooi meer klinkt. Ze neemt zich voor om altijd bedacht te zijn op de vijfde colonne.

Als Katelijne van het schoolplein fietst, roept Louw haar na. 'Vanmiddag vragen aan je moeder, hé? Echt doen hoor!'

Aan tafel vertelt Katelijne over een liedje dat gele onderzeeër betekent, maar dan in het Engels.

'Van de Beatles?' vraagt de vader. Hij begint meteen te zingen en de moeder doet mee: '*We all live in a yellow submarine, yellow submarine, yellow submarine...*'

De kinderen kijken verbaasd en lachen besmuikt, omdat ze de ouders nog nooit hebben zien zingen aan tafel en al zeker niet zo'n Engels liedje.

'Het is hartstikke fout, hoor,' zegt Katelijne gepikeerd, omdat ze haar niet hebben laten uitpraten. 'Het gaat over seks en drugs.'

'Seks en drugs?' vraagt de vader verbaasd. 'Wie zegt dat?'

'Meester Wisse.'

'Ach, ga toch fietsen. Seks en drugs. Hoe komt hij erbij? Dat liedje zong iedereen vroeger. Hijzelf ook.'

'*Yellow submarine* is de naam van een drug en het lied gaat over wat er met je gebeurt als je het neemt.'

Rogier en Jeroen zeggen dat ze dat ook hebben gehoord op school.

'Dat zou best wel eens kunnen,' zegt de moeder voorzichtig. 'In onze tijd werd daar nooit voor gewaarschuwd, voor popmuziek. Iedereen zong het gewoon.'

Als Rogier en Jeroen het zeggen, is de moeder sneller geneigd om het te geloven.

'Nou,' zegt de vader, 'maar om daar zo'n kind nou mee lastig te vallen. Seks en drugs...'

Hij tilt zijn linkerbil een beetje op en dan vliegt er een door de kinderen bijzonder gevreesde scheet vanaf de stoelzitting: zijn antwoord op alles wat hij belachelijk vindt en waar hij even niets meer op weet te zeggen.

'Jongens, zachtjes dooreten, dan gaan we Bijbellezen.'

Na het eten zoekt Katelijne in een woordenboek op wat 'seks' betekent, maar van de omschrijving wordt ze niet echt wijzer.

Tweede pinksterdag

Het is tweede pinksterdag en Katelijne zit op haar onopgemaakte bed. Met haar vingers volgt ze de bloemen van haar kussensloop. Meegaan, niet meegaan, meegaan, niet meegaan. Ze zijn een paar uur terug van de kerk en ze gaan een rondje rijden. Het is niet echt wat je noemt een uitstapje; ze gaan niet ver weg, gewoon wat rondrijden, zoals je nu eenmaal doet op een hoogdag. Ze zullen opgestapeld zitten in de stationwagen, de oudste vier op de achterbank, de drie kleinsten met hun rug naar hen toe onder de achterklep. Ze zullen ruzie krijgen, omdat iedereen vindt dat de ander te breed zit, terwijl breed zitten er nu niet bepaald bij is. Katelijne wil eigenlijk thuisblijven, maar je weet nooit wat je dan mist. Misschien krijgen ze wel een ijsje ergens onderweg.

Ze rijden langzaam, met de ramen open, omdat het warm is en om Lourens niet te ruiken, die net voor het vertrek zijn handen heeft geprobeerd te wassen onder de gasoliepomp. Katelijne heeft zijn laarsjes moeten leeggooien. Rogier houdt ze uit het raam om ze te laten drogen.

Ze beoordelen de akkers op de hoeveelheid onkruid die boven de gewassen uitsteekt en schelden op de eigenaar ervan. 'Die Dommisse, dat is een vuilak, zeg, en kijk daar dan: dat is een vies lapje; dat is van Jaap Geschiere, toch pa? Die zou ook eens een beetje moeten gaan kappen.'

'Jaapje Geschiere en kappen!' schampert de vader. 'Die weet

niet eens hoe hij een houweel moet vasthouden.' Ze moeten er allemaal hard om lachen, behalve Katelijne, die de grap herhaalt voor de kleintjes, die hem achterin niet hadden gehoord.

Bij hun eigen maïsveld aan een smal wegje stoppen ze en stappen ze allemaal uit. De vader en de jongens zwermen over het land om de piepjonge maïsplantjes te bekijken. Katelijne kijkt toe hoe ze naar de grond duiken om een aangevreten blaadje te inspecteren of om wat melkwiet uit te trekken. Kleine Lourens loopt achter de vader aan en botst met zijn hoofd tegen zijn billen als hij plotseling stopt en bukt om iets van dichtbij te bekijken. De vader wijst hem iets aan wat hij uit de grond kan trekken, wat niet echt snugger is, want het gaat veel sneller als hij het gewoon zelf zou doen.

Katelijne staat met de moeder tegen de auto geleund. Ze hebben hun handen achter hun rug, hun vingers om het handvat van het portier. Katelijne voelt zich groot. Te groot om er nog met haar ouders op uit te gaan.

De hemel is helblauw en ze voelt de zon op haar achterhoofd branden als een straalkacheltje. Boven de duinen hangen twee puddinggele matrasvliegers. Ze denkt aan het groepje uit haar klas dat met elkaar heeft afgesproken om naar het strand te gaan. Ze hebben mooi weer. Katelijne had aan de moeder gevraagd of ze mee mocht.

'Je gaat daar niet tussen die naakte badgasten liggen,' was haar antwoord. Dat viel te verwachten. De moeder kijkt nogal neer op mensen uit de kerk die het wel doen. 'Al dat vlees dat daar maar wordt uitgestald. Een kind van God laat zichzelf niet graag zien.' Katelijne vindt dat een degelijk badpak net het verschil maakt, maar als ze zoiets zegt, is het de duivel die haar dat influistert, want het gaat dan van kwaad tot erger. 'Met de pinkster is er nog bijna geen volk op het strand,' had ze gezegd, maar voor de moeder was de discussie al lang over en uit. Ze had natuurlijk niet moeten zeggen dat ze naar het strand ging. Ze had het moeten hebben over een fietspuzzeltocht. Jammer dat dat soort dingen altijd pas achteraf in haar opkomt.

Harde grasstengels dringen haar sandalen binnen. Ze zegt tegen de moeder dat ze net zo goed een boek had kunnen lezen. Dat ze daar dan meer aan zou hebben gehad, maar de waarheid is dat ze geen boek meer heeft om te lezen, want zoals altijd heeft ze de bibliotheekboeken allang uit en de boeken die ze thuis hebben ook. De moeder doet alsof ze haar niet hoort, alsof ze geboeid luistert naar het treiterige geluid van een brommer in de verte, die voortdurend gas geeft en weer terugneemt.

Katelijne vraagt zich af of de moeder het leuk vindt zo, en moet er opeens aan denken dat zij op een tweede pinksterdag de vader heeft ontmoet. Achter op de motor bij zijn vriend, die haar neef was, werd hij bij haar het erf op gereden. Wonderlijk hoe God soms mensen bij elkaar brengt, zegt de vader als het gesprek erover gaat.

De moeder zat die dag in een kort blauw jurkje in een tuinstoel bij haar ouders op het gazon.

'Ze blonk in d'r vel,' zegt de vader altijd. Het detail van het korte jurkje heeft de vader lang geleden een keer verteld, en Katelijne heeft dat altijd onthouden. In latere versies ontbreekt het en de moeder beweert sindsdien dat ze geen jurkjes boven de knie had vroeger. Maar de opa en oma van moederskant wisten het ook allebei nog, van dat korte blauwe jurkje, toen ze daar lang geleden een keer naar vroeg.

Het is moeilijk voor te stellen: de moeder in een kort jurkje. Met elke keer dat ze in verwachting was, heeft ze er een paar kilo bij gekregen, alsof ze één voor één het bubbeltjesplastic waarin ze hebben gezeten in de moeder hebben achtergelaten. De ruimvallende witte blouses die ze tegenwoordig draagt, moeten in een speciale winkel voor grote maten worden gekocht. Het eerste wat ze doet als ze ermee thuiskomt is het etiketje met de maat eruit knippen.

Twee fietsers rijden langs, een man en een vrouw op precies eendere fietsen. Ze dragen allebei een donkerblauwe jas en een lichte broek en ze kijken nieuwsgierig naar de familie. Katelijne geniet van hun verbaasde gezichten wanneer ze alle jongens tussen de maïsplantjes zien lopen. Mensen kijken vaak verbaasd naar hen, omdat ze met zoveel zijn.

De vader heeft zich omgedraaid en komt teruggebanjerd. Zijn gang is verend, maar niet gelijkmatig, alsof hij een beetje een evenwichtsstoornis heeft. Lourens rent voor hem uit. De anderen hebben gezien dat de vader terugkeert en ze komen er ook aan.

Met een gezicht alsof ze erg belangrijk werk hebben gedaan, brengen ze verslag uit. Een paar natte plekken in het midden, waar de plantjes nog erg klein zijn en ietsje pietsje onkruid tegen de slootkant aan. In het algemeen is het oordeel positief.

'Hebben jullie in het midden ook nog kale stukken gezien?' vraagt de vader. Christiaan zegt dat er inderdaad een plek is waar bijna geen plantjes staan en probeert met zijn armen aan te geven hoe groot die was. Het is heel waarschijnlijk dat het plekje het noemen niet waard is, maar hij geniet ervan dat hij een moment ieders aandacht heeft.

De kleintjes kruipen in de auto en Rogier sluit de klep. Ze kunnen echter nog niet wegrijden, omdat Jeroen nog helemaal achteraan op het veurood staat te pissen.

'Afknijpen!' roepen ze. Katelijne schreeuwt het hardst en krijgt daarvoor van de moeder een standje. 'Hou je lelijk gezicht,' zegt ze. Katelijne antwoordt dat ze niet voor niets zo'n stem heeft gekregen en dat ze van de dominee hun talenten moeten gebruiken. 'Zie je wel? Het heeft gewerkt,' zegt ze. 'Daar komt hij al aan.' Ze aarzelt en voegt er dan boosaardig aan toe: 'Gelukkig ben ik Gode meer gehoorzaam dan de mensen.' Terwijl de woorden nog onderweg zijn, weet ze al dat ze te ver is gegaan.

Het is opeens doodstil. Iedereen kijkt naar de moeder, die haar mond op zo'n manier vertrekt dat er wel ellende van moet komen, en inderdaad, daar gaat haar arm al omhoog. Ze zegt iets, maar wat precies is niet te verstaan, want Lourens, die al in de kofferbak zit en hen niet kan zien, gilt dat er een auto aankomt. Ze kijken naar de lichtblauwe Ford die tergend langzaam passeert. Als ze hem herkennen, trekt er een gemeenschappelijke rilling door hen heen. 'Levien Flikkermachien,' mompelt de vader. 'De smeerlap, hij is eropuit, hoor.' Als Levien hun gezin herkent, geeft hij een dot gas. Ze kijken hem na tot hij om de bocht achter het struikgewas verdwijnt. In de achterbak van hun auto zit de tweeling met het hoofd naar beneden. Allebei met vuurrode konen.

De moeder zegt al niets meer, maar Katelijnes wang gloeit na van de klap die ze van haar kreeg terwijl iedereen naar Leviens auto zat te kijken. Het voelde alsof de moeder de brutaliteit uit haar wilde slaan. Aan de manier waarop ze in de auto stapt, ziet Katelijne dat ze er het liefst nog een had gegeven.

Jeroen is inmiddels gearriveerd en ze stappen in. Ze rijden naar de dijk bij Westkapelle. Als ze er zijn geeft de vader een stoot gas om zijn volgeladen wagen boven op de dijk te krijgen. 'Niet te dicht op die mensen,' zegt de moeder. De vader stopt pats boem; ze schieten allemaal naar voren.

'Moest dat nou?' zegt ze, met beide handen tegenaan het dashboardkastje.

Op de dijk beklimmen de kleintjes het kanon.

Katelijne zorgt dat ze een beetje uit de buurt van de moeder blijft. Vroeger vond ze het fantastisch, het kanon. Nu vindt ze er niks meer aan en ook de oudere jongens mopperen dat ze naar huis willen. Dit zal de laatste keer zijn, denkt Katelijne, dat ze met z'n allen zijn meegegaan. Volgende keer als ze gaan rijden, blijft ze mooi thuis, en waarschijnlijk de groten ook.

Ze loopt met de jongens mee naar de vloedlijn, om te kijken of er nog iets is aangespoeld. Er ligt weinig bijzonders, zoals te verwachten was op zo'n steile geasfalteerde helling. Op het strand vind je veel meer. Naar het bijna spiegelgladde wateroppervlak kijken ze amper. De zee vinden ze alleen interessant als het stormt.

Katelijne voelt zich raar en vraagt zich af of dit het gevoel is van verdoemd zijn. Het zou kunnen dat ze de zonde tegen de Heilige Geest heeft gedaan. Wat zei de meester daar pas nog over? Als je met opzet Gods naam gebruikt met het doel om te zondigen, kan dat niet vergeven worden. Misschien kan ze nu niet meer bekeerd worden.

Ze kijkt naar Rogier en Jeroen, die een stuk hout hebben gevonden, en naar de spelende kleintjes bij het kanon. De tweeling is boven op de loop geklommen. De vader staat erbij met zijn handen in zijn zakken, de moeder wijdbeens ernaast als een juf die elk moment in haar handen kan gaan klappen om de kinderen te verzamelen. Ze groeten een mevrouw die hen passeert. Katelijne loopt nieuwsgierig een paar stappen in hun richting.

'Het trekt hier als de ziekte,' hoort ze de vrouw zeggen. Zij heeft haar hand bij haar kraag alsof het januari is. Katelijne herkent haar nu, het is iemand van de kerk. Ze komt nogal eens bij de oma en gaat ook aan het avondmaal. Voor haar was het nog mogelijk.

Als het er zo met haar voor staat, wil ze niet meer naar huis, waar ze als enige verdoemde zal moeten leven tussen de anderen en waar ze zo meteen weer de moeder zal moeten helpen de tafel dekken.

Het is laagwater. Van de dubbele rij verweerde houten palen die de golven moeten breken, steekt een deel boven het water uit. Onderaan zitten ze vol met scherpe... wat zijn het eigenlijk – zeepokken, mosselen, oesters? Rogier heeft er een keer zijn voeten aan opengehaald. Alsof iemand er een volle ketchupfles over had leeg geknepen.

Met de zon schuin op haar rug loopt ze steeds verder bij het kanon vandaan, regelrecht op een man van middelbare leeftijd af, die op zijn hurken en met zijn handen gevouwen onder zijn kin naar de zee zit te kijken. Zijn broekspijpen komen tot net onder zijn knieën. Hij draagt een sportieve jas met een capuchon. Een man uit de stad, concludeert ze. Geen enkel rouwrandje aan zijn vingernagels. Ze is hem zo dicht genaderd, dat ze hem moet aanspreken of haar looprichting moet aanpassen om niet met haar wijde rok in zijn gezicht te zwaaien. Vlak bij hem blijft ze staan.

'Hallo,' zegt ze. Voor de tweede keer die dag schrikt ze van haar eigen lef.

'Hallo,' zegt de man. Hij lijkt een beetje op hun dominee, maar dan magerder. Behoorlijk magerder eigenlijk. De dominee krijgt bij ieder gemeentelid bij wie hij op bezoek komt een gebakje, dat hij uit beleefdheid nooit afslaat. Deze man is beslist geen dominee. Hij heeft bootschoenen aan zijn blote voeten en op zijn kuiten zitten kleine schrammetjes.

'Ben je alleen?' vraagt ze hem in keurig Nederlands. Ze plaatst haar ene been voor het andere en kijkt hem doordringend aan. Ze vindt het leuk om te praten als in de boeken.

'Ja,' zegt de man. 'En jij?' vraagt hij. 'Zijn dat jouw vader en moeder?' Hij wijst richting het kanon. Katelijne knikt. Hij had zeker al naar hen zitten kijken toen ze met de hele reutemeteut uitstapten. En hij heeft gezien dat ma en zij allebei een rok dragen en lang haar hebben.

'Ja, wij wonen hier in de buurt,' zegt ze. 'Waar woon jij?' O, stom, ze had natuurlijk 'u' moeten zeggen. Ze heeft het altijd moeilijk met 'u'. 'U' bestaat niet in het Zeeuws, je zegt altijd 'jie' of 'joe', ook tegen de burgemeester.

'In Den Haag,' zegt de man. Hij glimlacht.

Uit Holland. Niet eens uit Middelburg, wat ze had gedacht.

'Bent u niet getrouwd?'

'Niet meer.'

Ze zuigt haar wangen vol lucht. Nu of nooit, denkt ze.

'Als er toch nooit iemand is die op u wacht en waar u een beetje aanspraak aan heeft, lijkt het u dan misschien iets...'

Ze durft niet verder.

'Wat lijkt me iets?' vraagt de man.

'Nou, misschien, dat ik erbij kom wonen.' Ze kijkt naar de nagel van haar grote teen, die uit haar sandaal steekt. Hij is aan de rand een beetje gelig, omdat hij een keer ingegroeid is geweest. De dokter heeft er aan de zijkant een stuk afgesneden.

Ze denkt eraan hoe ze later zal zeggen hoe wonderlijk God hen bij elkaar heeft gebracht.

De man lacht nu hardop en vraagt haar of ze dat zou willen.

'Ja,' zegt ze met overtuiging. Haar hart klopt opeens sneller, en ze durft hem niet goed in de ogen te kijken. 'Ik kan goed aardappels schillen en tuinbonen doppen en afdrogen en strijken en bedden opmaken en...' Ze noemt de dingen op die ze altijd voor de moeder moet doen.

'Sjonge,' zegt de man. 'Kun je dat allemaal?' Zijn gezicht verandert. Hij lijkt opeens heel erg op zijn gemak.

'Nog veel meer,' zegt ze, door zijn verbazing aangemoedigd. 'Ook het klompenkotje zemen, schoenen poetsen, matten kloppen, de was ophangen, bessen plukken en nog véél meer.' Wat heeft ze nog niet genoemd?

'En koken,' liegt ze. Misschien wil de man haar alleen als ze ook voor hem kan koken. Ze ziet dat hij haar niet gelooft. 'Eieren koken,' zegt ze snel. 'Ik prik ze eerst en leg ze dan met een lepel in het water. Zes minuten koken, dan zijn ze niet keihard, maar wel net lekker stijf.'

'En in bed, wat kun je allemaal in bed?' De man kijkt naar haar rok.

'Wat?' Ze kijkt verlegen naar haar knieën.

'Kun je je benen goed wijd doen? Of ben je daar nog te klein voor?' Er zit een vuil lachje op zijn gezicht, waardoor ze er plotseling niet meer zo happig op is om bij hem te gaan wonen. Dat lachje kent ze. Het is het lachje waarmee veekoopmannen soms naar haar kijken. Ze blijft nog even staan, tot de man van haar wegkijkt en met zijn voet gaat schuiven.

Beschaamd draait ze zich van hem weg en loopt ze terug naar het kanon – eerst snel, dan steeds trager.

'Ik ben nergens te klein voor,' zegt ze zachtjes. Haar dijen schuren tegen elkaar. Als ze bij de auto aankomt, is de familie alweer aan het instappen. In een wolk van uitlaatgas rijden ze de dijk af.

'Wat moest je van die man?' vraagt de vader. 'Kende je die?'

'Nee.'

'Praat jij zomaar met wildvreemden?'

'Brutaal nest,' zegt de moeder.

's Avonds in bed luistert ze naar de geluiden van buiten die door de hor de kamer in komen. De oma komt informeren of ze er nog wel aan denken dat haar tomaten gediefd moeten worden.

'Aan Sam van Ko kan ik het niet vragen,' zegt ze klagerig. Die ziet niet wat hij doet, en Wannes kan nooit op dinsdag – en trouwens aan Wannes heeft ze op 't ogenblik ook even geen gebrek. Dan zit ze er weer een hele ochtend mee. De vader belooft er van de week nog naar te kijken. Hij vraagt aan Jeroen of hij de melkmachine al heeft klaargezet voor morgenochtend en stuurt hem dan naar bed. Jeroen neemt met veel lawaai een douche, tot Christiaan op de deur bonkt en zegt dat hij ook nog warm water wil. Rogier wil van de vader weten wanneer ze de tweede snee zouden kunnen gaan maaien. Lourens hoest een keer in zijn slaap en een van de tweeling ligt met zijn hoofd ritmisch tegen de bedrand te bonken. De moeder maakt boter met de keukenmachine. Ze zet hem telkens aan en uit om te kijken of het al goed is. 'Levend vers' zal de vader morgen zeggen, maar na één nacht over zit er toch al een reukje aan. Een koe loeit veelvuldig en langgerekt. Waarschijnlijk omdat ze haar kalf kwijt is.

Katelijne luistert alsof haar leven ervan afhangt, bang voor gedachten, die desondanks toch wel komen. Was er maar iemand om haar te helpen. Assepoester kon op de duiven rekenen en Mozes werd uit het water gered door een prinses.

Ze reikt naar haar boekenplank en haalt er een meisjesboek vanaf, maar ze durft het licht niet aan te doen, omdat de vader het schijnsel vanaf buiten zal kunnen zien.

'Arjaon, ben je nog lang bezig buiten?'

'Nee hoor, ik zit aan mijn taks voor vandaag. Nog even langs de koeien en dan ga ik mijn gemak houden.'

Voor hen kan het nog.

Katelijne staat voor Gods rechterstoel. Eén voor één worden de dia's van haar leven getoond en het hele dorp kijkt mee. Ze staat bij de vrieskist van de oma, die zelf aan het rusten is. Ze probeert hem geluidloos te openen om er een ijsje uit te pakken. Op de volgende dia staat ze daar weer. Nu haalt ze er een ingevroren bolus uit. Dan is er een dia van de keer dat ze levend Stratego speelden in het bos en zij het vaandel was. Ze had zich goed verstopt, en geluisterd hoe de anderen haar naam riepen, met toenemende bezorgdheid in hun stemmen. Op de volgende dia staat ze de eieren te bakken waarvoor Jeroen twee keer twaalf kilometer had gefietst. Hij wilde experimenteren met Australorpseieren voor zijn broedzieke kip.

Opgefokt had Jeroen haar verweten dat ze het expres gedaan had, en zij had hem daarop een klap tegen zijn slaap gegeven. Ook als ze haar ogen dicht doet, kan ze de schrik en het ongeloof op zijn gezicht nog zien. Katelijne wil wegrennen; twee engelen houden haar tegen en dwingen haar te kijken.

Dan komt de dia van vandaag. Ze staat bij het geopende portier van de auto en ze kijkt brutaal naar de moeder. 'Ooo,' zeggen de mensen. Ze slaan hun hand voor hun mond. De Heere kijkt haar aan. 'Doe haar weg van voor Mijn aangezicht,' zegt Hij. 'Breng haar naar de buitenste duisternis, waar wening zal zijn en knersing der tanden.'

De moeder komt de trap op. Katelijne stopt snel het boek onder haar kussen en hoest een paar keer luid om te laten weten dat ze nog niet slaapt. Ze wil dat de moeder haar kamer binnen komt. De deurkruk gaat naar beneden.

'Ga toch eens slapen, Katelijne.' Haar stem klinkt gelukkig niet meer boos, maar ze is het nog niet vergeten. Anders zou ze 'Katel' hebben gezegd.

'Ik kan niet slapen.' Op haar hand drupt een traan, maar de moeder heeft niets in de gaten.

De deur is alweer dicht. Waarom is ze er alweer vandoor? Katelijne stroopt het laken van zich af en gaat voor de zoveelste keer op haar knieën zitten, met haar hoofd op haar borst.

'O Heere, ik heb U niet opnieuw willen kruisigen,' bidt ze. 'O alstublieft Heere, vergeef mij al mijn zonden.' Zingen is twee keer bidden. Wie zei dat ook alweer? 'Vergeef mij al mijn zonden,' zingt ze in haar hoofd. Het is de eerste regel van psalm 6 vers 2 en ze zingt de rest erachteraan. 'Die Uwe hoogheid schonden. Ik ben verzwakt o Heer'. Genees mij, red mijn leven. Gij ziet mijn beend'ren beven' – hier beweegt ze haar schouders een paar keer schokkerig op en neer – 'Zo slaat Uw hand mij neer.'

Nee, dat laatste is niet waar, al staat dat wel in de psalm. Het is in deze situatie niet van toepassing, Hij moet niet denken dat ze Hem de schuld geeft. Ze zingt het laatste stukje opnieuw, maar nu zonder de laatste regel. 'Gij ziet mijn beend'ren beven. Amen.'

Ze gaat weer liggen.

Buiten zwijgen één voor één de merels. Als de laatste zwijgt, is het vreemd stil, alsof de lucht hun melodietjes, hun gefladder en hun trillers nog niet is vergeten.

Katelijne voelt zich slaperig worden.

'Had jij nog gezien of het zonnetje mooi onderging, Rina?' vraagt de vader vanaf het erf.

''k Geloof het wel, hoor,' antwoordt de moeder. 'Ze hebben voor morgen sowieso goed weer afgegeven.'

De vriendin van Rogier

Sinds twee maanden heeft Rogier een vriendin die hem adoreert. Ze zit urenlang op het ongemakkelijk smalle zitje bij hem in de trekker als hij aan het gieren is en ze houdt zijn hand vast onder het Bijbellezen aan tafel. De kinderen moeten eraan wennen dat iemand hun broer helemaal te gek vindt.

Ze heet Jannemieke. Ze is het achtste kind uit een gezin van zeventien. Sinds haar tweede heeft ze altijd geslapen op een kamer met drie stapelbedden. Al haar kleren deelt ze met haar vier oudere zussen, maar dat vindt ze niet erg. 'Zo heb je meer,' zegt ze. Maar de lichtblauwe of witte blouses en de giletjes die ze draagt, de rechte lange rokken, ze zijn haar allemaal een maat te groot. Het enige wat haar past is de donkerblauwe zakdoek om haar hals.

Rogier heeft haar ontmoet op een barbecue toen hij voor zijn nieuwe school stage liep op de boerderij van haar oom. Het stageadres was geregeld via tante Mattie. De vader en de moeder wilden het niet aan de school overlaten, niet het risico lopen dat hun zoon zes weken televisie kon kijken en 's avonds naar discotheken zou kunnen gaan.

'Is 't een leukje?' vragen ze op school.

'Jawel,' zegt Katelijne, 'ze drinkt haar sinaasappelsap door een zeefje.' Ze denkt eraan wat Christiaan pas ook alweer zei. 'Ik zou er geen willen waar ik naast moest kijken.'

Christiaan mag van hen zevenen dan de stomste zijn, hij is ook de knapste. Hij krijgt veel aandacht van de meisjes en dat maakt hem kieskeurig.

'We konden het slechter treffen,' hoorde Katelijne de vader gisteren tegen de moeder zeggen over Jannemieke. Katelijne dacht erover na wat hij daarmee bedoelde. Dat ze hun grapjes aan tafel altijd aan haar moeten uitleggen, waarop ze standaard 'Jullie zijn niet wijs' zegt, is een kleinigheid als je bedenkt dat ze ook een mongooltje had kunnen zijn. In haar hoge stem had een knars kunnen zitten, die pijn deed aan je oren, of ze had zo'n akelige tic kunnen hebben, dat ze bij elke hap met haar vork tegen haar tanden sloeg.

Bovendien leert ze hun broer het neuspeuteren af.

Nu Katelijne er langer over nadenkt, denkt ze dat de vader bedoelt dat ze niet hervormd is. Hervormd is, op onbekeerd gestorven na, het ergste wat je kunt zijn. Van de hervormden bekeert God er maar heel weinig. Ze hebben de mond vol van de Zaligmaker, maar ze hebben nooit hun zwarte zonden leren kennen. De hervormden hebben een gestolen Jezus en televisie.

Jannemieke is van de uitgetredenen. De uitgetredenen zijn strenger dan zij en vromer in leer en leven. Ze zijn bijvoorbeeld niet verzekerd en niet ingeënt. Op uitgetredenen hebben ze niets tegen.

Toch zit er bij Katelijne iets niet lekker.

Haar eigen haar is lang, zoals de Bijbel dat wil, maar Jannemieke heeft het hare zelfs nog nooit afgeknipt. Het hangt als door de zon verbleekte strotouwtjes in dode punten op haar rug. Soms zit het in een vlecht, die onderaan zo dun is als een potlood.

Ze vertelde dat een paar jongens in de bus een keer haar vlecht vanonder met een aansteker hadden aangestoken. Eerst had ze niets in de gaten gehad, tot zij en haar vriendin opeens een scherpe brandlucht roken. Zelf raakte ze verschrikkelijk in paniek, maar haar vriendin had snel haar beker appelsap uit haar tas gehaald, het deksel eraf gedraaid en de vlecht erin gestoken. Jannemieke zei dat ze het daarna op school nog opgedronken had ook, maar dat gelooft Katelijne niet.

'Je kunt er nog een voorbeeld aan nemen,' zegt de oma over Jannemieke. Ze vindt dat je aan haar veel beter kunt zien dat ze 'anders' is. Katelijne weet dat de oma bedoelt dat haar rokken langer en nog minder modieus zijn dan de hare en dat ze zelfs 's zomers witte panty's draagt, die slobberen bij haar enkels. 'Een vreemdeling hier beneên moeten we zijn,' zegt de oma. 'De buitenwereld moet het kunnen zien aan je daad, je gelaat, je gepraat, en zeker ook aan je gewaad.'

Er is ook een verschil in de leer. Rogier leest er een dik boek over: *Om de oude Waarheid; het leergeschil aangetoond,* geschreven door dr. C. Steenblok. Hij heeft het te leen gekregen van zijn aanstaande schoonvader. Katelijne weet zeker dat hij liever *Snuf de hond* leest, en zij en haar broers lachen hem uit als hij ermee op de bank zit.

'Straks word je nog ouderling,' zeggen ze tegen hem. 'Moet je niet gaan staan tijdens het grote gebed?' Alleen de strengste mannen doen dat bij hen in de kerk.

'Als hij bij ons is, staat hij onder het bidden,' zegt zijn vriendin.

'Echt?' vragen ze verbaasd. Rogier krijgt een rooie kop en geeft haar een stomp met zijn elleboog.

'O, had ik dat niet mogen zeggen?' Ze lachen nog veel harder. Jannemieke is echt stom. Ze zegt gewoon alles.

Ze heeft zelfs verteld dat Rogier bij hun tweede ontmoeting zijn gezicht met Jif had gewassen omdat hij bang was dat hij naar de kalvers zou ruiken. Met een kop als een voederbiet had hij bij haar ouders op de bank gezeten zodat haar vader had gezegd dat hij nog nooit zo'n verliefde jongen had gezien.

'Jongens, mietert niet,' waarschuwt de vader, die oneerbiedigheid in hun gelach heeft gehoord.

Hij legt het verschil uit. 'In onze kerk preekt de dominee voor alle gemeenteleden. Hij preekt dat er bij God genade is voor zondaren. Dat betekent niet dat iedereen het ook krijgt, want velen zijn geroepen, en weinigen uitverkoren en God weet al precies wie er zullen ingaan op Zijn uitnodiging. Het aanbod is er echter wel voor iedereen. Bij de Uitgetredenen worden alleen de uitverkorenen aangesproken. Als je daar niet bij hoort, is zelfs het aanbod van genade niet voor jou.'

Katelijne vindt het raar. Waarom zou je dan nog naar de kerk gaan? Als je niet uitverkoren bent, is er toch niets meer aan te doen en als je het wel bent, bekeert God je ook wel als je niet naar de kerk gaat. Al ga je naar houseparty's, dan nog kan God je bekeren, Hij is er machtig genoeg voor.

Ze legt het voor aan Jannemieke, maar die ziet het probleem niet.

'Ga je liever naar houseparty's dan naar de kerk?'

'Nee, ik bedoel: waarom zou je naar de kerk gaan als het allemaal niet uitmaakt?'

'Je bent niet wijs,' zegt ze. 'Dat doe je toch gewoon?'

Typisch Jannemieke: te stom voor gedachten.

Omdat Jannemieke helemaal in Terneuzen woont, blijft ze altijd een heel weekend. Ze hebben geen logeerbed, dus slaapt ze bij Katelijne in de twijfelaar.

Eindelijk heeft Katelijne de zus die ze altijd al had willen hebben.

Ze zou alleen iets minder deodorant moeten gebruiken. Als Jannemieke er is, ruikt het hele huis naar deo van de Aldi en in hun kleine slaapkamer, waar het raampje niet zo ver open kan, hangt er soms zo'n walm, dat het Katelijne de adem beneemt. Als ze op een avond de gebruiksaanwijzing op de spuitbus bekijkt en het woord 'gas' leest, begint ze erover als ze in bed liggen.

'Weet je dat er in de oorlog veel joden zijn vergast?'

'Ja,' zegt Jannemieke aarzelend.

'Weet je hoeveel het er zijn?'

'Niet precies nee.'

'Zes miljoen.'

'Veel, zeg!'

'Weet je waarmee? Met Zyklon-B. Dat is gifgas.'

'Heb je daar net een werkstuk over gemaakt?'

'Nee,' liegt Katelijne betrapt. 'Dat weet ik gewoon, van geschiedenis. Waar het om gaat, is dat gas heel gemeen is. Het is onzichtbaar, het doet zijn werk zonder dat je het doorhebt. Ze stopten de joden in een kamer zonder ventilatie, ze zeiden tegen ze dat ze moesten douchen en dan lieten ze gas in de kamer stromen.'

'O, wat gemeen.'

'Ja. Er is niks gemeners dan gas. Daarom ben ik ook heel voorzichtig met spuitbussen waar gas in zit. Ik gebruik altijd maar een heel klein beetje en alleen op plaatsen waar er een raam open is.' Gespannen wacht ze af hoe dit bij Jannemieke aankomt.

'Vind je geschiedenis leuk op school?' vraagt ze slaperig.

'Leuk, leuk... Als je leert dat er 6 miljoen joden zijn vergast, is dat niet leuk nee.'

'Nee, ik bedoel: leuker dan tekenen of Nederlands?'

De laatste tijd vraagt Katelijne zich af of haar vader gelijk had toen hij zei dat ze het slechter hadden kunnen treffen. Met haar uiteenzetting over de joden heeft ze niets bereikt en dus zet ze demonstratief de deur van hun kamer open als Jannemieke deodorant heeft opgespoten. Omdat Jannemieke niet wil dat de jongens haar in haar nachtpon zien, doet ze hem even snel weer dicht.

Als ze in bed liggen wil ze het liefst over Rogier praten, zodat Katelijne steeds vaker moet doen alsof ze slaapt. Soms heeft ze snoep meegenomen van thuis, dat ze samen in bed opeten tot ze misselijk in slaap vallen. Halverwege de nacht draait Jannemieke zich vaak opeens met veel geweld om, waarbij ze met haar losse haren om zich heen slaat. De eerste keer dat ze dat deed dacht Katelijne dat Jannemieke met de engel worstelde. Nu denkt ze dat ze dapper weerstand biedt aan een heel leger kappers.

Op zondagmiddag, als ze tussen twaalf en twee allemaal naar bed moeten omdat de vader en moeder zelf tussen de diensten door een poosje willen slapen, komt Rogier tussen hen in liggen. De eerste keer giechelen ze van onwennigheid. Rogier in hemd en onderbroek, zij in hun nachtponnen. Het dekbed tot hun kin opgetrokken. Dat Katelijne voor haar broer plotseling een gewichtige functie heeft bevalt haar wel.

Als Katelijne zich plotseling naar hen toe draait, ziet ze nog net hoe Rogier Jannemieke op de mond zoent, een snel kusje, dat nog geen halve seconde duurt. Ze ziet hoe Jannemieke begint te blozen.

'Katelijne keek net,' zegt ze.

Katelijne wordt er minstens zo verlegen van, al probeert ze het niet te laten merken. ''k Zou me nooit door Rogier laten aflikken,' zegt ze. Het klinkt veel venijniger dan ze bedoelt.

Zo ziet het er dus uit, een kus. Gewoon twee paar lippen die elkaar even raken. Als de vader de moeder zoent, zie je er niks van omdat de grote roodbruine snor van de vader er altijd voor zit, en zo vaak gebeurt het trouwens ook weer niet. Alleen als de moeder heel af en toe opeens giechelend bij de vader op schoot kruipt. Dat ziet er altijd zo zielig uit voor de vader, dat de kleintjes haar meteen van hem proberen af te trekken.

Volgens Christiaan doen ze het 's avonds in bed wel heel veel, maar Katelijne denkt niet dat de moeder van zoenen houdt, in elk geval niet als de vader z'n snor nat is, nadat hij van de kraan gedronken of in de mist gelopen heeft. Als hij haar dan probeert te zoenen, rolt ze met haar ogen. 'Ga weg met die vieze natte snor.'

En de kinderen? De kleintjes krijgen van haar een kus als ze hen in bed heeft gestopt, maar zodra je zelf naar bed kunt, houdt ze ermee op.

Was het de eerste zondagmiddag nog leuk, zo met z'n drieën in bed, als Katelijne op den duur weer een boek wil lezen, is daar opeens bijna geen plek meer voor. En omdat ze elk moment een duw in haar rug of een trap tegen haar enkels kan verwachten, kan ze zich niet zo goed meer concentreren op de zinnen.

Ze stelt hun voor dat ze samen in het bed van haar broer gaan liggen. Die heeft immers ook een kamertje voor zichzelf, omdat hij dit jaar tentamens heeft. Rogier wil dat wel, maar van de vader en moeder mogen ze niet alleen samen zijn en Jannemieke wil het niet stiekem doen. Rogier en Katelijne proberen haar te overreden, terwijl Jannemieke blijft zeggen dat nee nee is.

Zo voelt Katelijne de spanning van het heimelijk tasten en strelen. Van de hand die plotseling door de ander wordt gepakt en ergens anders wordt neergelegd, het gefluister van woorden die niet voor haar zijn bedoeld, en aan de trillingen van het matras merkt ze hoe lichamelijk de liefde is.

Hun gefriemel maakt van Jannemieke een minder heilig boontje dan Katelijne eerst dacht, gelukkig. Wanneer ze bedenkt dat ze misschien alleen maar tegemoet wil komen aan de wensen van haar broer, is Katelijnes afgunst echter onmiddellijk weer terug. Van de oma weet ze dat het de eenvoudigen zijn die genade krijgen van God, niet degenen met verstand. De oma is er een voorbeeld van. De vriendin van haar broer zou er ook wel eens een kunnen zijn, omdat ze net als de oma alleen lagere school heeft gehad. Jannemieke gaat tot ze straks zestien is nog een dag in de week naar een soort huishoudschool. Voor de rest werkt ze in de waskamer van een verzorgingstehuis.

Wat gebeurt er als zij bij Jannemieke in bed ligt op het moment dat Jezus terugkomt op de wolken? Jezus zegt in een van de evangeliën: 'In dien nacht zullen twee op één bed zijn; de een zal aangenomen, en de ander zal verlaten worden.'

Ze zal Jannemieke nooit kunnen inhalen.

Aan tafel laat ze Jannemieke parallellepipedum zeggen en rioolwaterzuiveringsinstallaties en ze lacht het hardst van allemaal wanneer ze dat niet voor elkaar krijgt. Op de dorsvloer bij het lage dilt vraagt ze aan Jannemieke of ze bij die dikke balk kan met d'r hoofd. Ze springt.

'Bijna,' zegt Katelijne.

Ze springt hoger. Natuurlijk komen er tranen van, maar de buil valt mee.

Op den duur klaagt ze bij de moeder dat ze niet kan slapen als er iemand bij haar in bed ligt.

'Niet te snel mekkeren,' zegt de moeder. 'Het is een kwestie van wennen. Ik dacht dat je het zo gezellig vond?'

'Gezellig wel, we kletsen soms de hele nacht door,' zegt Katelijne. Ze zegt dat er van slapen nooit veel komt en hoopt dat de moeder daarvan schrikken zal.

'Dan moet je daar maar eens mee stoppen, met dat geklets. Zul je zien dat je veel sneller slaapt.'

De dominee zegt dat alles in gereedheid is gebracht. Hij heeft het brood en de wijn gezegend en nodigt iedereen die 'deel heeft aan de genade van Christus' aan tafel. Alle ouderlingen en diakenen staan op en gaan om de witte tafel zitten die onder de preekstoel is neergezet.

'Kent u er iets van?' vraagt de dominee. 'Van dat hongeren en dorsten naar Christus? Van dat kermen en piepen tot Hem? Dan bent u welkom aan de tafel des Heeren.' Links en rechts staan mensen op en lopen naar voren. Het zijn oudere mensen in donkere kleren. De vrouwen hebben hun haar opgestoken onder hun hoeden. Twee ouderlingen wijzen hun een stoel waar ze kunnen zitten. Kee Dommisse is een van de eersten.

'Zijn er nog onder u, van die kleintjes in de genade, die hun beste werken als blinkende zonden kennen? Van die alles-verbeurdhebbenden? Die God aanlopen als een waterstroom?' Nog meer mensen staan op.

Als de dominee het over de 'van verre staanden' heeft, schuift helemaal op de achterste rij ook de oma de bank uit, haar hoofd gebogen, waardoor ze lijkt meegekrompen met haar zwarte jasje. Ze loopt niet best. Katelijne is bang dat er geen stoel meer voor haar is, maar gelukkig is er nog plek als ze aankomt. Ze zou eigenlijk niet op de achterste bank moeten zitten, maar daar zit ze al haar hele leven. De opa wilde dat per se. Die was enorm bang voor brand en om dan door het kerkvolk vertrapt te worden.

Ze neemt zich voor om als ze zelf ooit aan het avondmaal mag alvast vooraan in de kerk te gaan zitten, zodat ze niet terug hoeft wanneer alle stoelen ineens bezet blijken te zijn.

'Er zijn nog plaatsen over,' zegt de dominee. 'Als u gebukt gaat onder de last der zonde en het u in benauwde ogenblikken...'

Katelijne krijgt een por. Jannemieke buigt zich naar haar toe, waardoor hun hoeden tegen elkaar aan stoten.

'Geloof je echt dat al die mensen bekeerd zijn?' fluistert ze.

'Natuurlijk. Hoezo?' fluistert Katelijne terug.

'Dat kan toch niet, zoveel?'

'Zoveel?'

'Ja. Bij ons in de kerk zijn het er veel minder.'

'Het zijn er helemaal niet veel. Volgens mij nog geen tien procent. Het kan natuurlijk dat er hier meer zijn dan bij jullie.'

'Waar afgeweken wordt van de zuivere waarheid, krijg je meer avondmaalgangers,' zegt ze belerend. 'Dat zegt mijn vader altijd.'

'Dus jij zegt dat wij niet de zuivere waarheid hebben?'

'Ik zeg alleen dat dat zou kunnen,' zegt ze. 'Ik zag een vrouw met kort haar naar voren lopen. Zij kan toch niet bekeerd zijn?'

'Iemand met kort haar? Ik heb niemand gezien met kort haar.'

'Nou ja, tot hier dan.' Ze legt haar hand op haar schouder, die tegen die van Katelijne aan geklemd zit. Ze wijst de lengte aan van Katelijnes haar. 'Die vrouw eet en drinkt zich toch een oordeel.'

Katelijne draait haar schouders van Jannemieke af, pakt haar bijbeltje en begint lukraak ergens te lezen. Ze doet alsof ze het gefluister tegen Rogier niet hoort.

Op een zomerdag, kort voordat het uitgaat tussen Rogier en Jannemieke, snoepen de meiden nog een keer samen in bed, zoals ze deden in de eerste maanden dat ze bij hen was.

Het snoep is van de tweeling, een traktatie van school. Toen Katelijne hongerig uit school kwam, had ze de zak al omhoog gehouden en tot in detail bestudeerd.

'Blijf eraf,' zei Peter, die de zak bewaarde mede namens zijn broer.

'Ik kíjk alleen.'

's Avonds in bed houdt ze het echter niet meer uit en stelt ze Jannemieke, die tegenwoordig al op vrijdagavond komt, voor om er wat van te pakken.

'Het is van je broertjes, toch?'

'Ja, maar we krijgen er toch wel wat van. Als ik snoep heb, deel ik ook altijd.'

'Als je denkt dat het geen stelen is?'

Ja, het is stelen, denkt Katelijne. En als jij er straks van eet, ben je net zo slecht als ik. De heler is net zo strafbaar als de steler. Ze komt terug met twee dropsleutels en een pakje Hubba Bubbakauwgom. Jannemieke steekt een dropsleutel in haar mond; zegt dan verschrikt dat ze nog helemaal niet gebeden heeft. Ze draait zich om in haar bovenmaatse nachtpon, zakt op haar knieën en buigt haar hoofd tot bijna op de matras. Als ze klaar is, zit er een zwart-bruine vlek in het laken. Katelijne haalt een washandje, maakt het nat en probeert de vlek weg te poetsen. Het lukt niet echt.

'Ik zeg wel dat het vogelpoep is van de waslijn,' zegt ze.

Jannemieke haalt opgelucht adem.

Zolang ik degene ben die moet liegen, vind je het allemaal best, hè, denkt Katelijne.

Ze verdelen de kauwgom, tot ze hun mond vol hebben met een enorme klont. Ze proberen wie de grootste bellen kan blazen. Katelijne is er niet zo goed in.

'Je moet zorgen dat je het met je tanden al een beetje uit elkaar trekt.'

'Waar is het papiertje van de kauwgom gebleven,' vraagt Katelijne opeens ongerust. 'Ma mag het niet vinden.'

Jannemieke buigt zich over de rand om onder het bed te kijken. Katelijne, die net weer een bel probeerde te blazen, voelt opeens dat het haar gaat lukken. Voorzichtig blaast ze door. Hij wordt reusachtig. Opgewonden tikt ze Jannemieke op haar rug. Had ze dat maar niet gedaan.

Jannemieke komt met een ruk overeind en daardoor stoot ze met haar achterhoofd zo hard tegen de kauwgombel, dat die erdoor knapt. Op haar achterhoofd zit een wirwar van roze kauwgomdraden.

'Pas dan ook op,' zegt Katelijne geschrokken en ze probeert in paniek de kauwgom eruit te trekken, maar het raakt er alleen nog vaster in.

'Je duwt het verder,' zegt Jannemieke huilerig.

'Stilzitten. Als je beweegt, kan ik het er niet uit halen.' Katelijne trekt een pluk haar omhoog en voelt aan de kauwgomdraden. Hoewel ze die niet loskrijgt en ze het alleen erger maakt, stopt ze er pas mee wanneer Jannemieke zich schreeuwend losrukt.

Huilend gaan ze samen naar beneden, waar nu de moeder de draden probeert los te trekken, maar er is geen beginnen aan. Als ze de schaar pakt, begint Jannemieke te krijsen alsof ze door de moeder geslacht gaat worden.

'Het is het enige wat ik kan doen,' zegt de moeder, maar de schaar komt er niet in. Jannemieke wil naar huis, dus brengt de vader haar dezelfde avond nog naar Terneuzen. Het is al na enen als Katelijne hem weer thuis hoort komen.

De volgende keer dat Jannemieke komt, heeft ze haar haar in een dunne staart. Al haar voorste haren zijn over haar hoofd naar achteren gekamd. Op haar achterhoofd steekt er een aantal korte plukjes doorheen. Als ze het 's nachts los doet, is de schade pas goed te zien. Midden op haar achterhoofd is alles weg op wat stekeltjes na, alsof daar een kankergezwel heeft gezeten en er pas sinds kort weer haar op groeit. Kort daarna wordt Rogier verliefd op een meisje van hun eigen kerk.

Huisbezoek

'Ze vroegen speciaal of dat de kinders erbij konden zijn,' zegt de moeder.

Katelijne protesteert dat ze net die woensdag met de meisjesclub met de boot over zouden gaan, naar 'Bresjes', voor een uitje.

'Ik heb gezegd van ja, tegen de broeders,' zegt de moeder resoluut. En daarmee is het klaar.

'Wie zijn het?' vraagt de vader.

'Willemse en Kees Bierens.'

Rogier begint meteen – al sproeiend – ouderling Willemse na te doen, waarvoor hij van de vader een pets tegen zijn hoofd krijgt.

'Die mannen doen dat allemaal in hun vrije tijd. Daar mag je best een beetje ontzag voor hebben.'

Ze komen per fiets, want het is er tenslotte het weer voor en daarna gaan ze toch in één moeite door naar de oma, die evenals de moeder te hunner ere een appeltaart heeft gebakken. Peter ziet ze als eerste: twee dropjes in de verte. De moeder schrikt ervan; ze loopt toch al zo nerveus door het huis als een bromvlieg die het gaatje in de hor niet kan terugvinden.

'Is het al zo laat? Toe, Arjaon, doe jij gauw de koffie in het machien, doe maar van een nieuw pak', en ze haalt nog snel de te kleine speld uit haar chocoladebruine haren om het daarna op een precies eendere manier weer op te steken, met de helft eruit.

Christiaan vraagt haar of hij een spijkerbroek aan mag of dat hij zijn zondagse goed aan moet doen. Ze zegt eerst spijker, maar daarna: 'Doe toch maar je zondagse.' De vader snauwt dat hij moet opschieten en niet zeuren, wat niet echt aardig is, maar iedereen weet dat het komt doordat hij er vanmorgen drie met uierontsteking in de melkstal had.

Katelijne nestelt zich naast Lourens op de bank, met haar arm om hem heen. Samen zoeken ze naar Rinus Rups in een plaatjesboek. Ze hoopt dat het eruitziet als de grote zus die heel lief is voor haar kleine broertje.

'Jullie zijn toch ook al met een heel kooitje.' Willemse kijkt eens goedkeurend de kring rond. Zijn gezicht is net een huzarenslaatje, de ogen twee plakjes augurk in met paprikapoeder bespikkelde slasaus.

'Ai, ziet, hoe goed, hoe lief'lijk is 't, dat zonen,' zegt Kees Bierens, die vroeger rijinstructeur is geweest. Het is hem aan te zien dat hij een zittend beroep heeft gehad. Zijn dijen komen tot over zijn helft van de bank en onder zijn overhemd zit een flink net mandarijntjes. Toch slaat hij de appeltaart van de moeder niet af.

'Van 't zelfde huis, als broeders samenwonen,' vult Willemse aan. Ze zijn goed op elkaar ingespeeld.

Dan vragen ze bij welke meester ze in de klas zitten. Ze vragen het ook aan Jeroen, die nog niet zo de hoogte in schiet, maar al wel op de mavo zit. Katelijne ziet dat hij het niet leuk vindt om nog bij de kleintjes gerekend te worden.

Het gaat eerst over het land en het weer en of het hooi al binnen is, en daarna over dominees; dat is nog veilig terrein. Al de tijd dat je het over een dominee kunt hebben, hoeft het niet over jezelf te gaan.

'Als we de dominee hebben,' zegt de moeder, 'is het goed. Daar kan je nogal goed naar luisteren. Maar als het leesdienst is, je moet maar zeggen als het niet klopt, maar ik heb zomaar het idee dat er alleen een beperkt aantal dominees wordt gelezen hier. Er zit nooit eens een puritein tussen of een andere dominee die eens een keer een beetje gunnend preekt.'

Dat geven ze natuurlijk nooit toe, de mannenbroeders. Ze zeggen dat er geen beleid is, dat elke ouderling zelf zijn preken uitkiest en dat ze daar tot nu toe nooit kritiek op hebben gehad. En dat degenen die kritiek hebben zichzelf eens zouden moeten onderzoeken op wat nu de ware motivatie is om hun kritiek te uiten. Is het misschien niet zo dat, zolang de schuld bij de prediking gelegd kan worden, ze menen zelf vrijuit te gaan?

'Eenieder is zelf verantwoordelijk voor zijn onbekeerde staat,' zegt Kees Bierens, en hij steekt het laatste hapje van zijn appeltaart in zijn mond. Hij is de enige die niet doorheeft dat er daarbij een rozijn op zijn broek valt.

Stilte.

'Een appellerende prediking voorkomt toch dat iedereen er maar in berust?' zegt de moeder met trillende stem. 'Er wordt veel te veel alleen voor Gods volk gepreekt, de onbekeerden worden amper aangesproken.' Ze moet ervan blozen.

'Onbekeerden moeten door de ware prediking tot jaloersheid gedreven worden om er ook iets van te mogen kennen.' Na deze volzin leunt Willemse verpuft achterover.

Tot jaloersheid, denkt Katelijne. Dan moeten ze niet altijd maar zeggen dat bekeerde mensen bedrukt over de aarde moeten gaan en dat het later in de hemel altijd zondag is.

'En daar komen we dan ook voor,' zegt Willemsen. 'Om te horen of er ook in dit huisgezin leden zijn die er wat van kennen mogen.'

Stilte.

'Want daar komt het toch op aan,' zegt Willemsen. 'Op het ware werk van de Heere van zondenkennis en genadekennis.'

'In die volgorde,' zegt Kees Bierens.

'Ja-a,' zegt de vader, die nog maar weinig heeft gezegd, behalve dan dat hij alweer heel wat jaartjes eersteklas melkt.

'Geloof je dat?' vraagt Kees Bierens opeens aan Rogier.

Rogier schrikt. 'Eh... ja-a,' zegt hij. De andere kinderen lachen zachtjes achter een hand.

'Een historisch geloof,' zegt Kees Bierens. 'Het is groot dat je dat hebt, jongen. Weet je wat dat is, een historisch geloof?'

'Ja,' zegt Rogier. 'Een blote toestemming aan een gekende waarheid, maar geen aanvaarding tot zaligheid. Zoals het geloof van koning Agrippa. Je hebt ook nog een wondergeloof en een tijdgeloof, maar het gaat om het waarzaligmakend geloof.'

'Heel goed,' zegt Kees Bierens. 'Van wie heb jij catechisatie?'

Rogier lacht verlegen. 'Van Willemse,' zegt hij zacht.

'Hij zit bij mij,' lacht Willemse. Ze lachen allemaal.

'En jij,' richt Kees Bierens zich opeens tot Katelijne. 'Ken jij er iets van? Vraag jij de Heere veel om een nieuw hartje?'

Katelijne, die de vraag niet heeft gehoord, merkt plotseling dat er afwachtend naar haar gekeken wordt. 'Ik heb na de vakantie pas catechisatie,' zegt ze verlegen, omdat ze niet heeft opgelet. Ze had uit het raam gekeken, waar een donker figuurtje vanuit de verte aan kwam fietsen. Christiaan had het ook gezien. Hij had haar aangekeken, terwijl zijn lippen zonder geluid woorden vormden: ''t Is meester Wisse.'

Meester Wisse!

Er fietsen niet zo heel veel mensen door dit deel van hun wegje, omdat het aan het eind doodloopt, even voorbij de boerderij van Jantje de Kikker. Niet helemaal dood, je kunt over een onverhard stuk, waar gras op groeit, en daarna kun je weer op de weg uitkomen. De grond is van Jantje, maar iedereen hier uit de weg heeft recht van overpad en de rest van de omgeving neemt het. Alleen Sekker mag er niet langs, want die twee hebben ruzie. Dat is begonnen met een akkevietje van niks over een slecht ingezaaid stuk land. Sekker had Jan een haveloze knoeier genoemd, wat erger is dan alleen een knoeier. Hij zei dat hij het min of meer voor de grap had gezegd, gewoon om hem een beetje te stangen, maar Jan had er niet om kunnen lachen. Hij spijkerde een groot bord aan het damhek met VERBODEN OVERGANG VOOR Z. CIJSOUW erop. De z en de c zijn een beetje te groot uitgevallen, de u en de w kwamen daardoor nogal in de verdrukking. Niettemin helpt het, Sekker gaat altijd langs de andere kant naar het dorp en ergens anders gaat hij nooit naartoe. Die andere kant is voor hem trouwens ook korter.

Met de trekker kun je er prima overheen, ook al is het niet verhard, en met de auto ook als het niet al te veel geregend heeft. De meeste fietsers hebben er geen zin in. Passerende fietsers hebben hen als eindbestemming, of de oma of Jantje de Kikker. Dus het is zo klaar als een klontje waar meester Wisse naar onderweg is.

'Deo volente,' zegt Bierens.

Katelijne kijkt naar haar schoenen en knikt. Alleen als de Heere het wil zal ze na de vakantie naar de catechisatie gaan.

Haar ogen dwalen weer af naar buiten.

''t Is woensdag,' doen Christiaans lippen.

'Dus toch,' ademt ze terug. Ook de anderen zien de meester nu. Ook de vader en moeder en de ouderlingen.

'O,' laat Willemsen zich ontvallen. Meteen brengt hij zijn hand voor zijn mond en hij kucht een paar keer.

Ze weten allemaal wat dit betekent. Woensdag- en zaterdagavond, dat zijn hier de avonden waarop je als verliefde jongen naar je meisje toe gaat. Dan is het dus toch waar wat ze op het dorp zeggen. De meester zit achter Ria aan, de enige nog ongetrouwde dochter van Jantje de Kikker. Ze is een goede partij voor hem, weet Katelijne, want ergens in de erfelijke lijn zit een nadere reformator. Welke precies is Katelijne even vergeten.

Ria is mager tot in het extreme en haar vel is wit, want ze zit altijd binnen. Ze zeggen dat ze aan slapeloosheid lijdt. 'Mooi van lillikheid,' zegt de moeder. 'Een dôôsje,' vinden de jongens, maar Katelijne vindt haar aantrekkelijk vanwege haar troebele pupillen, waarmee ze je aandachtig aankijkt, alsof je een schattig hondje bent dat ze bijna zou willen kopen.

Van het zo zorgvuldig opgebouwde gesprek komt niets meer terecht. Ze praten nog wat over de noodzaak van bekering. Of de schuldbrief al is thuisgekregen. Oude kost. Het nieuws fietst buiten door den 'oek.

'We gaan afronden,' zegt Kees Bierens.

Of er nog vragen leven.

De moeder heeft nog een vraag over het nabestellen van prekenbandjes. 'Bij wie moet dat nu de koster plat ligt met een hernia?'

Het kan gewoon bij zijn vrouw.

‘En hebben de jongelui misschien nog vragen? Anders gaan we afsluiten met een gebed.’

Vragen? Zij? Het zijn toch de grote mensen die de vragen stellen? De kinderen geven de antwoorden, dat is altijd de volgorde.

De meester overhoort hen op school, de ouderlingen op de catechisatie, de leidsters op de meisjesclub, de ouders thuis na de preek, en de kinderen doen het niet. Kinderen die vragen worden overgeslagen.

Katelijne denkt diep na. Heeft ze vragen? Ze weet het niet. Ze schudt van nee. Nee, ze kan zo een-twee-drie niets bedenken, maar ’s avonds in bed begrijpt ze dat ze wel degelijk vragen heeft.

Ze zou willen weten of je als onbekeerde wel alle psalmen mee mag zingen, ook ‘Mijn hart, o Hemelmajesteit, is tot Uw dienst en lof bereid’, want is ze niet van nature geneigd God en haar naaste te haten? En zal God haar niet straffen als ze deze woorden in de mond neemt?

En ‘Mijn God U zal ik eeuwig loven’? Want dat is natuurlijk helemaal niet zeker.

En of de Heere Jezus niet doorhad dat Martha ook best net als Maria aan Zijn voeten had willen zitten, maar dat er toch iemand moest zijn om aan het eten te denken.

En of het waar is wat de meisjes uit haar klas zeggen, dat ze straks als ze naar catechisatie zal gaan een hoedje op moet.

En of het niet gewoon stom van Jozef was dat hij zijn dromen aan zijn broers vertelde?

Wat betekent het dat er in Genesis 6 staat dat er vroeger reuzen op aarde waren?

En kunnen echt alle zonden vergeven worden, en hoe zit het dan met de zonde tegen de Heilige Geest?

Maar ’s avonds in bed is er niemand die ernaar vraagt.

Gegrepen door het Woord

Er is ingebroken bij de oma, waar volstrekt niets te halen is, behalve een beslagen Statenbijbel uit zeventienhonderdzoveel, en die hebben ze dan ook meegenomen.

'Was 't dan een christelijke dief?' vraagt Christiaan verbaasd. 'Wie steelt er anders een bijbel?'

Hij wordt door hen allemaal vierkant uitgelachen. Ook Katelijne lacht hard, al was het eerlijk gezegd ook háár eerste gedachte geweest.

Als Peter en Korné ervan horen zijn ze helemaal over de rooie. Of die man met een busje was gekomen of enkel met een auto. En of-ie ook achter het wagenhuis is geweest, of daar sporen van waren. Ze hebben er gisteren hun crossfiets met zijspan laten staan.

'Ach hou toch op,' zegt de vader geïrriteerd. 'Niemand is geïnteresseerd in zo'n stuk oud ijzer.'

Het is gebeurd op dankdag, een doordeweekse dag waarop het net een zondag is. De dieven moeten geweten hebben dat dan iedereen hier uit den 'oek naar de kerk is om te danken voor gewas en arbeid, want toen de dienst was afgelopen heeft niemand een vreemde auto voorbij zien komen.

Het ruitje van de voordeur is ingetikt en toen hebben ze gewoon de sleutel omgedraaid. De bijbel was weg plus het zendingsbusje, dat al behoorlijk zwaar was van al het muntgeld. Verder mist de oma niets, maar wel is ze natuurlijk ontzettend verschrokken. De volgende dag is meteen de politie gebeld en die zijn nog geweest om het allemaal op te schrijven, maar ze zeiden dat ze bij de verzekering moest wezen, want dat soort oude boeken vinden ze eigenlijk zo goed als nooit terug. En 't was al heel wat, mevrouw, dat ze niet het hele huis overhoopgehaald hadden.

Maar de oma is natuurlijk niet verzekerd.

't Is dat het een erfstuk was, dat ze er een hekel aan heeft, maar ergens is het nog een geluk dat hij van de fermielje van de opa kwam en niet van haar eigen, en ze lijkt er verder niet zo heel erg mee te zitten. ''t Is niet dat we het Woord niet meer bij ons hebben,' zegt ze.

De dief is volgens haar zeker te weten 'een zwarten' geweest, want daar lees je tegenwoordig veel over in de krant en 'er zitten er ook zo eens veel van' in dat Vlissingen. Ze vindt het ergens wel een grap dat ze met dat zendingsbusje eigenlijk van d'r eigen hebben gestolen.

Degene die meer van slag is, is de vader. 'Het was vader z'n trots,' zegt hij en: ''k Weet nog dat-ie vroeger bij m'n grootvader op een tafeltje lag', en meer van die dingen.

Rogier oppert dat de Statenbijbeldief een bekende is, iemand uit de kerk. Omdat-ie zo precies wist wanneer hij toe moest slaan. Aan tafel wordt er druk nagegaan wie er op dankdagmorgen verzuimd heeft in de eredienst.

'Heeft iemand Wannes gezien?'

'Ja, Wannes was er,' zegt Katelijne.

''s Middags was hij er, dat heb ik ook gezien. Maar 's ochtends ook?'

''s Ochtends ook. Ik weet het heel zeker. En trouwens, die zou het nooit doen.'

'Dat weet ik nog zo net niet. Hij weet in elk geval precies waar hij staat.'

'En de Koppejantjes?'

'Ook,' zegt Peter.

'Sekker?'

Niemand kan zich herinneren Sekker in de kerk te hebben gezien.

'Die zou zoiets niet eens kunnen, al zou hij willen,' zegt Jeroen. 'Die weet niet eens hoe je een wc moet doortrekken.'

Rogier zegt dat iedereen een ruitje kan inslaan, ook en misschien wel juist de mensen die geen wc kunnen doortrekken.

'Wat zou hij dan met het geld moeten doen?' vraagt Katelijne.

'Tellen,' zegt Rogier. ''t Is niet voor niks dat je daar nooit naar binnen mag.'

'Nee hoor, die zien we nooit meer terug,' zegt de vader plotseling zo treurig dat iedereen van schrik stil is.

De enige die eindelijk iets zegt, is Katelijne.

''k Weet zeker,' zegt ze, 'dat als de dief hem open doet om erin te lezen, dat hij dan spijt krijgt.' Ze zegt het om de vader op te beuren, maar wanneer ze daarna over haar woorden nadenkt, groeit bij haar de zekerheid dat het ook zo is. 'We moeten een beetje vertrouwen hebben,' zegt ze.

De man die het ruitje komt vervangen is ook van Vlissingen. Het is een nog jonge kerel met een meelwit gezicht en een neus die onlangs is geopereerd – iets aan het tussenschot, zei hij –, het verband zit er nog om. Hij verwijdert de achterkant van de Blue Banddoos die de vader er gisteren tegenaan had geplakt en adviseert om er meteen dubbel glas in te doen.

De oma twijfelt (moet ze nu vertrouwen op dubbel glas in plaats van op de Heere?) en doet het dan toch, omdat er in de woonkamer toch ook al dubbel glas zit. Als ze de man voor zijn werk wil betalen, mist ze vijftig gulden uit haar portemonnee, waarvan ze meer uit d'r doen is dan van de verdwenen Statenbijbel.

''k Voel me gewoon aan alle kanten bestolen,' zegt ze verontwaardigd tegen Katelijne, die net komt aanlopen om erbij te zijn wanneer de bijbel met spijtbetuigingen zal worden teruggebracht.

De oma weet zeker dat het de glaszetter is geweest, want ze hoorde hem naar de wc gaan toen ze net even naar d'r sudderlapje moest.

'Met z'n neus. Ik dacht nog: die man kan dat toch ook wel buiten doen? En hij wou al zoveel op me verdienen, met dat dubbel glas.'

Maar Katelijne ontdekt het briefje van vijftig op het dressoir onder de fruitschaal, waar de oma het al voor hem had klaargelegd.

Ze zitten aan de keukentafel. Katelijne snuift de geuren op van de bouillon en het sudderlapje, die om beurten haar neus kietelen en soms niet meer apart te onderscheiden zijn, wat het hongergevoel groter en groter maakt. Ze weet dat ze naar huis moet om de moeder te helpen met aardappels schillen en groenten schoonmaken, maar ze blijft op de keukenstoel van de oma zitten. Elk moment kan immers de dief hier zijn, met berouw en met de bijbel, en dat wil ze niet graag mislopen. Met haar vinger trekt ze de ruitjes op het tafelzeiltje na.

'Waar zit je met je gedachten?' zegt de oma, die achter haar komt staan. Ze pakt een pluk van Katelijnes haar, dat in haar gezicht hangt, en legt hem op haar schouder. Katelijne voelt de aanraking tot in haar tenen en houdt haar hoofd bij, in de hoop dat de oma er nog even mee doorgaat.

'Als ze er maar in gaan lezen, dan brengen ze hem wel terug,' zegt Katelijne.

'Het Woord is krachtig,' beaamt de oma. 'Als het inslaat, kun je er geen weerstand tegen bieden. Dan kun je alleen maar zeggen: "Heere Uw wil geschiede."'

Voor de dief zijn de woorden waarschijnlijk nog nieuw, denkt Katelijne, en dat is een voordeel, want alles wat nieuw is, maakt altijd meer indruk. Katelijne kent de tale Kanaäns allang, het is alleen nog niet de taal van haar hart geworden. Daar vraagt ze elke dag om.

Waar Katelijne zich zorgen om maakt, is dat de ouderwetse druklettertjes uit de gestolen Statenbijbel niet zo makkelijk te lezen zijn voor een hedendaags iemand. Maar wat voor de mens onmogelijk is, is dan wel weer mogelijk bij God. De Heere Jezus kon ook de blinden de ogen doen openen.

'De meeste van Hods kinders werden zomaar ineens gegrepen door het Woord,' zegt de oma. Ze vertelt dat sommige hardnekkige zondaars eerst ook een wonder nodig hebben voordat ze beginnen te geloven, zoals Jo de Visser van een dorp verderop, die op een keer in Hoogelande door de bliksem werd getroffen.

'Dat was een schoft,' zegt de oma, 'dat hou je niet voor mogelijk.'

Een kind van God leert dat hij zelf de grootste der zondaren is, maar meestal weet hij wel een paar anderen aan te wijzen die nog erger zijn. De oma is geen uitzondering.

'Iedere avond zat 'n in 't café,' zegt de oma. 'Maar sinds dat gebeurd is in Hoogelande heeft hij er nooit meer één voet gezet. En nu zit hij 's zondags netjes in de kerk. 's Zomers drie keer, hij slaat nooit over.'

'Is dat Jacco z'n vader, die bij Jeroen in de klas zit?' vraagt Katelijne, die de verhalen altijd mooier vindt als ze de mensen kent.

'Wat zeg je? Jacco? Dat zou best eens kunnen, ja, dat hij een Jacco heeft, maar dat zou ik niet precies weten, eerlijk gezegd. Hij heeft een stuk of vier huus. Dat vrouwtje d'r van komt wel eens bij Kee. Afijn,' vervolgt ze. 'Hij is van een Saulus een Paulus geworden. Dat soort dingen gebeurt nog wel, ook in deze tijd. En toch, je hoort het niet meer zoveel als vroeger. Wat dat aangaat leven we in een verschrikkelijke tijd.'

'O,' zegt Katelijne schaapachtig. Ze kijkt naar buiten, naar de lucht die er heel normaal uitziet, babyblauw met witte wolken.

'Jullie zien dat niet. Daar ben je te jong voor, maar 't is toch zo. 't Is glad niet meer als vroeger. Ook hier op Walcheren niet. D'r gaan er die van bij ons zijn 's zaterdagsavonds naar Jojo, in dat goddeloze Sodom daar.' Ze wijst met een trillende vinger richting Zoutelande. 'Kee hoort ze 's nachts voorbijkomen, om twee minuten voor twaalf. Dan vliegen ze om dôôd om nog net voor de zondag thuis te zijn.'

Katelijne knikt. Ze heeft er ook van gehoord.

'Discotheken, daar hoorde je toch vroeger niet van?' praat de oma verder, terwijl ze volgens gewoonte uit het raam kijkt of er niemand voorbijgaat. Katelijne volgt haar blik, over de vensterbank waar de medicijnendoosjes staan gerangschikt naast de Dreft en de Buisman, door het raam naar de heg en de weg van inkeer en berouw die vanaf daar langs de rozenstruikjes naar de voordeur loopt. Er is nog steeds niemand te zien met lood in zijn schoenen.

'Wat heb je daar voor stofje?' De oma voelt aan haar rok. ''t Ziet er bekend uit. Is dat niet van je moeder geweest vroeger?'

Dat heeft ze goed gezien. De moeder droeg de rok toen ze twintig was en nu heeft ze hem voor Katelijne een beetje ingenaaid.

''t Staat nogal prontjes. Zo zie je maar. Tegenwoordig kun je al nergens geen nieuwe rokken meer kopen met fatsoen. Het is de Satan die daarachter zit, hoor, die probeert om alle vrouwen aan de broek te krijgen. En daarom is het zo belangrijk dat je een beetje naaien kan. Eigenlijk zou je op naailes moeten. Dan kun je altijd nog je eigen rokken maken en die van je kinders als je die krijgen mag. Ik zal 't er eens over hebben met je moeder. Die zegt dat je altijd maar aan het lezen bent.'

Ze kijkt Katelijne onderzoekend aan. Haar ogen staan plotseling wantrouwend. 'Wat lees je dan eigenlijk? "Van vele boeken te maken is geen einde", weet je dat wel? "En veel lezens is vermoeiing des vleses."'

De Bijbel is ook een boek, denkt Katelijne, maar dat is de oma even vergeten.

'Het is niks waard dat je vader en moeder je straks helemaal naar Hoes sturen voor die school,' vervolgt de oma. 'Een meisje hoeft helemaal niet zoveel te leren. En denk erom: je kunt nóg zoveel weten en nóg zoveel lezen, als je het ene nodige er niet uit kunt halen, dan ben je nog een klinkende schel gelijk.'

Katelijne knikt. Ze krabt in haar kruis. Ze denkt erover om zachtjesaan eens naar huis te gaan. De dief komt hoogstwaarschijnlijk toch niet onder het eten.

'Het lijkt wel of de Heere Zijn hand steeds meer van ons heeft teruggetrokken,' zegt de oma, die nog niet is uitgepraat. 'Want geloof maar dat we in de laatste der dagen leven. En dan, Katelijne, wat dan?' Ze kijkt naar Katelijne, hoe ze langzaam van haar stoel opstaat en zich uitrekt. Haar ogen staan glazig, alsof ze in de verte iets hoort.

'Dan zal Hij zijn dorsvloer doorzuiveren, staat er in de Bibel,' zegt ze. 'Hij zal Zijn tarwe in Zijn schuur samenbrengen, en zal het kaf met onuitblusselijk vuur verbranden. Je wil het niet gezegd worden, hè? Ik zie het. Van nature willen we er niet aan.' Ze loopt met Katelijne mee naar de achterdeur.

'D'r komt een moment dat je zeggen zal: *had ik maar, had ik maar*. Had ik maar naar die ouwe oma van me geluisterd. Want wat zul je straks zijn, m'n kind, als je voor Zijn rechterstoel zal staan: kaf of koren?'

Kaf of koren?

Katelijne is buiten.

'Moeten jullie nou toch horen.' De oma komt hun keuken binnen, zomaar onder het Bijbellezen; ze heeft het echter niet eens in de gaten. In haar hand heeft ze haar houten wandelstok waarmee ze de honderd meter naar hun huis heeft overbrugd. Katelijne zit meteen rechtop.

'Wat doet erop?' vraagt de vader, die niet graag gestoord wordt als hij aan het woord is.

'Nu hebben ze toch net gebeld van de politie. Ze hebben hem teruggevonden. In Hoes, moet je begrijpen. Hij is in Hoes naar het politiebureau gebracht, in een reistas.'

'O ja?' zegt de vader verbaasd. Hij vrolijkt er meteen van op. 'In een reistas?' Ze kijken allemaal met grote ogen naar de oma.

'Ja, ze zeiden van een reistas, meer weet ik ook niet, en daar zat hij in.'

'De dief had er dus toch spijt van gekregen?' concludeert Katelijne triomfantelijk. 'Zie je nu wel, ik zei het toch. Heeft hij erin gelezen?'

'Dat zal dan wel, hé,' zegt de oma. 'Hij heeft hem dan toch in elk geval naar de politie gebracht. Z'n geweten zal wel gesproken hebben.'

'En de dader zit vast?' vraagt de vader.

'Dat denk ik wel,' zegt de oma. Ze zegt dat enkel spijt wel niet genoeg zal zijn. Dat die wel een stuitje zal moeten zitten, maar daar hadden ze verder niks over gezeid. Morgenmiddag kan ik erom.

'En ik wou vragen of er misschien iemand van jullie even zou kunnen rijden.'

'En 't zendingsbusje?'

'Ja dat vroeg ik ook nog, maar daar wisten ze niks vanaf.'

Welke tekst zal er ingeslagen zijn, vraagt Katelijne zich af. Was het gewoon waar de bijbel openviel? Ergens in het midden?

'Ik vroeg me af,' zegt de oma, 'moet ik nog een taart doen voor die mensen?'

'Welke mensen?'

'Die van 't pliesiebureau.'

'Je moet een bijbeltje meenemen,' zegt Katelijne. 'Voor de dief, voor in zijn cel.'

Dat vinden ze allemaal een heel goed idee.

Sindsdien vraagt Katelijne 's avonds aan de Heere of Hij Zijn Woord wil zegenen. 'Wilt u zijn stenen hart wegnemen alstublieft en hem een vlesen hart schenken, uit genade om Jezus' wil, amen.'

Je weet niet wat je meemaakt

Katelijne kijkt uit het raam van haar slaapkamer. In de tuin staat de moeder compost onder te werken. Als ze Katelijne achter het raam ziet, wenkt ze. Katelijne loopt op haar toe.

'Wat ben je aan het doen?'

'Nou gewoon lezen.'

'Al dat gelees, je zou er het geitengebrek van krijgen.'

'Een goed boek, hoor,' zegt Katelijne. 'Van de kerkbibliotheek.'

''t Is er veel te mooi weer voor.'

'Wat moet ik dan doen?'

Daar heeft de moeder geen antwoord op. Ze kan nu niet zeggen dat ze maar moet stofzuigen, want dan zit ze ook binnen.

Katelijne grijpt naar een laaghangende tak van de walnotenboom en trekt hem naar zich toe. Ze bekijkt de groene schil waar de walnoot in zit, als de bolster om een kastanje. Bij de meeste zijn de schillen al opengebarsten, omdat de druk van de groeiende walnoot te groot geworden was.

'Wat moet je daar nou aan zitten als het niet nodig is.' De moeder pakt de tak uit haar handen en laat hem terugschieten. Hij tekent zich scherp af tegen de strakblauwe lucht.

Katelijne heeft het niet op strakblauwe luchten. Er was er een op het moment dat de meester zei dat de Heere wederkomt 'op een dag als deze' en toen wees hij met zijn vinger uit het raam. Hij zei ook dat het moment niet ver meer kan zijn, dat kon je zien aan de tekenen der tijden: oorlogen, geruchten van oorlogen, pestilenties, aardbevingen, chaos en valse profeten.

De geur van tabak. De vader komt eraan. Aan zijn loopje hoort Katelijne dat ze uit de weg moet gaan. Hij belt de veearts. Er is een koe die nogal saaiachtig is.

Als de veearts komt staat Katelijne er met haar neus bovenop, net als Jeroen, die als hij geen boer kan worden veearts wel een goed alternatief vindt. Geen loonwerker, want hij houdt niet van machines. En timmerman gaat ook niet, denkt Katelijne, want hij zou het hout behandelen alsof het nog leeft. Hij zou er nooit een zaag in kunnen zetten.

De veearts beklopt de koe en luistert naar haar pols. Hij wil haar iets geven wat energie geeft, maar hij heeft het niet in zijn auto bij zich.

'Zo'n spuit geven kan ik zelf ook,' zegt de vader. 'Dan stuur ik een van de jongens er wel even om.'

'Ga jij?' vraagt hij aan Jeroen.

Jeroen knikt, hoewel niet echt van harte. Want nu moet hij in de vakantie toch dat hele stuk naar Middelburg fietsen, wat hij ook altijd al moet voor zijn school.

'Ik ga wel met je mee,' zegt Katelijne. Het vooruitzicht om samen met Jeroen iets te gaan doen, al is het maar fietsen, geeft plotseling perspectief aan de middag.

'Hier een appel voor onderweg,' zegt de moeder.

Ze fietsen langs het huisje van Sekker, waar het gezoem van duizenden wespen hun tegemoet komt, evenals een doordringende, zoet-zurige walm van alle appeltjes die er in het gras liggen te rotten.

'Ik zou er toch wel eens binnen willen kijken,' zegt Jeroen.

'We kunnen het een keer doen als hij in zijn tuintje staat,' zegt Katelijne. 'Dan hou ik hem aan de praat vanaf de weg en dan ga jij naar binnen.'

Het is een terugkerend thema: bij Sekker proberen binnen te komen om zijn moeder te zien. De jongens hebben een theorie dat hij zich voor haar schaamt en dat hij haar daarom elke ochtend vastbindt op een stoel, waar ze de hele dag niks anders doet dan naar radio Zeeland zitten luisteren, want dat kun je soms – als het heel stil is – horen als je langsfietst.

Ze hebben allemaal wel eens geprobeerd binnen te komen, maar zodra je de klink naar beneden duwt – hoe zachtjes je ook langs de blinde muur bent komen aan sluipen – staat Sakje ineens achter de deur, zodat je niet meer te zien krijgt dan het bijkeukentje met de bakjes voor de poezen. Jeroen denkt dat er gaatjes in de muur zitten en dat hij daardoorheen kijkt, maar Katelijne denkt dat zijn moeder hen op vijftig meter afstand al kan ruiken.

'Weet je z'n zus nog?' vraagt Jeroen. 'Die was niet helemaal honderd. 's Zomers stond ze week in week uit in de tuin met pannendeksels, om de mussen weg te jagen.'

'Dat weet ik nog goed,' zegt Katelijne, al is ze er niet zeker van of ze het zich echt zelf herinnert of dat ze het de anderen heeft horen zeggen.

Het is een lang eind fietsen.

'We gaan door de Lourens Stommesweg,' zegt Jeroen. 'Dat is korter.'

Katelijne geeft hem een appel en bijt in de hare. Lekker sappig.

Ze komen bijna langs zijn school. Jeroen wijst haar hoe ze dan zouden moeten rijden. Katelijne vindt het leuk om met hem door alle weggetjes te fietsen die ze kent uit de verhalen van de jongens. De verhalen zijn interessanter dan de werkelijkheid, dat ziet ze ook wel, maar zonder de verhalen waren het alleen maar weggetjes geweest. Het voordeel van Jeroen is dat hij niet zoals Christiaan en Rogier per se een halve fietslengte op haar wil voorblijven.

'En zo ben ik trouwens gefietst toen ik vorig jaar met m'n kippen naar de keuring ging,' wijst Jeroen.

Er zijn foto's van, ze hangen in de keuken. Jeroen ernstig kijkend op zijn hurken naast een zilverzwarte Australorps in een kooitje. Het dier had een F gekregen. Fraai, het hoogst haalbare. Op de andere foto staat hij met een kip die een ZG gekregen had, zeer goed, dus net niet. Hier kijkt Jeroen niet in de lens, maar naar de kip, met een blik waaruit spreekt dat hij er niet minder om van haar zal houden –

eerder meer, om dat ene winnende puntje te compenseren.

Er hangen ook foto's van de keer dat ze met een koe hadden meegedaan op de Zeeuwse Fokveedag. Het was eigenlijk nog een pink. Met man en macht hadden de kinderen het beestje geschoren, gewassen en met spiritus ingewreven. Rogier mocht met haar lopen. De keurmeesters waren erg onder de indruk geweest van het dier, maar het ging hun ook om de begeleider. Tegen Rogier hadden ze gezegd dat hij een volgende keer zomaar zou kunnen winnen als hij nou eens geen dubbeltjes liep te zoeken. Door zijn schouders naar achteren te doen, zou hij kunnen veranderen in iemand die recht had op de prijs.

'Ze kunnen verrekken met d'r allen,' had Rogier thuis gezegd, blazend van verontwaardiging. Sindsdien heeft niemand van hun familie meer meegedaan.

Bij de veearts zijn ze zo klaar. Het pakje ligt al op hen te wachten. Jeroen wil meteen weer terugfietsen, maar Katelijne wil nog niet dat het alweer afgelopen is.

'Die koe moet een spuit krijgen,' zegt Jeroen.

'We mogen best even een ijsje halen bij Tref. Dat is zo gebeurd.'

Tref is Trefcenter, de grote supermarkt waar ze ook kleren verkopen en andere niet-eetbare dingen. De moeder koopt er soms de cadeautjes voor hun verjaardagen. De vader nooit. Hij koopt alleen de cadeaus voor de moeder en daarvoor gaat hij naar de dichtstbijzijnde huishoudwinkel. 'M'n vrouw verjaart morgen,' zegt hij dan tegen de verkoopster, 'en de rest begrijp je wel.' Als ze kroonjaar heeft, mag de moeder er zelf iets groters uitzoeken.

Eigenlijk heet Tref nu Maxis, maar dat zegt niemand. Als je in Middelburg boodschappen gaat doen, parkeer je bij Tref. Het is er ongeveer de enige plek die Katelijne kent.

'Ik hoef geen ijs,' zegt Jeroen, maar hij geeft uiteindelijk toe, omdat het toch niet zo veel tijd zal kosten, en als ze dan toch een ijsje gaan halen, weet Jeroen wel iets beters dan Tref.

'Wacht maar af,' zegt hij geheimzinnig.

Ze fietsen dwars door de stad, waar flarden muziek hun tegemoet komen. Boven de daken steekt een stuk van een reuzenrad uit.

'Kermis,' zucht Jeroen. 'Ocharm, daar raken we nooit door.'

'We kunnen toch lopen? Dan zetten we onze fietsen hier,' zegt Katelijne haastig, bang dat het hele feest niet doorgaat. Als ze met de moeder was, zou die haar arm vastpakken en haar zo snel mogelijk meetrekken.

'Kan jouw fiets op slot?' vraagt Jeroen.

Er zit geen slot op. Katelijne parkeert hem daarom tegen een muur en Jeroen zet de zijne ertegenaan.

Katelijne stapt achteruit en bekijkt de fietsen van een afstandje. 'Je ziet het bijna niet,' zegt ze.

Opeens staan ze op de markt. Het plotselinge kantelen, knipperen en tollen van de schelle fruitella-kleuren doet pijn aan haar ogen. De muziek gilt, dreunt en zeurt, er is geen herkenbare melodie. De onnatuurlijke kleuren, het geflikker van de lichtjes – het is te heftig, te veel ineens, een te groot contrast met wat ze gewend is. De muziek maakt het haar onmogelijk zich op één ding tegelijk te concentreren.

Ze kijkt opzij naar Jeroen, die er rustig en onverstoorbaar uitziet. Hij is kleurenblind, denkt Katelijne, net als de opa dat was. Waarschijnlijk hebben alle toestellen voor hem de kleur van babbelaars.

'Waar gaan we naartoe?' roept ze, harder dan nodig. Twee meiden die vlak voor hen lopen kijken om. Ze hebben een grote dot roze watten in hun handen, op een stokje. Af en toe pakken ze er met een hand een pluk uit en stoppen die in hun mond. Ze weet hoe dat heet, denkt Katelijne, maar ze kan er alleen even niet op komen.

'We zijn er bijna,' antwoordt Jeroen. 'Hier is de Lange Delft.'

Opeens krijgt Jeroen een harde klap op zijn schouder.

'Hé, Minderhoud! Op stap met je meissie?'

Achter hen staat een jongen met korte stekeltjes en een knalrood hoofd. Hij grijnst naar Jeroen en werpt een vluchtige blik op haar. Zijn donkerblonde haar glimt van de gel. Tussendoor schemert het vale wit van zijn hoofdhuid. Naast hem staat een jongen met een buitenboordbeugel. Ook hij heeft vuurrode wangen. Allebei dragen ze aan de dop een anderhalveliterfles Coca-Cola waar al bijna de helft uit is.

'Tis me zusje,' zegt Jeroen. 'Wat doen jullie hier?'

'Wat we hier doen? Stront rijden, nou goed! Sjonge jonge! Wat dacht je van over de kermis lopen?'

'Hij heeft al geschoten,' zegt de andere jongen. 'Drie keer mis.'

Jeroen lacht onzeker.

'En jij durft niet, kakkernist,' smaalt het gelhoofd.

'Niet durven, niet durven! Je zegt zelf dat ze knoeien met de geweren. Het is zonde van je geld.'

'Geld moet rollen. Willen jullie ook wat drinken?'

'Nee, bedankt,' zegt Jeroen. 'We gaan ijs halen.'

'IJs is voor kleine huus. Dat kan altijd nog,' zegt de jongen met de gel in zijn haar.

'Hij heet Michiel,' zegt Jeroen tegen Katelijne. 'Ik ken hem van school.' De andere jongen kent hij ook niet.

'Wat is dat toch met jullie? Híj hier wilde eerst ook al geen cola.'

'Dat mag niet voor m'n beugel.'

Uit zijn jaszak haalt Michiel een doorzichtig plastic bekertje. Hij giet er een beetje cola in, gooit het op de grond en schenkt het vol. Hij geeft het aan Jeroen.

'Hier, voor de ergste dorst. Er heeft alleen maar een beetje bier in gezeten.'

De beugeljongen haalt ook een beker uit zijn zak en doet er hetzelfde mee. Hij geeft hem aan Katelijne.

'Bedankt,' zegt Katelijne. Ze pakt de beker met haar vingertoppen vast en drinkt hem achter elkaar leeg om ervanaf te zijn. Ze is er een beetje vies van.

'Nog eentje van mij?' vraagt Michiel haar. 'Je kunt veel van me zeggen, maar niet dat ik niet gul ben.' Zonder haar antwoord af te wachten doet hij hem nog een keer vol. Deze keer drinkt ze langzamer.

'Zit er iets door?' vraagt Jeroen. 'Het is geen gewone cola.'

''t Is stikgewone cola. Kijk dan zelf.' Michiel houdt de fles voor zijn neus.

Het ziet er inderdaad uit als gewone cola. Niet dat Katelijne er verstand van heeft. De moeder koopt het nooit, ze vindt het vergif. De cola voelt inderdaad een beetje aan als gif.

'Ik hoef niet meer,' zegt ze, diep inademend. 'Ik heb genoeg.'

Ze geeft de halfvolle beker aan Jeroen. 'Wil jij nog?'

'Nee,' zegt Jeroen. 'Gooi het maar in de vuilnisbak.'

'Ik noem het ondankbaar,' zegt Michiel en hij zet de fles aan zijn mond.

Ze lopen richting het stadhuis. Het lukt Katelijne nog steeds niet goed om naar één ding tegelijk te kijken.

Opeens herkent ze het café op de hoek waar ze een keer met de opa is geweest. In zijn laatste zomer. De oudsten mochten alle vier een keer met hem mee 'naar stad', omdat het zomervakantie was. Iedere keer als ze hier komt, is het café een vast herkenningspunt.

De opa ging elke donderdagmiddag. Hij deed dan boodschappen bij Tref, kocht sinaasappels op de markt en daarna ging hij naar De Vriendschap. Meer boeren deden dat, minstens een stuk of vijftien. Ze zullen het nog steeds wel doen. De oma wilde het nooit hebben, maar ze kon er weinig tegen doen, want hij was natuurlijk eigen baas. Tegen Katelijne klaagde de oma dat het café een plaats van zonde was, zodat Katelijnes hart wat sneller klopte toen ze er met de opa binnenstapte.

Een paar boeren zaten er al, aan een grote tafel; de meeste kwamen ietsje later, want de opa was altijd overal erg goed op tijd. De boeren droegen colbertjes van ondefinieerbare kleuren en hun bruinverbrande, niet al te zorgvuldig uitgeschoren nekken plooiden boven hun beige overhemden. Sommigen, onder wie de opa, droegen een ooit van de melkfabriek gekregen stropdas, een donkerblauwe met witte stipjes, die een beetje los zat. Ze bestelden koffie bij iemand met een witte blouse en sommigen vroegen er een borrel bij. Het was raar, zo'n vrouwtje dat de opa 'u' en 'meneer' noemde. Ze vroeg aan Katelijne of zíj ook iets wilde drinken. Ze was verrast. Daar had ze niet op gerekend.

'Asteblief,' had ze zachtjes gezegd – te zacht, want de mevrouw bleef haar aankijken. De man tegenover haar wilde weten hoe oud ze was.

'Bijna zeven.'

'Is dat al oud genoeg voor een ijs?'

'Ja,' knikte ze. Natuurlijk.

'Voor haar het grootste ijs dat je hebt,' zei hij tegen het vrouwtje. Ze schreef het in haar opschrijfboekje. 'Met slagroom en toeters en bellen,' voegde de man eraan toe.

Het ijs was gigantisch. Het zat in glas op een voet. Er zaten drie bollen in en vruchtjes en slagroom, een papieren parapluutje, een rond koekje en een rietje. Ze kreeg er een lepel bij. Ze weet het nog precies. Ze had nog nooit zo'n ijs gegeten en ook nadien nooit meer. Geen moment heeft ze getwijfeld of ze het op kon. Wel waar ze moest beginnen.

'Eerst het koekje eten,' zei de boer tegenover haar.

Ze pakte het koekje.

'Dat koekje, dat is nu net het enige wat niet smelt; je kunt beter eerst aan het rietje zuigen,' zei zijn buurman.

'Of neem gewoon eerst een lekker hapje.'

'Van dat roze bolletje.'

'Die vruchtjes zien er ook lekker uit.'

'Wat dacht je van die slagroom. Èlèlèlle, wat een ber-rug slagroom.'

'Ik zou maar snel beginnen, voordat het smelt.'

''t Is dat ik suiker heb, anders nam ik er ook een.'

'Is dat nu chocola, daar in 't midden?'

'Leg dat servetje maar op je schoot, dan wordt je mooie jurk niet vies.'

Katelijne had nog steeds geen hap in haar mond gestoken.

'En nu klaar,' zei de opa. 'Laat d'r met rust.'

Ze at alles op. Het parapluutje stopte ze in haar jaszak. Toen ze weggingen liep een van de mannen om de tafel en pakte de niet opgegeten speculaasjes weg bij de lege kopjes. Hij stak ze in de zak van zijn colbert. Hij zag dat Katelijne naar hem keek.

'Voor mijn werkster,' zei hij, en hij knipoogde.

In de auto zei ze tegen de opa dat De Vriendschap nou iets was waar ze elke donderdagmiddag wel naartoe zou willen, als het kon.

'Kijk, dáár heeft Michiel geschoten,' zegt de jongen met de beugel. Hij wijst naar een langwerpige wagen waarin beren hangen van pluche.

'En je raakte zeker de poffertjestent?' grinnikt Jeroen.

'Hé, Minderhoud, niet zo'n bek, hé!'

Rogier zou het kunnen, denkt Katelijne. Die schiet ook op eksters, en op lege bierflesjes die hij op een paal in het weiland zet. Van ver weg; het is niet de bedoeling dat hij ze al te makkelijk raakt, want er zit natuurlijk statiegeld op.

Jeroen stoot haar aan. 'Kijk daar eens, rechts. Niet gelijk kijken, voorzichtig.'

Zonder haar hoofd al te veel te draaien kijkt ze opzij. 'Wat? Waar dan?'

'Kijk eens wie daar staat, daar bij die draaimolen? Levien Flikkermachien!'

Nu ziet Katelijne hem ook. Hij staat op één been tegen een kraampje geleund. Aan zijn voeten zitten witte sportsokken in bruine sandalen. In zijn hand een fototoestel.

'Hij zit naar de kleine huus te kijken!' sist Jeroen.

'Hè, wat?' vraagt Michiel.

'Nee, niks,' zegt Jeroen zenuwachtig. 'Ik vroeg me af wat dát daar is.' Hij wijst naar een of ander toestel.

'O, weet ik veel. Maar dat is echt een machtig gaaf ding, dat daar,' zegt Michiel. 'Niet te filmen.' Hij wijst naar een enorme schijf waarop vier draaimolens zijn gemonteerd. Daaraan zitten kuipvormige bootjes vast. Ze lopen erheen.

'We moeten trouwens weer verder,' zegt Jeroen opeens.

'Minderhoud, niet zo flauw, man, gewoon even kijken.'

De schijf draait, de draaimolens draaien en elk bootje op zich draait en tuimelt weer een andere kant op. Als hij opeens harder gaat, beginnen de mensen die erin zitten te gillen. Er knipperen lichtjes, ook de tegels op de vloer geven licht. Dan gaat hij weer langzamer. Het is afgelopen. De mensen stappen uit. Ze lachen. 'Het was *supercool,*' zeggen ze.

'Als je daarin gaat, echt, je weet niet wat je meemaakt,' zegt Michiel.

'Daar moet je voor betalen hoor,' zegt Jeroen.

'Ja, en?' zegt Michiel.

'Vorig jaar, als ik daaraan terugdenk, jonge! Melse was er ook bij, weet je nog?'

'Ja, en Poppe,' zegt de jongen met de beugel. 'Die zat toen te ruften, man, niet normaal meer.'

'Wat voelde je dan?'

'Ja, dat is niet uit te leggen, dan moet je het maar proberen. Ik kan alleen zeggen dat het echt gaaf is. Daarna weet je niet meer wat achter en voor is.'

Jeroen en Katelijne kijken elkaar aan.

'Hebben we wel genoeg geld bij ons?' vraagt Katelijne.

'Ik heb een tientje,' zegt Jeroen.

Katelijne vier gulden.

'Dat is zat,' zegt Michiel. 'Jullie houden nog over.'

Ze kopen alle vier een kaartje en klimmen in de gondels. Jeroen stapt eerst in, Michiel ploft naast hem. Er zit voor Katelijne niets anders op dan met de jongen met de beugel in een bakje te gaan.

Het is best krap voor z'n tweeën. Het is eigenlijk onmogelijk om elkaar niet aan te raken. Ze weten niets tegen elkaar te zeggen. Zwijgend trekken ze de veiligheidsstang over hun hoofd. Ze horen dat Michiel in het andere bakje iets roept. Het klinkt spottend, maar door de herrie is het niet te verstaan.

Plotseling wil Katelijne dat de jongen haar aanraakt. Ze ademt diep in. Zijn staalblauwe zomerjas ruikt naar yoghurt en regen. Ze ademt uit en haar spieren ontspannen zich. Terloops kijkt ze opzij. Zijn handen liggen op de buitenkant van zijn benen. Geen mooie handen. Hij kluift aan zijn nagels. Ze strijkt haar rok over haar knieën en laat daarna haar been toevallig tegen zijn spijkerbroek aan komen. Haar been raakt zijn pink. Onmiddellijk verschijnt er kippenvel op haar benen en armen, alsof er een koud windje langskomt.

De schijf begint te draaien, hun draaimolen draait de andere kant op. Ze worden tegen de rugleuning gedrukt. Een man geeft een extra slinger aan hun bakje. Ze tollen rond, harder en harder. Opeens stopt het en worden ze de andere kant op geslingerd. Ze hoort gegil. Ook binnen in haar begint het te draaien. Er zijn geen dingen meer, alleen nog linten. Eerst nog geel en rood, later alleen nog oranje.

Als ze uiteindelijk met melkwitte gezichten uitstappen, zitten ze alle vier onder de kots. Jeroen en Katelijne hebben het binnengehouden, maar op hun kleren zit ook braaksel. Blijkbaar hebben de jongens hun kant op gekeken toen het eruit kwam. Bij Michiel zitten er bovendien allemaal zweetdruppeltjes op zijn voorhoofd.

'In welke gondels zaten jullie?' vraagt de man die hun de kaartjes had verkocht. Met een geïrriteerd gezicht grijpt hij naar een emmer met vuil sop en een zeem.

Verlegen kijken ze elkaar aan. Er is niets om het mee af te vegen, tot Jeroen op het idee komt naar de poffertjeskraam te lopen. Hij komt terug met twee servetjes.

'Het was echt geen gewone cola,' zegt Jeroen. 'Jullie hebben je lam lopen zuipen.'

Opeens is hij de man, de verstandige. Hij pakt de beide colaflessen en giet wat er nog van over is in de goot. 'Hier voor het statiegeld,' zegt hij, en hij geeft de flessen terug. 'Ik zou nu maar naar huis gaan.'

Op de terugweg hebben ze tegenwind. Naarmate ze dichter bij huis komen, trappen ze steeds langzamer.

Aan tafel merkt niemand iets. Rogier komt met een verhaal van twee boeren uit de buurt van zijn stageadres. Ze zijn betrapt door de AID toen ze met een tankje een paar honderd liter melk van de ene naar de andere boerderij vervoerden.

'Ze wilden natuurlijk de superheffing ontduiken.' De superheffing is de boete die je moet betalen als je meer melk levert aan de fabriek dan volgens je quotum mag.

'Die andere boer had zijn quotum nog niet vol,' zegt Rogier. 'Wat is er dan verkeerd aan om een beetje aan elkaar over te hevelen?'

''t Is nu eenmaal illegaal,' zegt de vader. 'Zo lopen ze inkomsten mis, net als wanneer je een dag geen parkeerbonnen kan uitschrijven. En deze maand is natuurlijk de laatste van het superheffingjaar. Dus iedereen weet nu ongeveer of-ie te veel heeft of niet.'

'Het zijn echt rotlui hoor, die AID'ers,' zegt Rogier. 'Volgens de buurman daar liggen ze de laatste weken overal in de dulleve om te kijken of je niks verkeerds aan het doen bent.'

'Ja,' zegt de vader. 'AID'ers, dat zijn er van het ergste soort. Katelijne, als je er ooit met een thuiskomt, dan hoeft die hier niet binnen te komen. Dan weet je dat vast.'

'Toe toch. Ze is nog een beetje jong, hè, om met iemand thuis te komen,' zegt de moeder. Ze legt haar arm om Katelijnes stoelleuning en trekt een keer aan haar paardenstaart.

'Ik zeg alleen maar dat ze dat alvast weet, voor later, dan kan ze d'r rekening mee houden.' De vader steekt een halve boterham in zijn mond en houdt zijn mes rechtop op tafel.

'Ik meen het,' zegt hij met volle mond.

Een paar dagen later blijkt dat ze op de kermis zijn gesignaleerd door de dochter van Kee Dommisse, die er zelf alleen maar langs was gelopen om van en naar de auto te gaan, die bij Tref stond geparkeerd. Ze had hen uit zo'n 'draaiding' zien stappen met van die 'flikkerlichten' en ze hadden er 'hondsberoerd' uitgezien. Het nieuws is het hele dorp al over geweest, voordat het via de oma bij de moeder terechtkomt.

'Katelijne toch,' zegt de moeder streng, en ze pakt Katelijne bij de wang alsof ze hem uit wil knijpen. 'Stel dat er iets was gebeurd. Denk je dat je op zo'n plaats voor de Heere had kunnen verschijnen?'

Katelijne denkt aan de wolkeloze hemel. Inderdaad, het had zomaar de jongste dag kunnen zijn.

'Wat hebben jullie nog meer uitgespookt?' vraagt de moeder achterdochtig.

'Niks,' zegt Katelijne.

'Ik wil niet hebben dat iedereen denkt dat mijn huus voor galg en rad opgroeien,' zegt ze. Ze heeft hun een goede opvoeding gegeven en ze moeten niet doen alsof ze thuis niks geleerd hebben. Ze zegt het met dezelfde stem als die waarmee ze over negers praat, wanneer ze beweert dat die niet hard werken omdat ze niet verder denken dan vandaag.

'En je hebt nog geleugend ook. Je heb gezegd dat jullie direct afgekomen waren, maar je hebt de zaak lopen verneuken.'

Katelijne kijkt naar de muur achter haar, die wit is met spikkels.

'Ik zal aan je vader vragen of 't-ie jullie een pak slaag geeft. Je moet het maar eens voelen. En kijk niet zo brutaal.'

Katelijnes ogen zakken naar de plinten, naar de krassen van wasco, die er nog op zitten van toen zij klein was. Ze blijft grijnzen. Ze kan niet anders. Als ze het niet doet, zal ze in tranen uitbarsten.

'Ik heb gezegd dat jij ze op hun sodemieter geeft,' zegt de moeder tegen de vader, 'want als ik ze over de knie leg, dan lachen ze erom.' Dat is waar. De moeder is groot en sterk, maar een goed pak slaag geven kan ze niet, althans niet zoals de vader het kan. Die heeft daar een foefje voor; hij kan ook goed overweg met een hamer.

'Goed,' zegt de vader. 'Maar ik ga wel eerst eten.'

Tarwe dorsen

Opeens zitten alle rokjes te strak en barst Katelijne uit haar meisjestruitjes. Ze zit voortdurend in de stapels van de jongens te rommelen en wil alleen nog hun blauwe veel te grote T-shirts aan.

'Ze groeit niet alleen in de lengte, maar ook in de breedte,' zegt de vader, die geboeid toekijkt hoe ze een dikke laag roomboter op haar volkorenboterham aan het smeren is.

'Ze vreet als een delver en ze krijgt een kont waar je op mee kunt rijden,' zegt de moeder zonder op of om te kijken, alsof het iets uit de Bijbel is wat ze uit haar hoofd kent, en dan is opeens het hek van de dam.

'En een vette speknek!' zegt Rogier.

'D'r bovenbenen, dat zijn net twee witte biggen.'

'Die bovenarmen, daar kan ik geeneens meer rond,' zegt de moeder, die haar hand om Katelijnes bovenarm schroeft en aan iedereen het stukje vel laat zien dat overblijft tussen de nagels van haar duim en wijsvinger.

'Ze gaat hetzelfde paadje op als d'r oma,' zegt de vader, en hij grijnst dapper, want het is link wat hij heeft gedaan: hij bedoelt de oma van moederskant.

'Ja, en d'r moeder,' zegt Jeroen, die anders nooit zo gevat is. De jongens kijken elkaar aan. Dat was wel een heel goeie, maar kan er gelachen worden? Dan bespeuren ze het beginnetje van een glimlach op de lippen van de vader, die het al snel niet meer kan houden, en dan glijdt zijn rollende lach over tafel, zo aanstekelijk dat iedereen een paar minuten onder tafel ligt. De moeder lacht ook, maar haar mond is vertrokken, alsof ze van gekookte rabarber proeft terwijl ze er nog geen suiker heeft bij gedaan.

Katelijne wil een opmerking maken over het valse gebit van de vader, over dat Christiaan nog geen één en één op kan tellen en dat Rogier nog steeds een zeiltje onder zijn hoeslaken heeft, maar er komt geen geluid uit haar keel.

Sindsdien eet ze niet meer dan twee à drie boterhammen per keer, terwijl ze honger heeft voor vijf. In plaats daarvan gaat voortaan al haar zakgeld op aan snoep en koekjes in de buurtsuper op het dorp.

Het veranderen van haar lichaam, dat voor ieders gemak 'aankomen' wordt genoemd, blijkt een terugkerend gespreksonderwerp, en het blijft niet bij woorden alleen. Op een avond na het eten komt Rogier met de weegschaal naar beneden, omdat hij nu wel eens wil weten 'waar we over praten'.

'Je kan de pot op,' zegt Katelijne agressief, en ze meent het. Ze heeft echter weinig in te brengen, want acht paar gretige handen pakken haar onder haar armen en tillen haar *een-twee-hup* op de weegschaal. Het probleem is dat iedereen er te dicht op staat, zodat niemand precies kan zien wat de wijzer aangeeft.

'Vijftig!' roept er een.

'Vijfenzestig,' roept een ander.

Katelijne slaat wild om zich heen en schreeuwt zo hard dat het op dorp te horen moet zijn.

'Alsof je dôôd gedaan wordt,' zegt de moeder verontwaardigd. De weegschaal gaat onverrichter zake weer naar boven. Echter niet voordat iedereen er demonstratief op is gaan staan: kijk, ik durf er gewoon op, ik geef er niks om. Behalve de moeder, die is met de afwas bezig.

Katelijne sluit zich op in de badkamer en probeert te wennen aan de extra ruimte die ze plotseling inneemt, zoveel eerder dan ze had verwacht. Het valt haar zwaar, voornamelijk vanwege de jongens, die tussen de plooien van haar extra large T-shirts zoeken naar een beginnende boezem. Ze zeggen dat ze op haar shirt heeft gemorst en wijzen op een denkbeeldige vlek naast haar oksels, en als ze van de schooldokter komt, willen ze weten of ze haar hemd heeft mogen aanhouden of niet.

Ze onderwerpt de plastic verpakking van de langwerpige watten, die de moeder achter haar onderbroeken bewaart, aan een nauwkeurige inspectie, om te zien of ze die soms zal moeten gaan gebruiken nu ze vrouw aan het worden is. Ze haalt er een uit en strijkt ermee langs haar borsten. Ontdekt dat er een plakstrook aan zit en legt hem dan weer precies op dezelfde plek terug, zodat de moeder er niets van zal merken.

Het is geen verlangen. Ze wil alleen maar weten wat haar te wachten staat. Het verontrust haar dat mensen zeggen 'dat ze steeds meer naar de moeder lijkt'.

Al vanaf halftwaalf loopt de vader als een kip zonder kop het huis in en uit. Hij probeert te telefoneren naar het loonbedrijf dat zijn tarwe zal komen dorsen. Het is prachtig weer en overal in de verte zie je al de gele en de appelgroene combines over akkers kruipen, dikke sporen gehakseld stro en grote stofwolken achter zich latend, behalve bij hen; blijkbaar zijn ze nog niet aan de beurt.

Als Katelijne de voetstappen van de vader hoort, pakt ze vast de telefoon en loopt ermee naar de achterdeur om hem aan te geven. Het snoer is lang genoeg. Er zit een verlengstuk aan van uit de tijd dat Rogier verkering had met Jannemieke, zodat hij ermee in de bijkeuken kon zitten. Je kon aan de wasmachine zien dat ze hadden gebeld: er zaten snotdotjes aan de knoppen.

De vader pakt de telefoon aan, zonder dankjewel te zeggen. Hij lijkt haar niet eens in de gaten te hebben.

'Ik had gisteren nog zo gezegd,' zegt de vader wanhopig, 'als het morgen goed weer is, dan wil ik direct na de middag.' Maar blijkbaar zijn ze het vergeten, want het is al halftwee en ze zijn er nog steeds niet.

'Hoe had je het dan precies afgesproken?' vraagt de moeder al voor de vierde keer. Ze heeft het geduld niet om zijn antwoord af te wachten en dat is ook wat de vader met een rood aangelopen gezicht tegen haar zegt.

'Gewoon een keertje luisteren, is dat nu zo'n opgaaf?'

Katelijne houdt haar adem in; als ze maar geen ruzie krijgen. Ze heeft onlangs gehoord dat ouders die veel ruzie hebben uit elkaar kunnen gaan, en met wie moet ze dan mee? Ze weet dat het bij hen in de kerk niet gebeurt – maar toch, je weet het maar nooit.

Gelukkig draait er net een combine hun weg in en dat kan alleen voor hen zijn. Iedereen haalt opgelucht adem en Katelijne vraagt snel of ze bij de vader op de trekker mag als hij met een kipper het graan gaat vervoeren. Het mag en de vader wil op stel en sprong vertrekken. De moeder geeft hun nog snel een koeltas met drinken mee.

'Anders moet ik er straks weer achteraan,' zegt ze.

De combine heeft het maaibord niet eens op een apart karretje erachter. Dat moet toch als je over de weg rijdt? 'Pa, anders is hij toch veel te breed?'

'Zeur niet,' zegt de vader. ''t Voornaamste is dat-ie er is.'

Het perceel met de tarwe is vlakbij. Je kunt het zien vanuit het keukenraam. Als ze er aankomen, liggen de fietsjes van de kleintjes al bij de dam. De tweeling en Lourens staan te springen om met de combine mee te rijden.

'Eén tegelijk,' zegt de loonwerker. 'Ik heb maar één stoeltje.'

Dan willen de andere twee natuurlijk opeens op de trekker met de vader mee, maar Katelijne is niet van plan zich te laten verjagen.

'Ik ga één rondje,' zegt ze beslist. En ze vindt het heel schappelijk van zichzelf dat ze geen twee zegt.

De vader vraagt niet aan de loonwerker waarom hij zo laat is. Waarschijnlijk omdat er dan nog meer tijd wordt verspild. De vader wil altijd dat dingen sneller gaan dan ze gaan. Dat heeft hij weer van zijn vader. 'Dat was ook zo'n driftkop,' zegt de moeder.

De combine steekt het veld in. Het duurt lang voordat hij een ronde heeft gedaan. Wanneer er wat ruimte is op het land, start de vader de trekker en gaat hij naast de combine rijden. Die draait zijn pijp tot boven de kipper en dan stromen de korrels de wagen in. Het stuift enorm en binnen de kortste keren zien ze zwart van het stof, vooral de vader, die nogal zweet, zodat de zwartigheid goed blijft kleven.

Er komt nog een trekker met een kipper het land op rijden, een Fiat. Dat is er een die gehuurd is, inclusief loonwerker. En dan is er opeens ook een balenpers voor het stro, en Christiaan en Rogier komen met elk een trekker en een paar wagens om de strobalen op te laden. Jeroen staat rechtop op een van die hobbelende wagens. Hij houdt zich staande door op een vork te leunen die hij schuin tegen het voorbord heeft geplant. Heeft hij nog van de opa geleerd. Ze moeten in de berm parkeren, want er is nog te weinig plaats op het land en eerst moet de pers een rondje doen. Ze zijn te vroeg, maar ze waren natuurlijk niet meer te houden geweest.

Hun kipper is vol. De vader praat even met degene die op de pers zit. Het is Cor, een vriend van hen en ook boer. De vader helpt hem ook als hij een mannetje nodig heeft en ze lenen elkaar werktuigen uit. Hij komt ook wel eens zomaar langs, voor een biertje, meestal op zaterdagavond. Hij heeft geen vrouw of vriendin.

'Hij wil te graag,' zegt de moeder over Cor. 'En daarom lukt het niet.' De vader zegt juist altijd dat waar een wil is ook een weg is. 'Wat niet kan is nog nooit gebeurd', dat zegt hij ook. En dat is waar: de vader kan alles. Hij bouwt stallen met gierkelders en silo's en ligboxen. Hij repareert de kachel als die kapot is en de brillen van Peter en Rogier, die dat om de haverklap zijn. Voor hem is niets te moeilijk.

De oma zegt juist weer altijd dat je er maar om moet vragen. 'Wat bij de mens onmogelijk is, is mogelijk bij God.' Maar Cor is van de kerk af. Hij vindt 'de mannenbroederskerkenraad' te zwaar en het curatorium helemaal. Hij scheldt altijd op het curatorium. Het curatorium bepaalt of een man die dominee wil worden aan hun predikantenopleiding mag beginnen. Daarvoor vergaderen ze één keer per jaar en daaraan voorafgaand wordt er in het hele land gebeden om wijsheid en om nieuwe dominees. Meer om wijsheid, want om een dwaalleraar zit niemand verlegen.

Cor zegt dat de nieuwe kandidaten precies hetzelfde moeten denken als de strengste mannenbroeders.

'En wat denk je,' zegt hij, 'zullen ze ooit een zwarten toelaten? Geloof je het zelf?'

De vader en moeder maakt het niet zoveel uit. Ze zeggen dat ze niet met alle geweld een zwarte dominee hoeven. Ze vinden het belangrijker om het over het wezen van de zaak eens te zijn.

'Stel hem niet te zwaar af,' zegt de vader tegen Cor. 'Met al die huus.' Rogier, die dat opvangt, roept verontwaardigd dat de balen best wel wat mogen wegen, dat ze geen kleine kinderen meer zijn; en bovendien, je betaalt toch zeker per baal voor het persen?

Helaas voor hem heeft de vader het nog steeds voor het zeggen.

Dan vertrekken Katelijne en de vader naar de coöperatie. Nu ze harder rijden dan op het land, is er meer verkoeling van de wind. Ze rijden langs dofgroene weilanden, waar pinken lopen en droge koeien; er cirkelen kieviten boven. Er zijn ook percelen met jong vers Engels raaigras waar het groen van in je gezicht knalt.

'De derde snee alweer,' zegt de vader tevreden. Hij zegt dat hij na het dorsen wel een buitje kan gebruiken.

Ze passeren sloten met een flinke aanwas aan eenden, de grote bunker waar zoals altijd een paar kleine jongens bij aan het spelen zijn, het hof van Jantje de Kikker die aan huis bielzen verkoopt en verse yoghurt.

'Je ziet er ook nooit geen mens, hè?' zegt de vader. 'Geen klanten, bedoel ik. Je vraagt je af: hoe vers is die verse yoghurt dan nog, op den duur?'

Ook als je niet in de zon kijkt, is het licht zo fel en scherp aan je ogen als het flitslicht van een fototoestel.

De vader laat zijn vingers trommelen op het stuur en fluit 'God heb ik lief', en Katelijne, die niet kan fluiten, neuriet zo hard ze kan met hem mee.

Bij de coöperatie komt er meteen een man met een donker geruit overhemd naar hen toe met een paar grijze haren over zijn kalende hoofd gekamd en een vochtmeter in zijn hand.

Een echte man, denkt Katelijne. Een buitenman, met een door

het weer getekend gezicht. Het zijn geen gewone horizontale rimpels, maar eerder een ruitjespatroon, als de verweerde zaaddoos van een lampionplant die de winter heeft overleefd. Aan zijn broekband bungelt een kannetje.

Ze kent hem van gezicht, hij is ook van de kerk.

Hij springt zonder aanloop tegen de kipper op, zoekt spartelend naar houvast voor zijn voeten, waar donkerbruine kistjes aan zitten, trekt zich omhoog en steekt de meter in het graan.

'Het zit wel goed, hoor, met het vocht,' zegt hij. Hij zegt nog iets over zo veel procent, maar Katelijne verstaat niet precies hoeveel. Hij haalt het kannetje van zijn broekband, roert er een tijdje mee door de korrels, schept het vol en reikt het de vader aan. Dan laat hij zich weer voorzichtig zakken.

'Je buurman Sekker was niet in de kerk afgelopen zondag,' zegt hij tegen de vader. 'D'r zal toch niks aan mankeren?'

''s Middags was hij er wel, hoor,' zegt de vader. 'Ik denk dat hij het 's ochtends gewoon verslapen heeft.'

'O, hij was er 's middags wel. Nee, dat verandert de zaak. Ik dacht al. M'n vrouw en ik hadden hem 's middags ook niet gezien en 's avonds gaat hij nooit, dus ik dacht: d'r zal toch niks aan de hand wezen? Die moeder van hem is ook niet meer van de jongste!'

'Niet dat ik weet, hoor,' zegt de vader. 'Op z'n hoogst een beetje te veel van dittem.' Hij buigt zijn vingers om een denkbeeldig glaasje en kiept dat een paar keer achter elkaar om.

Ze moeten over de weegbrug, eerst met de volle kar.

'Moet ik eraf?' vraagt Katelijne.

'Nee hoor,' zegt de vader. 'Blijf jij maar lekker zitten.'

Hun tarwe gaat op de grote hoop. De voorraadschuur van Egypte, denkt Katelijne. Als er hongersnood komt, weten zij tenminste waar ze hun zakken kunnen gaan vullen.

Als de kipper leeg is, moeten ze nog een keer gewogen worden, nu zonder vracht. Katelijne wil van de trekker af stappen.

'Nee, nu moet je ook blijven zitten, anders sjoemelen we.'

Ze rijden terug. Katelijne zwaait naar de man met het kannetje. Hij knikt terug.

'Hoeveel vocht hadden we?' vraagt ze.

'Veertien procent,' zegt de vader, die helemaal niet door lijkt te hebben dat zijn haar en snor vol fieterige strootjes zitten. Ze zijn precies dezelfde kleur. Veertien procent is heel erg goed, legt de vader uit. Te droog betekent minder kilo's; te nat, dan komen er droogkosten bij.

Ze lachen om een paar bezonnebrilde badgasten in spierwitte broeken die al een poos voordat ze eraan komen bangig in de berm duiken.

'Moet je zien hoe benauwd ze zijn voor een heel klein beetje stof,' zegt Katelijne.

Als ze terug zijn op het land is Cor al begonnen het stro te persen. Katelijne loopt ernaartoe en helpt Christiaan met het opgeven van de balen. Bij hooi en bij stro zijn altijd alle handen welkom, ook die van Katelijne. Rogier staat boven op de wagen, pakt ze aan en stapelt ze op. Eerst een rij in het midden overlangs, daarna de anderen er haaks tegenaan. De tweede laag heeft een ander patroon en de derde weer een ander, dat is het stevigst. Jeroen rijdt stapvoets met de trekker. Jeroen wil dat Katelijne op de trekker gaat rijden, want hij is immers veel sterker dan zij om de balen te tillen, maar Rogier wil het niet hebben.

'Dan rijdt ze natuurlijk veel te schokkerig,' zegt hij. 'Daar komen ongelukken van en als er iets is wat we nu niet kunnen gebruiken, dan is het wel ongelukken.'

'Het is tijd voor een biertje,' zegt de vader als hij samen met Lourens terugkomt van zijn tweede rit naar de coöperatie. Hij haalt de koeltas met bier vanonder zijn stoel en roept degene die op de pers zit. De loonwerker met de andere kipper en de man op de combine krijgen een biertje mee, want als die ook gaan pauzeren zijn ze morgen nog niet klaar. De rest verzamelt zich op en tegen een paar balen stro aan.

Voor de kleintjes is er appelsap, de rest drinkt bier. Katelijne vindt het niet lekker, maar ze is blij met een eigen flesje.

'Dit is tenminste lekker bier,' zegt Rogier tevreden. 'Die rommel die ma de vorige keer had gekocht.'

'Die shandy?'

'Zo min als pitwater,' vindt Jeroen ook.

''t Zou voor jou daarom beter zijn,' zegt Christiaan. 'Jij kan d'r nog glad niet zo goed tegen.'

Rogier schopt hem tegen zijn kuiten.

De lucht trilt. Overal klinkt het gebrom van machines. Het is een perfecte dag voor de oogst. Rogier trekt zijn schoenen uit om zijn voeten te luchten. Katelijne zegt dat hij een paar meter verderop moet gaan zitten, vanwege de stank.

'Ik weet,' zegt de vader opeens, terwijl hij triomfantelijk de groep in kijkt, 'hoeveel Katelijne weegt!' Hij grijnst breed. In zijn zwartbestofte gezicht lijken zijn tanden opeens enorm wit.

'Ik ben ermee over de weegbrug geweest, net bij de coöperatie.'

Opeens zit iedereen haar van top tot teen te bekijken.

'Kunnen jullie 't zien?' zegt Katelijne, terwijl haar ogen zenuwachtig naar iets zoeken om over zich heen te trekken. Ze pakt de plastic zak waar de bierflesjes in hebben gezeten en legt die op haar dijen. 'Poppetje gezien, kastje dicht.'

'Zestig,' zegt Rogier meteen. Er plakt een strootje op zijn onderlip, dat meebeweegt als hij praat.

'Dat geloof ik nooit,' zegt Cor. 'Toen ik pas een stier verkocht aan de slager...' Iedereen begint te grinniken.

'Toen ik die stier verkocht, heb ik hem op tien kilo nauwkeurig geschat,' zegt hij. 'Ik zei 780 en het was 790.'

'Èlèlèlle,' zegt de vader. 'Dat is verrekt knap.'

'Wat denk je ervan?' vraagt Rogier met een knikje naar Katelijne.

Cor bekijkt haar nog eens goed.

'Schoon aan de haak, vijfenveertig.'

'Jij hebt er zicht op,' zegt de vader. 'Dat zie ik wel.'

'Nou, hoeveel is het dan?' dringt Rogier aan.

'Vijftig met kleren en al,' zegt de vader. 'Om en nabij dan, het komt niet op de kilo aan. Ha, ha, ze vroeg zelf of ze moest blijven zitten. Ik zei: blijf jij maar lekker op de trekker.'

'Wacht eens, ik ben allebei de keren blijven zitten,' zegt Katelijne triomfantelijk, 'je kunt het dus helemaal niet weten. Je verzint gewoon wat.' Ze neemt een flinke slok bier, verslikt zich en moet ervan hoesten.

'Ik ben toch net weer geweest,' zegt de vader met fonkelende ogen. 'Ik zeg tegen Lourens: kom jij er maar af. En toen heb ik de trekker en de wagen nog een keer leeg gewogen. Ha, ha, ha. Een kwestie van het een van het ander aftrekken. Ha, ha, ha.'

Wat hebben ze een lol.

'Die is erin getrapt, zeg! Schitterend!'

'Ha, ha, ha,' sneert Katelijne nog steeds hoestend. 'Wat zijn we weer grappig.' Ze giet haar bierflesje leeg op de grond.

'Hé, dat is zonde,' zegt de vader. 'Geef dan hier.' Maar vandaag kan hij de boom in.

Zwijgend helpt ze de rest van de middag en avond mee in het stro.

Als alle balen op de wagens zijn geladen, rijden ze ermee naar huis en dan moeten ze via de transporteur worden binnengestoken op het donkere, stoffige dilt. Binnen de kortste keren prikt en plakt alles van het zweet en het stof. Uit hun neuzen komt snot als potgrond. Ze onderbreken het zware werk voor een bord macaroni met ketchup, ham en kaas en dan gaan ze snel weer door. Ze willen als het klaar is nog even de zee in om al het stof van zich af te spoelen en om de schrammen te ontsmetten. Om acht uur gaat de laatste baal naar boven. Het stro is binnen.

'Nou, zij doet voor niemand onder, hoor,' zegt Cor tegen de vader wanneer ze het duin beklimmen. Hij wijst naar Katelijne. 'Ze pakt elk baaltje aan, zonder mankeren.'

Katelijne bloost er echter niet van. Ze is al te ver vooruitgerend om het te kunnen horen, haar teenslippers in de hand. Ze wil vast uitgekleed en in zee zijn voordat de rest beneden is.

De volgende dag, net na de middag, verschijnen ze: de brommers. Als wespen op een opengebarsten pruim. Binnen de kortste keren zijn het er minstens dertig. Ze houden crosswedstrijdjes op het stuk land waar ze gisteren de tarwe gedorst en het stro geladen hebben. Een stuk of tien brommers hebben voortdurend het gas open, klaar om weg te springen, maar blijkbaar is er afgesproken dat er maar een stuk of drie tegelijk mogen. Ze gaan zo hard als 't kan naar het veurood en daar slippen ze door de bocht. Bij grote stofwolken gaat er een gejuich op. Sommigen kunnen het hele stuk op hun achterwiel.

Ook Rogier scheurt met zijn Zundapp over de tarwestoppels, en Christiaan, hoewel hij nog geen zestien is, komt eraan op de oude Kreidler van Rogier.

'Tegensturen als je slipt, hè?' waarschuwt Rogier.

''k Ben niet gek,' zegt Christiaan. Hij draagt een grote zwarte zonnebril, alsof hij op vakantie is. Die verbergt de felrode adertjes in zijn oogwit, van het stof en het zoute water van gisteren.

Jeroen vraagt of hij ook een rondje mag, maar Rogier wil het niet hebben. Hij heeft al spijt dat hij ja gezegd heeft tegen Christiaan, en dus staat Jeroen erbij alsof het van hem allemaal niet meer hoeft. Na een kwartiertje is hij verdwenen. De tweeling daarentegen is niet bij Rogier weg te slaan.

Rogier is hun held. Ze weten nog niet dat hij dat alleen voor hen is. De jongens van het dorp zien in hem niets meer dan een rozewangige jongen met pukkels en een hoog opgevoerde brommer, maar zeker niet de hoogste.

Er zijn ook een paar meisjes, waar Katelijne niet bij durft te staan omdat ze ouder zijn. Uit haar eigen klas zijn er alleen twee jongens die verlangend staan toe te kijken. Katelijne paradeert gewichtig langs hen, het is immers hún land, en ze gloeit van trots wanneer ze verlegen 'hoi' zeggen. Ze trekt aan Lourens z'n armpje.

'Kom mee, we gaan bij Christiaan kijken.'

Met een punt van haar rok en een kloddertje spuug poetst ze een plekje vogelstront van de tank. Ze vraagt Christiaan of het een goeie is en hoe hard hij eigenlijk wel niet kan. Christiaan zegt dat het ervan afhangt, van de wind en van de ondergrond en hoeveel mensen erop, maar aan zijn gezicht ziet Katelijne dat hij zijn aandacht er niet bij heeft. Ze begrijpt het, hij moet natuurlijk nog presteren.

'Ga nu maar,' zegt ze moederlijk.

De Kreidler van Christiaan houdt er na precies één rondje mee op. Hij sputtert nog wat na, en dan is er is geen leven meer in te krijgen. De jongens lachen hem uit en roepen dat hij, als hij vooruit wil komen, er wel benzine in moet doen.

'Daar moet je echt een Minderhoud voor wezen, naar de brommercross komen "met zonder benzine in de tank"!' roept een jongen die zelf nota bene met de fiets is gekomen.

'Zakkenwasser,' zegt Rogier als hij arriveert met zijn Zundapp.

'Wat je zegt ben je zel-luf,' komt Katelijne verontwaardigd voor Christiaan op.

'Je hebt hem natuurlijk weer gemold.'

Als blijkt dat ze vandaag de brommer niet meer aan de praat zullen krijgen, scheurt Rogier er weer vandoor. Christiaan draait een sjekkie, behoorlijk handig voor iemand die niet rookt omdat hij anders zijn rijbewijs niet krijgt. 'Het is geen man die niet roken kan,' zei de opa vroeger.

BRAMS PARIS staat er op Christiaans spijkerbroek.

'Dan vraag je toch of je op de Zundapp mag?' probeert Katelijne hem te troosten. Waarom begrijpt Rogier nu nooit hoe belangrijk het voor Christiaan is om mee te kunnen doen met de jongens?

'Dat mag tóch niet.'

'Ik zal het wel voor je vragen,' zegt ze, en ze beent weg, maar Christiaan zegt tegen haar rug dat ze het net zo goed kan laten – 'en trouwens, waar bemoei je je eigenlijk mee?'

Katelijne kijkt om en ziet hoe hij tegen de brommer staat geleund, zijn benen lichtjes uit elkaar, zijn kin omhoog en zijn ogen achter zijn zonnebril.

'Kom, Lourens, we gaan even daar staan. Christiaan doet een beetje vervelend.'

Ze hoort Christiaan tegen een meisje met een lila broek zeggen dat hij pas nog naar de top 40 heeft geluisterd. Het meisje trekt er nog geen wenkbrauw van op. Ze heeft natuurlijk geen idee hoe stiekem je bij hen moet zijn om naar de radio te luisteren als dat niet het weerbericht is.

Het meisje blijft wel met hem praten. Ze neemt een pluk van haar lange blonde haar tussen haar handen en kamt dat met haar vingers. Zou ze weten dat Christiaan van de kerk is? Aan jongens is dat moeilijker te zien dan aan meisjes.

Christiaan is aantrekkelijk genoeg, ook voor onkerkelijke meisjes. Hij heeft de grote rechte neus en de brede mond van de moeder en zijn sterke witte tanden zijn zo gaaf als haar kunstgebit. Zijn zeegroene ogen zijn niet bijzonder groot, maar ze hebben lange zwarte wimpers en er zit van nature een twinkel in. Verder zijn ze net zo beweeglijk als de rest van zijn lijf, dat permanent gereed staat om ergens een voer hooi te gaan lossen.

Hij wordt met de dag gespierder lijkt het wel. In het schuurtje trekt hij zich op aan een stuk bezemsteel die als rekstok dient en als de moeder niet in de buurt is, rolt hij 's zomers zijn mouwen op tot aan zijn oksels om ze te laten bruinen. Tot waar de zon toegang heeft is hij poepbruin.

Katelijne houdt van zijn armen, vooral als ze zo bruin zijn. Ze kijkt ernaar wanneer ze onder het Bijbellezen werkeloos op het tafelzeiltje liggen. Nu gebaart Christiaan ermee om het blonde meisje te laten zien hoe groot iets is of hoe ver weg – vermoedelijk de motor die hij zal gaan kopen, later als hij achttien is.

Later die middag ziet Katelijne Christiaan ook nog praten met Petra Davidse, de oudere zus van Katelijnes klasgenootje Eline. Ze ziet er bijna hetzelfde uit als Eline. Hetzelfde zwarte haar, geknipt in een bobline. Ze draagt een spijkerrokje tot net op de knie en geel-witgestreepte sokjes in haar open schoenen, waarin de droge aarde makkelijk binnendringt. Ik weet, denkt Katelijne wraakzuchtig, hoe die sokjes er vanavond uit zullen zien.

Ze denkt aan de familie Davidse. Ze wonen ook buiten het dorp, aan de andere kant. De vader van Petra en Eline staat in contact met het weer op de radio. Als het geregend heeft, geeft hij door hoeveel millimeter er in zijn regenmeter zit. 'Hij heeft weer gebeld,' zegt Eline op school. Alleen als het een beetje van de moeite is, wordt hun dorp genoemd.

Vorige zomer is Katelijne een keer bij hen thuis geweest. In het hoogseizoen wonen ze met hun ouders in het oude varkenskot achter de piramidevormige bonenstaken, waaraan zo veel stokbonen groeien dat je je afvraagt of ze wel ooit iets anders eten. Hun eigen huis verhuren ze aan badgasten.

Katelijne heeft het kamertje gezien dat Eline met haar zus moet delen. Het is zo groot als bij hen thuis de wc en er is geen raampje in. Er staat alleen een smal stapelbed, met dunne matrassen die meegeven. Achter een gipswandje staat het bed van hun vader en moeder. Een lelijke knalgele gehaakte sprei hebben ze, vindt Katelijne. Alsof ze slapen op een bedje van paardenbloemen.

Eline demonstreerde ook de oranje rolveger van Brabantia. Het was er net zo een als op school, maar daar mogen ze nooit aankomen. Het is Elines taak om elke dag de kobaltblauwe tapijttegels te rolvegen. Katelijne was belachelijk jaloers geweest. Bij hen thuis vegen ze de plavuizen gewoon met een bezem en één keer per week met een stofzuiger.

Vanuit de verte ziet Katelijne hoe Petra naar Christiaan lacht, met heel veel zichtbaar tandvlees en haar hoofd een beetje schuin. Ze lijkt niet te beseffen dat Christiaan alleen met haar praat omdat ze er toevallig ook is, niet omdat hij achter haar aan zit. Katelijne kan zelfs van deze afstand het spleetje tussen haar tanden zien. Even later probeert ze zijn zonnebril.

’s Avonds heeft Christiaan het de hele tijd over iemand die Cindy heet.

‘Bij Cindy thuis hebben ze een metaaldetector. Cindy gaat met d’r vader naar het strand om er spullen mee te zoeken. Hij heeft soms dertig gulden op een dag, en nog wat andere dingen.’

‘Daar kun je het niet voor doen,’ zegt de vader. ‘Dertig gulden.’

‘Wie is die Cindy?’ vraagt de moeder. ‘Is die ook bij ons?’ Cindy klinkt niet als een meisje met een lange rok en hoedje van vilt, en die vader niet als iemand die die guldens opgraaft voor de collectezak.

‘Wat voor andere dingen?’ wil Katelijne weten, en ze is boos wanneer Christiaan haar geen antwoord geeft.

'Cindy is niks voor jou,' zegt Rogier. 'Ze heeft allemaal verf op haar gezicht. Troep uit een potje.'

De volgende dag wordt er op het stoppelland gegierd met twee trekkers en twee giertanks. Rogier, die inmiddels zijn trekkerrijbewijs heeft, vult ze en brengt ze naar het land. Dan stapt hij eruit en dan neemt Christiaan het over. Christiaan kleurt de aarde ermee tot ze bijna zwart ziet. De vader keert de grond om met de ploeg. Spierwitte meeuwen pikken naar de bloot gekomen roze wormen.

Sunny Boy

Katelijne hoort gestommel bij haar kamerdeur. Snel moffelt ze het tijdschrift onder haar kussen en buigt zich over het boek dat naast haar op de matras ligt, *Ook voor jou, Rianne,* over een meisje dat in een rolstoel zit en niet kan geloven dat ook zij een lieve vriend kan krijgen.

Het is Christiaan. Hij ploft naast haar neer op de twijfelaar.

'Jeroen is echt een rare,' zegt hij. 'Echt een hele rare.' Hij gaat op zijn rug liggen en nestelt zich met zijn armen onder zijn hoofd op haar kussen. Zijn melkige adem glijdt als een slang naar haar toe.

'Hoezo?' vraagt Katelijne weinig toeschietelijk. Ze is nog niet vergeten dat hij haar heeft afgesnauwd bij de brommercross. Bovendien was ze bezig een foto te bestuderen in het nummer van *Ouders van nu* onder haar kussen en daar heeft ze Christiaan niet bepaald bij nodig.

Ze heeft het blad gevonden in de kast in de slaapkamer van de vader en moeder. Er staat een foto in van een pasgeboren kind, een jongetje, dat hier en daar onder het bloed zit. Het wordt door gehandschoende handen vastgehouden boven de blote buik van een liggende vrouw. De baby zit met zijn navel vast aan een dikke slijmerige draad die ergens bij de dijen van de moeder verdwijnt.

Katelijne wil weten waar die draad precies naartoe gaat, of liever nog waar-ie begint. Ze begrijpt dat de baby het eindstation is, maar waar komt die vandaan? Net had ze het idee dat ze nog een glinsterend stipje ontwaarde ergens in de diepte, bij de lies van de moeder, wat erop kan duiden dat de draad daar nog doorloopt. Net toen ze de foto in het licht wilde houden om hem beter te kunnen bekijken kwam Christiaan binnen. Straks vindt hij het blad nog.

'Blijf met je tengels van mijn kussen af,' zegt ze.

Christiaan zakt een beetje naar onder.

'Wat heb je te mekkeren?'

'Jeroen wil zelf de koeien gaan dekken.'

Waar heeft hij het over?

'Of je worst lust.'

'Doe niet zo flauw.'

'De koeien, hij wil ze zelf dekken, zonder stier.' Hij lacht nerveus.

'Hij zegt dat je dan betere kalvers krijgt, die als ze groot zijn meer melk geven. Als het vaarskalvers zijn, natuurlijk. Hij wil ermee gaan fokken.'

Katelijne ziet voor zich hoe de jongens een koe uit de stal halen en vastbinden aan het hek. Ze heeft het vaak genoeg gezien. De vader haalt de stier op, die opgewonden brult als hij naar buiten mag. Aan een touw wordt hij naar de koe geleid. De koe brult ook, helemaal wanneer de stier erbovenop springt. De vader houdt de staart van de koe opzij.

Ze heeft er nooit met haar neus bovenop gestaan. Stieren zijn onberekenbaar. Er is er wel eens één losgebroken en de vader heeft een keer drie weken kreupel gelopen omdat hij er door één tegen een hek werd geduwd. Dat scheelde toen niks of de vader was er geweest.

'Dus er komt geen stier aan te pas?'

'Nee, dat zeg ik toch? Sjonge zeg, dan zeggen ze dat ík stom ben. Ze tappen het af en dan doen ze het met een spuit. Van een stier met goeie papieren.'

'Papieren?'

'Goed zaad.'

'En dan?' vraagt ze, nu opeens wel geïnteresseerd.

'Nou dan heeft-ie kalf in.'

Woorden die ze vaak genoeg heeft gehoord, maar opeens vermoedt ze ook waar de betekenis ligt, alsof het om het tweede identieke kaartje gaat bij het spelletje 'Kom er maar eens achter'.

Ze komt overeind.

'Nog één keertje, Chris. Wát wil Jeroen precies gaan doen?'

Jeroen zijn favoriete stier heet Sunny Boy.

'Hij kan het elke dag,' zegt hij. 'De meeste stieren maar twee keer per week.' Hij wil dat de vader er een rietje van koopt.

'Eentje maar,' zegt hij. 'We kunnen het toch gewoon één keertje proberen?' Maar de vader vindt het te veel gedoe en veel te duur.

'Dan moeten ze er speciaal voor komen, om het te insemineren. Wat denk je dat dat kost?'

Een ander bezwaar is dat Sunny Boy een zwartbonte Friesian-Holstein is en de vader wil juist een beetje van de zwarten af. Hij vindt de rode MRIJ-koeien mooier. Ze leveren bovendien meer op. Ze geven minder melk, maar relatief gezien meer eiwit en daar gaat het om.

'Rooie koeien nemen beter kalf op,' zegt hij. Nog een argument voor rood.

'Zwart is toch veel mooier?' zegt Jeroen. Het is de oude discussie. Iedereen hier is voor rood, maar voor Jeroen is zwart superieur en Sunny Boy het hoogst haalbare. Hij gelooft in koeien die straks heel veel melk geven, zodat de kosten na een paar jaar zijn terugverdiend.

Bij een maat van 'm doen ze het ook. Hij zegt dat je, als je kostendekkend wilt blijven melken, wel aan de ki moet. Dat het met middelmatige koeien straks echt niet meer rendabel is. Bij die maat van hem hebben ze ook al vijfentwintig jaar kwaliteitsmelk. Hun bedrijven zijn te vergelijken, maar op den duur natuurlijk niet meer, dan blijven ze ver bij hen achter, want binnenkort wordt bij hen de eerste nazaat van Sunny Boy geboren.

Sunny Boy.

Zijn moeder is Pietje 175.

'Hij is erg eenkennig,' zegt Jeroen. 'Er zijn alleen twee verzorgers die bij hem mogen. Ze kunnen niet tegelijk met vakantie. En hij wil ook niet op een kunstkoe.'

'Hoe doet hij het dan?' wil Rogier weten.

'Op een andere stier. Daar wordt hij wild van. Hij springt erop en dan houden ze er snel een bakje voor waar ze het in opvangen. Per keer produceert hij tussen de zeven en de acht cc. Dat is een paar duizend rietjes.'

'En wat kost een rietje precies?' Het is Jeroen gelukt om iets van zijn verering op de vader over te dragen.

'Ligt eraan. Als je er regelmatig een koopt, is het vijftien gulden. Veel gaat er naar het buitenland. Dan kan het wel honderd gulden opleveren.'

'Da's goeie bizzenis,' zegt de vader. 'Sjonge jonge.' En nadat hij er een tijdje over heeft lopen nadenken: 'Dat is heel andere koek dan kromliggen voor die paar dubbeltjes per liter melk.'

En dan begint de discussie weer van voren af aan, tot de vader plotseling zegt dat hij het 'onnatuurlijk' vindt.

Onnatuurlijk. Katelijne proeft het woord op haar tong. Het heeft dezelfde gevaarlijke bijklank als 'avontuurlijk', alsof ze een gemeenschappelijke voorouder hebben, eenzelfde natuur.

'Met de schepping mag je niet rommelen,' zegt de vader.

De moeder valt hem bij: 'Wat God samengevoegd heeft, scheidde de mens niet.' Samen concluderen ze dat er geen zegen op kan rusten, en tegen zo veel op de Bijbel gefundeerde eensgezindheid kan Jeroen natuurlijk niet op.

Dat de vader niet aan de ki wil, is voor Jeroen geen reden om er zijn mond over te houden. Zijn tweede favoriet heet FI6. Maar eerst komt er een hele tijd niks en dan pas FI6.

'FI6 staat naast Sunny Boy,' zegt hij. 'Hij dekt gewoon op een kunstkoe in de dekstal.' Hij kijkt erbij alsof hij niet begrijpen kan hoe het dier zich tot zoiets kan verlagen.

'Als FI6 's ochtends weg is om te dekken, is Sunny Boy enorm in de weer. Hij wordt pas weer rustig als zijn maatje weer terug is. Sunny Boy hoeft nooit naar de dekstal. Hij mag het in zijn eigen box doen en FI6 er dan naast, daar doet hij het beter van.'

Christiaan komt steeds vaker bij Katelijne binnenvallen. Hij snuffelt in de bestekla waar ze tegenwoordig niet meer haar kousen en onderbroeken bewaart, maar haar kam, elastiekjes en haarspeldjes. Hij lijkt voortdurend op zoek te zijn naar meisjesdingen.

Katelijne laat hem zijn gang gaan, zonder veel aandacht aan hem te besteden.

Soms neemt Christiaan het oranje bijoudoosje in zijn handen met de gekleurde Chinese mannetjes eromheen. Er zit een bedelketting in waar Katelijne zich zachtjesaan te groot voor voelt, en een ringetje dat ze ooit had uitgezocht bij de tandarts en dat nu niet meer past.

'Ik denk dat Cindy d'r ringvinger er wel in kan,' zegt Christiaan, terwijl hij het om en van het topje van zijn pink schuift. 'Die heeft van die dunne vingertjes, niet van die worstjes als jij.'

'Hoe vaak heb jij nou haar handen gezien?' smaalt Katelijne, waarop Christiaan haar verzekert dat het vaker is dan zij denkt.

'Van die slappe vrouwenhandjes, waarmee ze alleen maar een mes en een vork kan vasthouden. Ik wil wedden dat ze in d'r leven nog nooit een aardappel heeft geraapt.'

Christiaan zucht.

'Je kunt hier ook met niemand meer normaal een gesprek voeren. Jij moet alles altijd direct afkraken, Rogier kan z'n mond niet houden over een nieuwe Ford met een gasgeveerde stoel erin en voor Jeroen bestaan er enkel nog zwartbonte stieren.'

'Kom eens hier met je hoofd,' zegt Katelijne. 'Er zit een joekel van een mee-eter op je neus.' Ze zet haar nagels tegen het zwarte stipje en kijkt geboeid hoe na wat knijpen het gele vettige slangetje naar boven komt. Christiaan zit muisstil onder haar handen. Hij geeft een warme geur af.

Ze liggen naast elkaar op hun rug.

Omdat Katelijne denkt dat het hem interesseert, vertelt ze hem over het stapelbed van de zusjes Davidse.

'Het is er zo klein,' zegt ze, 'het is net een hol. Er is geen raam, alleen een piepklein deurtje onderin. Net zo'n geheim luikje als Louw had in de wagen van de bollenbakker, je weet wel, in *In den soeten suikerbol.* 's Nachts zetten ze het open voor de frisse lucht en kunnen ze de ratten voorbij horen trippelen. Ze kunnen niet naar de wc, want dan moeten ze door het gedeelte waar de vader en moeder slapen en die willen dat niet hebben. Als ze eruit moeten, 's nachts – vooral Petra moet vaak naar de wc – doen ze het op een po die onder het bed staat. Eline heeft hem me laten zien, een ouderwetse witte.' Katelijne tekent met haar vingers een cirkel op het dekbed om aan te geven dat het om een ding gaat van behoorlijke afmetingen.

'Op donderdagmiddag zijn hun vader en moeder naar de stad en dan doen ze hun kleren uit en gaan ze liggen op het tweepersoonsbed van de vader en moeder. Dat is ongeveer even groot als dit hier.' Ze strekt haar arm over haar twijfelaar. 'Er ligt een knalgele deken op, die afgeeft. Ze vinden hun vel te wit en van die deken krijgen ze tenminste een kleurtje. Is het je nooit opgevallen dat ze op vrijdag altijd een beetje gelig zien?'

'Ik heb er nooit op gelet,' zegt Christiaan, die Katelijnes woorden opslokt als zijn het stoofperen op sap. 'Morgen is het vrijdag. Ik zal het eens in de gaten houden.'

'Een keer waren ze op zo'n donderdag ook alleen thuis en toen kwam er iemand hun oprit op, in een oude auto. Er zat een man in met een gek hoedje op, een drugsverslaafde, die kwam kijken of er niks te halen viel. Hij keek eerst door alle ramen naar binnen, maar ze lagen natuurlijk op het bed van de vader en moeder. Toen morrelde hij aan de deur en kwam hij naar binnen.' Ze aarzelt.

Ze houdt haar hoofd stil, als om te luisteren of ze voetstappen op de trap heeft gehoord. Een bromvlieg cirkelt zenuwachtig tegen de hor. Christiaan ademt zwaar. Wat ruikt hij toch eigenaardig, denkt Katelijne. Ze gaat op haar buik liggen.

'En toen?' vraagt Christiaan ongeduldig.

'Toen wisten ze maar één ding te doen en dat was blaffen – keihard blaffen gewoon, alsof ze twee valse honden waren. En het werkte. De dief wist niet hoe snel hij weg moest wezen. Toen de ouders thuiskwamen, blaften ze nog.' Katelijne verbaast zich over deze woorden, die er achter mekaar uit komen, alsof ze niet door haarzelf bedacht zijn, maar slechts uit haar losgelaten worden, zoals je fladderende kippen uitlaat door het deurtje open te houden.

'Waren ze nog steeds in d'r naakten?' vraagt Christiaan.

'Wanneer?'

'Nou, toen hun vader en moeder terugkwamen van stad.'

'O, dat zal wel, denk ik. Dat weet ik niet precies.'

'Dat lijkt me ook,' zegt Christiaan. 'Ze dachten natuurlijk dat-ie er nog was. Ze durfden zich natuurlijk de hele tijd niet te bewegen.'

Gek, denkt Katelijne. Zoals ze erover praten, voelt het net of het ook allemaal echt gebeurd is. Alsof de zusjes Davidse op dit moment op dat bed liggen bij te komen.

Zo moet het voor de Heere gevoeld hebben toen Hij zei: 'Er zij licht', en het was er.

Hoe komt ze nu opeens aan zo'n koude rilling?

'En nu opgehoepeld,' zegt ze. 'Hup, van mijn bed af.'

Christiaan laat zich van haar bed glijden.

'Lagen ze op d'r rug of op d'r buik?' vraagt hij bij de deur.

'Hoe moet ik dat weten? Ik was er toch zeker niet bij!'

Katelijne gaat rechtop zitten, wacht tot hij weg is. Als ze Christiaan even later in het fietsenhok in de weer hoort, pakt ze haar enkels vast. Terwijl ze het grind hoort knerpen onder de banden van zijn fiets, gaat ze langzaam met haar handen langs haar dijen omhoog tot daar waar ze aflopen.

En de naam is haas, zal de vader later over haar zeggen.

Deo volente

Elke woensdagavond komt Petra nu naar hen toe en elke woensdag is er meer buik en minder meisje. Ze praat over miskramen en smockjurkjes en weet al alles van waskracht. Aan haar ogen kun je zien wanneer ze denkt aan haar baby.

Omdat Christiaan en zij 'één vlees of zoiets' zijn geworden, terwijl ze nog niet waren getrouwd, hebben ze openbare schuldbelijdenis afgelegd voor de kerkenraad. Nu kunnen ze Deo volente over een maandje trouwen. Dan is Petra ook zestien, wat voor de Nederlandse wet een vereiste is, samen met de toestemming van de wederzijdse ouders en een briefje van de dokter.

Toevallig in dezelfde maand trouwt ook meester Wisse. Hij zet er ook vaart achter, waarschijnlijk omdat hij al veel te lang alleen is geweest. Volgens de vader ook omdat hij bang is dat bleke Ria op het laatste moment misschien nog van gedachten verandert.

Natuurlijk was iedereen van slag geweest toen de vader en moeder van Petra op een avond langskwamen. De kinderen werden allemaal naar buiten gestuurd. 'Gaan jullie maar voetballen.' De vader deed zenuwachtig de deur achter hen dicht. Dat heeft hij nog nooit gezegd. Hij heeft een hekel aan het geluid van de bal die tegen de stalmuren wordt geschopt of tegen de dakgoot. Katelijne vindt er ook niks aan. Ze denkt dat voetbal uitgevonden is door mensen die niet konden vangen.

Niemand snapte wat de Davidsen kwamen doen, want normaal kwamen ze nooit. Ze waren zelfs nog nooit om melk geweest.

Katelijne was met de kleintjes landverovertje gaan spelen. Jeroen ging naar de kalfjes en Rogier wilde naar het brommerkot, maar daar zat Christiaan al. Die had zich erin opgesloten en was niet van plan om Rogier binnen te laten. Natuurlijk kon hij dat niet maken, want het kot was eerst alleen van Rogier geweest en nu was het van hen samen. Voor een paar tientjes had Christiaan de oude Kreidler van Rogier overgenomen en hij was al maanden bezig om hem weer aan de praat te krijgen. Hoe kwaad Rogier echter ook werd, Christiaan liet hem er stomweg niet in.

Toen de vader vanaf de achterdeur Christiaan naar binnen riep, had Christiaan gedaan alsof hij niets hoorde, en toen de vader een kijkje ging nemen trof hij bij het brommerkot Rogier aan, die tekeerging als een stier die al een tijdje niet meer is gevoerd. Hij begon zich uitgebreid bij de vader te beklagen, maar ze merkten algauw dat de vader weinig oor had voor Rogier.

Ze kwamen er allemaal omheen staan toen de vader Christiaan naar buiten commandeerde. Toen moest hij wel de schuif eraf halen. Dat er iets met hem aan de hand was, dat begonnen ze toen wel te beseffen. Zeker toen hij pas mee naar binnen ging nadat de vader hem bij zijn nekvel had gegrepen.

En toen was het allemaal eigenlijk heel snel geregeld. De vader had weer de rustige doortastendheid van iemand die koeien op de wereld zet en zoals hij altijd onmiddellijk alles repareert wat kapotgesprongen is, zo werd er ook nu meteen gedacht in oplossingen.

Na de bruiloft kunnen ze de eerste paar maanden wonen in het als zomerhuis ingerichte varkenskot bij Petra thuis op het erf. Ze gaan er een kacheltje in plaatsen. Petra had natuurlijk liever een nieuw bankstel gehad en een wit servies – ze vindt Wedgewood mooi – in plaats van al die ouwe sannie, maar ze moeten natuurlijk al blij zijn dat het zo kan. Als het zomer wordt moeten ze wel iets anders gaan bedenken, want de vader van Petra wil geen inkomstenderving, 'alleen omdat de jongelui hun handjes niet boven de dekens hebben kunnen houden'.

''t Is niet om het geld, hoor,' zegt Petra's moeder. 'Maar je begrijpt wel, de gasten rekenen er natuurlijk ook op.'

Heel misschien komen ze daarna wel hier wonen. De vader heeft bij de gemeente een schriftelijke aanvraag gedaan voor een soort keet op het erf, als tijdelijke oplossing. Katelijne heeft de brief nog nagekeken op d/t-fouten en een zin toegevoegd waarin de hoop werd uitgesproken op bereidwilligheid en begrip voor de situatie. Een wethouder had echter al gezegd dat ze er niet te vast op moesten rekenen, want zo'n keet wordt hier gezien als een extra bedrijfswoning en daar zijn ze enorm streng op.

Zodra ze haar mavodiploma heeft, zal Petra gaan werken. Ze moet dan nog één dag in de week naar school voor een middenstandsdiploma en de rest van de tijd kan ze dan waarschijnlijk achter de kassa in 't Moesbosch, via haar neef die daar ook werkt. Hij is daar een soort manager of zo.

'Eigenlijk hadden ze van de zomer niemand nodig,' zegt Petra. Maar toen had de baas daar gezegd dat ze, als ze echt heel erg omhoogzat, misschien wel voor een paar dagen per week kon komen, om eens te zien hoe het gaat. Als 't allemaal doorgaat bij leven en welzijn, is dat 'heel schappelijk' van die baas.

'Nog even afwachten,' zegt Petra. 'Zover is het nog niet.' Als je haar hoort praten, merk je niet dat ze nog geeneens haar mavodiploma heeft.

Voor Christiaan is een plekje gevonden bij een loonbedrijf, hij werkt er al op zaterdag. Soms moet hij een walbeschoeiing aanleggen of grond rijden met een dumper. Als er iemand in de buurt gestorven is, moet hij soms grafdelven op het kerkhof, met een minikraantje. Hij geniet van het werk en hij is blij dat hij het straks hele dagen kan doen. Hij is alleen wat stiller geworden. Als Petra haar hand in zijn nek legt, haalt hij hem daar weg. 'Veel te warm,' zegt hij. Of: 'Het kriebelt.'

Ze beginnen al allemaal aan het idee te wennen.

Maar Katelijne weet dat Petra niet naar school had gedurfd, de maandag nadat in de kerk was afgegeven dat Christiaan Minderhoud en Pieternella Cornelia Davidse schuldbelijdenis hadden gedaan voor de kerkenraad wegens zondigen tegen het zevende gebod. Katelijne hoorde dat de moeder door de telefoon aan iemand vertellen. Dat ze moord en brand geschreeuwd had en dat d'r moeder haar met de auto voor de deur van de school heeft afgezet en was blijven wachten tot ze zeker wist dat ze binnen was. Je kon toen nog niks zien, omdat Petra wijde vesten droeg, maar iedereen wist het toen natuurlijk.

Of Christiaan daar ook zo mee gezeten heeft, weet Katelijne niet. Aan hem valt er natuurlijk niets te zien, dat scheelt misschien. Als je aan hem vraagt of hij zin heeft om op durp te gaan wonen, zegt hij: 'Stikveel' of: 'Zeur niet'.

Het is zo geregeld dat Petra op woensdag naar hen toe komt en Christiaan is zaterdagavond en zondag bij de Davidsen. Dan komt hij alleen naar huis om te slapen en op zondagochtend is hij er bij het ontbijt.

Hij zegt dat de vader van Petra niet goed snik is. Dat-ie nog op houten klompen loopt waar met krammen een stuk autoband onder is gezet, zodat hij er langer mee kan doen, en dat hij zelfs op zaterdagavond nog bezig is om kromme spijkers recht te slaan en in bakjes te doen, gesorteerd op lengte.

'Ik had een keer aan tafel kaas gepakt, gewoon normaal, hoor, drie plakken, net als dat we hier doen. Toen gaf d'r vader me nog een boterham. Ik zei: "Bedankt, maar ik heb er al een", maar die was om erbovenop te leggen.'

'Wat kouwelijk,' vindt iedereen.

'En als je daar een ei krijgt, moet je er ook twee boterhammen mee doen, en ze hebben er alleen maar vieze margarine en nooit een keer iets van lever of rollade.'

Om dit soort dingen verduren de kinderen Christiaan nog het meest.

De oma zegt dat het een geluk bij een ongeluk is dat ze niet hervormd is.

'Had zomaar gekund,' zegt Katelijne dromerig, terwijl ze Cindy voor zich ziet in haar lila broek.

'Nu is hij natuurlijk een jongen. Ze had zich dan aan hem moeten aanpassen. Voor jou is dat nog veel belangrijker. Jij zal straks je man moeten volgen.'

‘Ik neem heus geen hervormden,’ zegt Katelijne. ‘’k Ben toch niet gek.’

‘Wie meent te staan,’ zegt de oma, ‘ziet toe dat hij niet valle.’

Petra heeft ook nog een opa en een oma die verderop wonen, op Schouwen, waar d’r moeder vandaan komt. Christiaan is er een keer blijven eten. De opa had hen voor het huis opgewacht en mee naar binnen genomen. De oma had vriendelijk naar hem geknikt en thee geschonken. Ze zei nooit wat behalve ‘amen’ bij het eten en dat klonk heel erg vriendelijk, en Christiaan had zich afgevraagd hoe uit zo’n aardig vrouwtje zo’n bedil van een moeder kon komen, hoewel hij wel de indruk had dat ze pas later zo geworden was. En ze had als je erover nadacht ook d’r aardige momenten. En iedereen stond perplex dat Christiaan zo’n psychologisch inzicht had, maar daarna zei hij weer een hele week bijna niks.

Op vrijdagavond zien Petra en Christiaan elkaar ook nog op de belijdeniscatechisatie, waar ze op stel en sprong op moesten, iets wat je normaal pas doet als je twintig bent. Ze kunnen hun kindje straks niet laten dopen als ze niet eerst belijdenis hebben gedaan van hun geloof.

Het is maar goed dat Petra weinig moeite met de mavo heeft. Ze heeft nog amper tijd om voor haar tentamens te leren.

Christiaan komt niet meer bij Katelijne op de kamer.

‘Draai eens om!’

Katelijne gehoorzaamt en voelt hoe Petra’s vingers tussen haar schouderbladen naar de gekruiste banden van haar overgooier grijpen. Alsof ze al jaren hier over de vloer komt.

‘Ik zou ze denk ik nog ietsjepietsje hoger doen. Nu begint de rok net niet in de taille. Dat zeiden ze op naailes ook: dat je goed moet opletten of dat hij wel in de taille begint.’ Ze spreekt ‘taille’ uit als ‘talje’.

‘Hij staat verder heel prontjes, hoor,’ complimenteert de moeder haar. ‘Dat heb je keurig gedaan, en die donkerblauwe strepen kleden mooi af.’

'Poeh,' zegt de vader, die binnenkomt. 'Sjiek de friemel.'

'Doe maar af,' zegt Petra, 'dan verstel ik de knoopjes nog een beetje.' Ze trekt aan de banden aan de voorkant. Meet hoe ver de knopen verzet moeten worden.

''t Zijn leukjes,' zegt Katelijne. Ze zijn van hout, net als op het plaatje in de *Knippie*.

Als ze de overgooier bij de zoom pakt om hem over haar hoofd te trekken, houdt Petra haar opeens tegen.

'Wacht even,' zegt ze, 'ik moet het nog wel even spelden, natuurlijk.'

Geboeid kijkt Katelijne toe hoe Petra één voor één de spelden uit haar mond pakt en die in de stugge katoenen stof steekt. Haar witte fijne handen met de om de spelden gekromde vingers lijken net zeesterren.

De overgooier zal ze aandoen op de bruiloft. Ze heeft er een donkerblauw vestje bij, en een wit onderhemdje dat ze op het dorp heeft gekocht bij de textielzaak, waar het veelbelovend naar nieuwe kleren ruikt. 'Dat is goed spul,' hadden ze in de winkel gezegd. 'De vrouw van de dominee koopt ook altijd van dat merk. En deze panty's heeft ze altijd.' En toen had Katelijne bij de moeder aangedrongen dat ze dat hemdje zouden kopen, en ook de huidkleurige panty's van 40 denier. Ze wil graag op de domineesvrouw lijken. In haar nabijheid worden de mensen vriendelijk en afwachtend en gaan ze netjes praten. Ze zijn minder zeker van zichzelf en gaan opeens denken over een nieuwe jas, al is degene die ze dragen nog maar van de uitverkoop van vorig jaar.

'Als je maar niet zo overtuigd raakt van je eigen, zoals de vrouw van de dominee,' zei de moeder toen ze buiten waren. 'Daar houden we hier helemaal niet van.'

In de kerk zal Katelijne haar gewone hoedje op doen. Dat past wel niet helemaal van kleur, maar het is toch maar voor anderhalf uur. Een nieuw vond de moeder niet nodig, de stof voor de overgooier was ook al niet de goedkoopste geweest.

Eerst wilde Petra ook haar eigen trouwjurk maken, totdat ze inzag dat dat toch nogal ingewikkeld was, dus heeft ze er een gekocht. Ze had er bijna een voor niks kunnen overnemen van een nichtje dat vorig jaar getrouwd is. Helaas was die jurk spierwit en die van Petra moest blauw zijn, of gelig of roze. Alles mag, als het maar geen zuiver wit is. En er moet een buikje onder kunnen.

Ze wil niet zeggen welke kleur ze heeft gekozen, alleen de moeders hebben hem gezien, en Petra's eigen zusje, Eline. Petra zegt dat ze er daarna de wieg misschien wel mee gaat bekleden.

'Toch moet je hier niet te diep inademen,' zegt Suzanne rustig, bijna alsof ze het alleen maar tegen zichzelf heeft.

Het duurt even voordat Katelijne beseft wat ze zojuist heeft gehoord.

'Wat?' vraagt ze argwanend.

'Nou, gewoon, niet te diep inademen.'

'Wat bedoel je?'

'Nou, als je diep ademhaalt, dan ruik je de koeien.'

Ze zitten met hun drieën op Katelijnes grote bed: Eline, Suzanne en Katelijne. Ze maken gaatjes in oude tijdschriften met een perforator.

'Ik ruik niks, hoor. Ruik jij wat, Eline?'

Eline aarzelt. 'Als je heel diep inademt een heel klein beetje,' zegt ze voorzichtig. Ze moet oppassen. Op school is ze een van de meisjes die weinig vriendinnen heeft. Ze kan zich geen ruzie met een van beiden veroorloven. Op school plagen ze haar, omdat ze het afgelopen jaar zo hard is gegroeid. Ze vragen of haar vader kunstmest door haar yoghurt doet.

Zwijgend werken ze verder. *Krrr, krrr*, klinkt het de hele tijd. Verder horen ze niets, behalve het geluid van de wind in de kruinen van de bomen en in de verte een trekker.

'Wel jammer dat bijna alle confetti wit van kleur is,' zegt Katelijne na een tijdje. 'Het zou leuker zijn als we meer kleuren hadden.' Deze zinnen had ze gisteren in bed al voorbereid. Ze hoopt dat de twee zullen zeggen dat ze thuis nog wel gekleurde blaadjes hebben. Bij Suzanne thuis in de kelderkast liggen hele stapels gekleurd papier, ze heeft ze vaak genoeg gezien.

'Ja,' zegt Eline, 'dat zou leuker zijn. Maar dit is ook al heel leuk.'

Suzanne zegt niets en Katelijne wacht met spanning. Zou ze op het idee komen om wat gekleurde blaadjes mee te brengen? Misschien moet ze nog een extra hint geven.

Eline bederft het. Ze begint alweer over iets anders. 'Gister zijn we nog een keer de trouwjurk gaan passen,' zegt ze met een verrukte blik in haar ogen. We. Alsof ze hem zelf ook heeft aangehad. Ze heeft er de laatste tijd nogal een handje van om te benadrukken dat ze de volle zus is van de bruid, de zus die meedeelt in de geheimen. Ze laat, vooral als Suzanne erbij is, zoveel mogelijk doorschemeren dat een zus zijn van de bruidegom niet half zo belangrijk is.

'Zo'n jurk wil ik later ook wel, maar dan in het wit,' gaat ze door. Ze zucht erbij, alsof ze nog moet bijkomen van de pracht ervan. 'Als je aan de stof voelt, is die echt glad aan je handen.'

'Zitten er hoepels in?' vraagt Suzanne.

'Zeg ik niet. Ik mag niks zeggen. Ik kan alleen zeggen dat 'n echt heel erg mooi...'

'Welke kleur,' vraagt Suzanne.

'Pimpelpaars met witte randjes.'

'Ik wil later een jurk zonder mouwen en met een lage hals,' zegt Suzanne. 'Mijn zussen willen dat ook, maar het zal wel weer niet mogen.' Ze zucht overdreven.

'Sowee, wat heb ik een lamme hand, zeg,' onderbreekt Katelijne haar, verbolgen over het stompzinnige geklets over jurken, terwijl ze net zo'n belangrijk onderwerp had aangesneden. Ze legt de perforator neer naast de resten van wat eens een *Boerderij* is geweest en waar nu alleen nog de nietjes van over zijn, en wat rafels papier eromheen. Voorzichtig maakt ze de doorzichtige plastic onderkant van de perforator los en gooit ze de ronde snippertjes in de schoenendoos. Daarna steekt ze haar handen in de doos om te voelen hoeveel het al is. Dat doen ze de hele tijd: even in de doos voelen. Als de anderen het doen waakt Katelijne ervoor dat er confetti aan hun handen blijft plakken. Er mag er geen een verloren gaan.

Suzanne en Eline hebben elk van thuis een perforator meegenomen. Allebei hebben ze er een die vier gaatjes tegelijk doet. De perforator van Katelijne heeft er slechts twee, maar zij werkt wel vier keer zo snel, omdat het voor haar makkelijker is om het papier ertussen te krijgen. Er moet nog veel gebeuren. Er is nu bijna één grote schoenendoos vol confetti, en ze is al vier dagen bezig.

Eerst deed ze het in de huiskamer, maar de moeder kon het niet aanzien. 'Hou toch op met dat gefister,' zei ze, zoals ze altijd zegt van dingen die in haar ogen geen nut hebben. Maar ze verbiedt het niet.

'Of je nu twee dozen of drie dozen hebt,' zegt Suzanne, 'het verschil zie je toch niet.'

'Stop er dan mee,' zegt Katelijne vermoeid. 'Als het zo moet, doe ik het zelf wel.'

Ze weet wat ze doet, het is toch al bijna etenstijd. Ook als ze niets had gezegd, hadden Suzanne en Eline nu ongeveer naar huis gemoeten. Ze zwaait hen niet uit als ze de oprit af fietsen, ze heeft wel wat beters te doen. Ze wil dat straks de hele dorsvloer er vol mee ligt.

Toen er gezocht werd naar een betaalbare trouwzaal, paste alleen de gymzaal van het dorp in het budget, maar daar werd op de bewuste datum al in geturnd door de junioren, een generale repetitie voor een of ander toernooi tussen de dorpen.

'Zouden we het niet op de dorsvloer doen?' had de moeder toen voorgesteld. 'Dan maken we dat een beetje gezellig met wat slingers.'

'Ben je niet wijs?' zei de vader, ''t is januari.' Hij was mordicus tegen. Toen ging de moeder eens voelen hoe koud het er was en hoe het zou zijn met het straalkanon erbij. Ze was de vader gaan halen en toen hadden ze geconcludeerd dat het best wel kon, mits het allemaal een beetje geïsoleerd werd. Zelfs zonder kanon, want dat ding maakt nogal herrie. Een rij strobalen tegen de mendeuren zou volstaan. Het enige was dat er nog kalvers zaten aan één kant, onder het lage dilt, maar daar konden ze in het stierenkot wel een hokje van strobalen voor maken. De jongens moesten het lege kalvergedeelte schoonspuiten met de hogedrukspuit en dan kon dat er gewoon bij getrokken worden. Katelijne nam zich voor om met een bezem alle spinrag te verwijderen.

Christiaan geeft er niks om. 'Jullie zoeken het maar uit,' zegt hij. 'Ik bemoei me er niet mee.' En Petra kan niet op tegen de moeder, die er met de minuut enthousiaster over wordt, omdat het haar idee is. De familie Davidse is allang blij dat het hun niets zal kosten.

Nu staat er op de trouwkaart dat ze, namens wederzijdse ouders, kennis geven van hun voorgenomen huwelijk en dat de receptie en de feestavond op hun adres zullen plaatsvinden.

'Eten we daar ook?' had de vader gevraagd.

'Waarom niet?' zei de moeder. 'Waar anders?' Ze had er binnen de kortste keren een plan voor. De jongens zullen schraagjes neerzetten met spaanplaten eroverheen bij wijze van tafels. De beide moeders en de oma maken elk een grote pan soep. Er zullen heel veel verschillende bolletjes zijn, en krentenbollen, en bolussen.

'D'r kan tachtig man in,' schat de vader. 'Meer niet.'

'Dat is toch meer dan genoeg?' zegt de moeder. 'Toen wij trouwden, kwamen er een stuk of zeventig.'

Alleen de oma maakt nog bezwaar. Ze denkt dat de betonnen vloer optrekt.

'Je zou er nog ziekten opdoen,' zegt ze. Zij heeft nooit zoveel op gehad met beton.

Een jaar of zes geleden heeft de vader het hele erf beetje bij beetje bestraat door met de chauffeur van de betonauto te regelen dat die, iedere keer als hij een restje overhad, dat bij hen op het terrein kwam storten, voor half geld.

Het was 'n goeie deal vond de vader, voor allebei de partijen, want zo'n nisje kan die man verder ook nergens meer kwijt.

'Z'n schouwtje rookt ervan,' zegt hij.

Het erf is erdoor opgedeeld in vakjes, elk met hun eigen kleur grauw, en de ene keer met meer keitjes erin dan de andere keer. Toen het hele erf veranderd was in een betonnen lappendeken, dacht de vader opeens nog aan de aarden dorsvloer.

Je kunt niet zeggen dat de oma tegen dit soort nieuwigheid is, er zijn genoeg ergere nieuwigheden om tegen te zijn, maar ze was er destijds gewoon niet op berekend. Ze had wel de betonauto het erf op zien rijden, maar dat gebeurde in die tijd zo vaak dat ze er geen acht meer op sloeg. En toen ze aardappels wilde pakken uit de nogal donkere schuur, stapte ze met haar klomplaarsjes zo in de al hardende brij. Natuurlijk zakte ze erin weg, tot halverwege d'r kousen – wat wil je met zulke benen.

De vader hoorde vanuit de koeienstal wel een keer 'Oehoe!' roepen, maar had niet door dat het zijn moeder was en voor hem bedoeld. Pas toen hij zich een halfuur later realiseerde dat hij het nog steeds hoorde, is hij eens gaan kijken en heeft hij haar eruit getrokken. 'Ik zou daar toch voor altijd hebben moeten staan!' griezelde de oma nadien tegen iedereen die er met glinsterende ogen en een onschuldig gezicht naar vroeg. Er zijn nog overblijfsels van: een piepklein slagveldje van kuilen en bobbels en de hardnekkige mening dat een dorsvloer geen dorsvloer meer is als er 'van dat akelige beton' in ligt.

Afijn, 't is nu zo geregeld dat de rode sisalmat uit de bijkeuken onder de stoel van de oma zal worden gelegd.

De laatste dagen voor de bruiloft trekken door den 'oek als de perforator door het papier. Katelijne leegt de vijfde schoenendoos met confetti in een doos waarin vierentwintig rollen beschuit hebben gezeten. Ze kijkt de vallende snippertjes na en schudt degene die halverwege aan de plastic zak blijven kleven naar beneden. Een flinke bodem. Ze is al een heel eind.

Ze doorzoekt de oudpapierdoos, waar het lekkerste allang uit is gevist. Ze begint aan een *Saambinder*. Alweer wit met zwarte letters. Een *Saambinder* duurt acht minuten, ze heeft er al heel wat gehad. De perforator begint bot te worden.

De stem van de moeder. Je moet van ophouden weten. Je bent onverzadigbaar.

Zoete koek met boter

De moeder begint te klagen dat de Davidsen het eigenlijk wel goed geregeld hebben zo, en dat het nu dus wel mooi allemaal op haar bord terechtkomt. Ze vergeet helemaal van wie het idee is geweest om het feest op de dorsvloer te houden, en dat ze een dochter heeft die haar helpt. Ze vindt dat de moeder van Petra best eens had mogen aanbieden om ten minste te zorgen voor genoeg kopjes en glazen. Maar als mevrouw Davidse de dag voor de bruiloft opbelt om te zeggen dat ze het ontziet om met deze wind te komen fietsen – ze zou helpen klaarzetten, maar haar man is met de auto weg –, zegt de moeder met poeslieve stem dat het niet geeft.

Het is maar goed dat Katelijne zo vooruit heeft gewerkt, want er is amper nog tijd om te eten, laat staan om confetti te maken.

'Kan iemand nou eens die tuinstoelen afpoetsen?' vraagt de moeder, die heel goed weet dat Katelijne de enige in haar buurt is die haar kan horen.

'Schoner dan dit gaat niet,' zegt Katelijne als ze ermee klaar is. 'Het weer zit erin en dat gaat er nu eenmaal niet af met Jif.' Daarna glipt ze weg naar de oma. Vanavond in bed is de laatste mogelijkheid om nog confetti te maken, en daarvoor heeft ze een nieuwe voorraad oud papier nodig.

De oma is blij met haar bezoek. Ze zegt dat ze de hele dag nog niks anders heeft gehoord dan het gefluit van de wind en het geklapper van het zonnescherm dat niet meer helemaal tot boven kan. Dat ze sinds gistermiddag al geen mens meer heeft gezien, en dat Katelijne moet weten dat ze daar helemaal niet van houdt. Stilte is voor haar net zo erg als het door de dokter voorgeschreven ommetje.

'Een sneetje zoete koek?' De oma houdt Katelijne een aangebroken ontbijtkoek voor. ''k Weet eigenlijk niet of hij nog lekker is, hij ligt er al een poosje.'

'Asteblief.'

De oma legt een plak op een schoteltje en bevoelt hem met haar wijsvinger.

''k Geloof dat het nog wel kan. 'k Zal er een beetje extra boter op doen.'

Ze hebben het over de voorbereidingen voor morgen. Dat wat al gedaan is en dat wat nog gebeuren moet. De oma laat haar kiezen tussen twee donkergrijze jasjes. 'Kan mijn hoed daar dan wel bij?' Vergeleken bij de gejaagdheid thuis is het bij de oma lekker rustig en Katelijne merkt hoe ze ervan geniet. Als ze nu een wens mocht doen, dan zou ze wensen dat alles zo zou blijven zoals het nu is: zij samen, de zoete koek met boter, de klamme kachelwarmte, de beslagen ruiten, de geur die ze nooit anders heeft geweten en de wind die het huis bij de hoeken op probeert te tillen.

'Ze hebben het hele erf al aangeveegd,' zegt Katelijne. 'Maar het waait zo hard dat je er al niks meer van ziet.'

De oma zegt dat het toch goed is dat ze het gedaan hebben. Voor het idee.

'Heb je er moed op?' vraagt ze.

'Ja,' zegt Katelijne. Ze veegt de laatste koekkruimels van haar lippen. Ze kijkt op omdat de oma niet reageert, en merkt dat die uit alle macht probeert het trillen van haar mondhoeken tegen te houden.

'Kind,' zegt de oma met een snik in haar stem. 'Dat je opa dit nou niet meer mee kan maken. Hij was altijd zo voor Christiaan.'

Katelijne denkt erover na. De opa was veel voor Rogier, dat is wat er altijd werd gezegd. 'Hij is precies je 'n ouwe heer,' zeiden ze tegen de vader, en daar waren ze alle drie trots op: de opa, de vader en Rogier. De opa prees Rogier om zijn hardewerkersmentaliteit, dezelfde als die hij zelf had. Christiaan heeft alleen maar zijn voeten, niet bepaald een zegen, omdat er bijna geen schoenen voor te vinden zijn. Katelijne spreekt de oma echter niet tegen, omdat ze aan haar gezicht kan zien dat ze het er moeilijk mee heeft.

'En als je er dan over denkt, Katelijne,' zegt ze, 'dan denk ik, hoe zou het nu met hem wezen? Waar zou hij nu zijn? O, ik durf er niet over te denken dat het zo erg met hem is afgelopen. Om nu te zeggen slecht van aard, dat was hij toch ook niet?'

Ze kijkt vragend naar Katelijne, die niets beters weet te doen dan nee te schudden.

'Hij had toch altijd veel voor een ander over,' gaat de oma verder. 'Maar dat is van de mens uit geredeneerd,' corrigeert ze zichzelf. 'Het gaat er maar net om of hij de Heere nodig heeft gehad.'

Opeens lekken de tranen uit haar ogen, als bij een langzaam overlopend teiltje. Ze glijden langs haar neus naar de nerfjes om haar mond, waar ze even aarzelen, twijfelend over een regelrechte sprong naar het donkerblauwe vest of de langere route via onderkin en kraag. 'Och Katelijne, als ik daar toch ook maar één teken van mocht zien...'

Droefenis, geen beschuldigingen. Katelijne is verrast. De laatste tijd dacht ze dat de oma van haar verdriet was gaan houden, dat ze haar bezorgdheid om de opa koesterde, zo graag leek ze erover te klagen. 'Ro heeft te gemakkelijk geleefd,' zei ze tegen de mensen. 'Hij heeft zomaar zijn genadetijd voorbij laten gaan.' Daardoor dacht Katelijne dat de oma meer van haar verdriet hield dan ze ooit van de opa had gehouden. Deze tranen komen echter van diep, dat ziet ze wel. Katelijne begint zich te schamen. Ze staat op en loopt naar de wc.

'Nee,' zegt ze als ze terugkomt met een eindje papier, 'ik kan ook niet geloven dat opa niet goed terechtgekomen is.' Terwijl de oma snottert in de witte velletjes, hoort Katelijne zich er iets aan toevoegen, iets wat ze niet helemaal in de hand heeft, en waarvan ze nog geen idee heeft waar het eindigen zal.

'Ik geloof eigenlijk dat opa beter af is dan je denkt,' zegt ze.

Waar begint ze aan? In de Bijbel staat heel duidelijk dat wie zich niet bekeert, verloren gaat en iets anders zal de oma nooit van haar aannemen.

De oma kijkt haar vragend aan, de pupillen troebel van het traanvocht.

'Weet je nog dat ik een keer met opa naar stad ben geweest, kort voor dat ongeluk?'

'Je bedoelt van toen je met hem naar het café was geweest?' vraagt de oma plotseling scherp voor iemand met zo veel zichtbaar verdriet.

Katelijne doet alsof ze dat niet heeft gehoord. 'Het was in de zomer,' zegt ze. 'Op de terugweg reden we door Hoogelande. Je weet wel, op die weg rijden de auto's best hard, en dat kan meestal ook wel, omdat je daar goed zicht hebt. Maar bij die kruising zijn er toch van die bosjes, weet je welke ik bedoel?'

'Ja,' zegt de oma, 'daar zijn van die bosjes.'

'Nou, wij reden daar,' zegt Katelijne. Ze wou dat ze meer tijd had. Al was het maar een paar minuten, zodat ze niet zomaar hoefde te vertellen wat er als eerste in haar opkwam. 'Wij reden daar, en midden op de weg liep er opeens een oud vrouwtje. Toen ze ons hoorde afkomen, draaide ze zich om en ze keek me recht in de ogen. Ze had een erg verkreukeld gezicht, als een verdroogde aardappel. Ze bleef lang kijken voor ze aan de kant ging. "Wie is dat?" vroeg ik aan opa, maar opa zei dat hij haar niet kende. Ik kon aan zijn stem horen dat hij haar ook maar vreemd vond.'

Terwijl ze praat hoort Katelijne haar eigen stem, maar ver weg, als iemand in een andere kamer: 'Ik vond het vervelend dat ze me zo indringend aankeek, maar goed, toen waren we er weer voorbij. We waren al bijna bij het kruispunt. Toen zei opa opeens: "Hoor je dat ook?" We zaten allebei te luisteren. Ik hoorde niks bijzonders, alleen een stel duiven. "Wat bedoel je?" vroeg ik. "'t Lijkt wel een koor," zei hij, maar ik kon er niks van maken. We gingen langzamer rijden om beter te kunnen luisteren; ik hoorde nog steeds geen koor. Voor de grap zei ik: "Denk je dat dat vrouwtje soms aan het zingen is?", maar hij hield vol dat hij echt gezang hoorde. Ik dacht nog steeds dat hij misschien de duiven in de struikjes bedoelde. En toen schoot er opeens een auto met een bloedgang vanachter de bosjes het kruispunt over, en we beseften dat we, als we niet net dat beetje langzamer waren gaan rijden, er absoluut bovenop hadden gezeten.'

'Kind,' zegt de oma verschrikt.

'Vind je dat niet wonderlijk?' vraagt Katelijne aan de oma, met gloeiende wangen van het liegen.

'Daar heeft Ro nooit wat van gezegd, maar afijn, die zei ook nooit wat. Daar moest ik echt alles uit trekken.'

Katelijne vertelt verder, aangemoedigd door de reactie van de oma.

'Toen we daar zo stonden op dat kruispunt, die auto na te kijken, kwam er opeens dat versje in me op, je weet wel, van "De HEER' verlost en spaart".'

Dat had ze uit een boek, dat psalmversje. Een boerenknecht had het aldoor in zijn hoofd toen hij op het laatste nippertje een stuk of tien paarden uit een brandende boerderij had weten te redden.

'"Zijn volk dat op Zijn hulp vertrouwt,"' vult de oma aan. '"Het zal door Hem in gunst beschouwd. Niet schuldig zijn verklaard."'

'Ja. Ik zei tegen opa dat deze psalm in me opkwam en toen zei hij: "Nou Katel, is dat niet gek, want dat was precies wat ik net dacht te horen. Precies die regels." En toen werden we daar allebei stil van. Toen zijn we zachtjes, zonder nog iets te zeggen, naar huis gereden. En eigenlijk heb ik opa daarna niet meer echt gesproken.'

Dat laatste was waar. Het ongeluk gebeurde kort nadat hij met Katelijne naar stad was geweest, een van de zeldzame keren dat ze de opa – in de auto – zo lang voor zichzelf had gehad. Normaal vertelde hij zijn verhalen, van stropers en van veldwachters, als hij de droge koeien aan het voeren was, of als ze in het voorjaar met z'n allen op het land het onkruid stonden uit te kappen, dat immers net zo hard door de zon omhoog gezogen wordt als de maïs en de tarwe. Of in het najaar op de knieën in de blubber mangels trekkend. Maar dat was anders. Dan ving ze woorden op die bestemd waren voor een veel groter publiek, en die ze moest delen met de vader en de jongens.

Katelijne is blij dat ze ook iets kan zeggen wat klopt. Alsof het kleine brokje waarheid de leugenachtigheid van de rest van haar vertelsels een beetje kan verzachten.

Ze kijkt naar het gezicht van de oma, waarop hoop en ongeloof elkaar afwisselen. Ze is er nog niet, beseft ze, maar ze aarzelt om door te gaan. Hoe verkeerd is het eigenlijk wat ze aan het doen is?

Maar ze is begonnen, nu moet ze het ook maar afmaken.

'Toen na het ongeluk de dominee op het kerkhof sprak, kwam die psalm weer in me op. "Niet schuldig zijn verklaard" zong ik zachtjes voor mezelf en precies op dat moment wees de dominee in het graf. En er was opeens weer dat vredige gevoel in me, net als toen in de auto. En ik heb altijd gedacht, dat moet ik nog eens tegen oma vertellen, 'k weet niet waarom, maar op een of andere manier durfde ik er nooit over te beginnen.'

Katelijne slaat haar ogen neer en schuift ongemakkelijk op haar stoel. Is ze te ver gegaan?

De dingen van de Heere zijn heilig, daar vertel je geen leugens over. Ze knakt een blaadje af van een groenroze begonia en scheurt het in reepjes. Elke scheur is er een in haar consciëntie.

Ze gluurt naar de oma; durft haar niet goed aan te kijken. Ze ziet hoe haar handen met de blauwe aders bovenop frummelen aan het propje wc-papier. Het propje gaat omhoog, richting de brillenglazen. Katelijne volgt het met haar ogen, als een kat die een haringstaartje voorgehouden wordt. Het gezicht van de oma lijkt gladder, de ergste pijn is eruit verdwenen. De oma doet haar bril weer goed en kijkt haar aan. In haar ogen leest Katelijne dat ze nog aan haar verhaal twijfelt met haar verstand, maar dat ze er zich o zo graag door laat vertroosten in haar hart.

De deur gaat open. Het is de moeder. 'Zit je híer?' zegt ze, de verbaasde spelend. 'Ben je nu helemaal van je verstand af! Daar hebben we nu echt geen tijd voor, weet je wel wat er nog allemaal moet gebeuren?'

Gewillig staat Katelijne op. In het voorbijgaan pakt de oma haar hand en knijpt erin.

'Bedankt voor de zoete koek,' zegt Katelijne.

'Jij bedankt, kind!'

Dorsvloer vol confetti

Alle neuzen zijn geteld. Die van het ongeboren kind telt nog niet mee, al was er, zoals iedereen weet, zonder nooit een feest geweest. Met twee auto's gaan ze naar het gemeentehuis. Het bruidspaar wordt gereden door een oom van Petra, die een BMW heeft, waar voor de gelegenheid alle vliegenstront is afgesponsd.

'Ik denk dat ze in 't roze is,' zegt Katelijne onderweg. Ze doet alsof ze niet kan wachten tot ze de jurk kan zien. De moeder lacht geheimzinnigjes.

Ze ziet er mooi uit, de moeder. Volgens de jongens heeft Katelijne geen idee wat mooi is aan vrouwen en meisjes, maar Katelijne zou niet weten waarom niet. Ze vindt de moeder mooi als ze haar hoed op heeft en zalf op haar gezicht die haar wangen er zacht laten uitzien. Het is zalf uit een mooi beige potje, dat sterk naar amandel ruikt als je het dekseltje eraf draait. Een zware, plechtige geur. Hij gaat gepaard met kerkdiensten.

De moeder heeft een nieuwe donkerblauwe rok gekocht, waar ze er al meer van heeft, maar deze is nog zonder wolletjes. Ze heeft er een lichtblauwe blouse bij, die ze draagt bij speciale gelegenheden, en soms ook naar de kerk met een jasje erover. Het jasje ligt nu bij Katelijne op schoot, omdat bij de moeder zo snel de vlammen uitslaan. Katelijne moet ervoor zorgen dat het niet kreukt. De moeder koopt altijd kleren die kunnen kreuken. Van linnen of katoen, niet van polyester, daar zweet je nog meer in. Altijd als de moeder op visite is, vraagt ze of er een raampje open mag. Als er mensen bij hen zijn, zeggen ze dat het er zo trekt.

Bij het gemeentehuis wachten ze buiten op het plein tot het bruidspaar arriveert. De moeder van Petra komt langs met een dienblad vol fletse anjers aan een speldje. Ze heeft haar krullen opnieuw laten doen en het is erg goed gelukt. Ze maken haar jeugdig. Dat is iets wat ze zelf natuurlijk niet de hele tijd kan zien, maar ze weet dat het zo is.

'De heren met de bloem naar boven, de dames naar beneden,' zegt een tante van Petra giechelig. Haar anjer bungelt al op de revers van haar donkerpaarse jasje. Hij kleurt mooi bij de fijne schilfertjes op haar schouders.

Katelijne ziet hoe de vader in zijn veel te wijde donkerblauwe pak met zijn corsage staat te worstelen. Hij heeft voor de gelegenheid zijn snor getrimd. Ietsje te, als je het haar vraagt. Ze helpt de vader en de jongens met hun corsages en doet uiteindelijk ook die van de moeder, die er gedachteloos aan staat te plukken, terwijl ze aan de praat is met de opa van Petra. Ze hebben het over coniferen en hoe je die moet snoeien.

Het duurt lang voordat het bruidspaar komt en de koude wind pakt Katelijne dwars door de dunne panty heen bij de kuiten. Ze had al natte voeten voordat ze wegging, omdat ze vanmorgen in de badkamer met haar nieuwe panty op een natte handdoek was gaan staan.

De jongens staan op de smalle trottoirband langs het bloemperkje en geven elkaar harde duwen, zodat ze alle spieren moeten aanspannen om niet in de struikjes te vallen. De oma waarschuwt voor de smerige plassen. 'Toe, jongens, val er niet in, hoor.' En zachter tegen een klappertandende Katelijne: 'Wat zijn het toch schoeve Turken.'

'Hallo hallo, wie stinkt er zo,' roept Lourens. Hij moet er zelf heel hard om lachen. Dat roept hij de laatste tijd hele dagen, hij krijgt er geen genoeg van.

'Ik ruik het ook,' speelt Katelijne mee. 'Hallo hallo, wie stinkt er zo?'

'Het mannetje van de radio!' roept Lourens triomfantelijk.

'Daar komen ze,' zegt Rogier.

Met hoge snelheid komt een beige auto het plein op. Voorin zit echter niet de bruid, maar Eline, de o zo belangrijke zus van de bruid. Ze heeft de afgelopen uren geassisteerd bij de fotoreportage. Ze draagt een wijde jurk, die opwaait als ze uitstapt en die onbestemd is van kleur. Gelukkig moet er nog een anjer op, die kan er nog gauw een feestelijk tintje aan geven. Dan komt ook de BMW de bocht door. Op de motorkap zit een bloemstuk en van daaraf spannen witte linten richting de zijspiegels. De fotograaf zit net op tijd klaar met de camera.

De BMW stopt voor de stoep van het gemeentehuis. De moeder van Petra schiet toe en helpt Petra met uitstappen. De tante slaakt verrukte kreetjes, zoals tantes in boeken dat doen. De fotograaf schiet een paar plaatjes van moeder en dochter.

'Is het nu alweer klaar?' vraagt mevrouw Davidse, terwijl ze nog even blijft poseren.

In de advertenties in de *Gezinsgids* en in de *Terdege* zien de bruidjes eruit als de domineesvrouw: mooi, met opgestoken haren, lang, slank en recht als een waslijnpaal. Petra is niet lang en haar ronde schouders hangen naar voren, zodat de jurk haar buik zoveel mogelijk verbergt. Ze lijkt niet op een echte bruid. Ze is gewoon Petra in een glimmende hooggesloten jurk, in de kleur van haar tandvlees, waarvan ze flinke porties laat zien, omdat het zo mooi combineert en waarschijnlijk vanwege de zenuwen. Haar randloze hoedje is van dezelfde kleur, er zit een soort tule op en een paar roze geverfde veren.

'Ik zei toch dat ze in het roze was,' zegt Katelijne tegen de moeder.

'Ennnn sta maar weer rechtop,' zegt de fotograaf.

Christiaan staat ernaast, voor het eerst van zijn leven in pak, met een stijve glimlach die de fotograaf hem ontlokt door te zeggen dat hij nú nog terug kan, maar over een halfuur niet meer. Iedereen weet dat het niet waar is, ook de fotograaf, maar het is waarschijnlijk zijn standaardgrapje voor bruidegommen die het glimlachen niet uit zichzelf doen. Christiaan zijn pak is donkerblauw en past hem goed. Zijn haar is nattig van de gel en daardoor donkerder dan normaal. Zijn zwarte veterschoenen zijn netjes en sportief tegelijk, er zitten verstandige rubberzolen onder, met ribbels. Hij kan ze eerst een tijdje naar de kerk aan en ze daarna naar zijn werk afdragen.

Ze gaan naar binnen, en dan is het snel gebeurd. Voor de rest van hun leven zijn ze man en vrouw. Nu hebben ze alleen nog de zegen van de Allerhoogste nodig, en natuurlijk de cadeaus: voornamelijk huishoudelijke apparaten.

Bij de kerk staan een stuk of dertig gemeenteleden, voornamelijk vrouwen, sommige met hun schort nog om. Ze komen zich vergapen aan de jurk en vooral aan de bobbel eronder. Ze willen weten of je het al goed kunt zien. Een enkeling gaat ook naar de dienst.

Katelijne geeft een arm aan de oma, die het heeft over buien in de lucht; ze voelt ze in haar benen. 'En dan heb ik ook nog die rottige schoenen aan,' zegt ze. Als ze eenmaal in de kerk is, klaagt ze nergens meer over.

Katelijne zit in de bank achter de ouders van de bruid. Omdat de moeder van Petra een hoed op heeft waar je met geen mogelijkheid langs kunt kijken, schuift Katelijne op naar de kant van meneer Davidse, die echter iedere keer zijn hoofd beweegt net als zij in een goede positie zit. Zijn linkeroorlel is abnormaal dik, alsof er een knikker in zit. De rechter is gewoon plat. Misschien is het een gezwel, denkt Katelijne. Ze stelt zich voor dat het kwaadaardig is, dat hij elke dag een millimeter groeit, tot er een soort rauwe gehaktbal naast zijn hoofd hangt. Ze schrikt van haar oneerbiedige gedachten in de kerk. Ze probeert te luisteren.

De dominee leest voor uit het huwelijksformulier: dat de vrouw 'het zwakkere vat' is, en dat de man als 'het hoofd der vrouw' haar moet 'onderwijzen, troosten en beschermen'.

Is dat wel zo verstandig, vraagt Katelijne zich af. Waarover zou Petra zich door Christiaan moeten laten onderwijzen? Over hoe ze smout aan haar handen moet krijgen? Ze zal meer geïnteresseerd zijn in hoe het er weer af gaat. Met garagezeep. Of met een handje koffiegrom en wat afwasmiddel.

Laat de vrouw van de dominee zich onderwijzen? Haar man heeft tenminste doorgeleerd. De domineesvrouw zit ook in de kerk, en vanavond komt ze mee naar de dorsvloer, samen met de dominee. Petra's moeder heeft hen uitgenodigd, want die maakt één keer in de week bij hen schoon.

Petra moet als vrouw 'stil zijn', leest de dominee verder uit het huwelijksformulier, 'want Adam is eerst gemaakt, daarna Eva, Adam tot hulp'. Ze moet Christiaan onderdanig zijn, 'gelijkerwijs Sara gehoorzaam geweest is aan haar man Abraham, hem noemende haar heer'. Katelijne schiet bijna hardop in de lach bij de gedachte dat Petra haar man 'heer' zou noemen. 'Heer, wat dacht je ervan: zullen we om halfzes eten vanavond? Er is nog bloemkool van gister en dan fiets ik nog even om twee rundervinkjes.'

Ook, zo leest de dominee, moet Petra 'in alle zedigheid en eerbaarheid, zonder wereldlijke pracht, wandelen', opdat ze 'anderen een goed voorbeeld der zedigheid moogt geven'.

Christiaans 'ja' is amper hoorbaar, maar dat van Petra klinkt helder en duidelijk. Je kunt horen dat ze ernaar verlangt om met Christiaan getrouwd te zijn. Ze krijgt wat ze heeft gewild: hem, een huis, een wiegje. De rolveger krijgt ze er tijdelijk gratis bij, als ze hem maar heel laat. Anders wil haar vader een nieuwe.

Katelijne opent het portier en holt meteen naar de schuur. Ze wil als eerste arriveren om erbij te zijn als de gasten de versierde dorsvloer zien. En ze moet er klaarstaan met de confetti.

Ze gaat via het stierenkot naar binnen, de kortste weg, maar niet de route voor de gasten, want die kun je niet in hun goeie goed langs de stieren sturen. Die beesten zouden er bovendien maar door van streek raken. De officiële ingang voor vanavond is aan de kant waar vroeger de paarden hebben gestaan en waar nu een grote werkbank is, die door de vader speciaal voor vandaag is opgeruimd.

Alle schroevendraaiers, zagen, ring- en steeksleutels hangen netjes aan spijkertjes aan de muur en al het hout dat hij van overal en nergens verzamelt, ligt er opgestapeld onder. De vloer bij de werkbank en in het gangetje is heel precies aangeveegd. Katelijne heeft er met een stuk rode dakpan WELKOM op geschreven en daarvandaan loopt een spoor van getekende hartjes naar de dorsvloer.

Wie naar de wc moet, kan dat doen bij de oma. Tussen het huis van de oma en de schuur zit nog een betonnen baan van een meter of tien. Rogier oefent er vaak zijn bochtjes achteruit. Er is geen buitenlamp, maar het is er allemaal vlak, je zult er niet in het donker over een stoeptegel struikelen.

Op de dorsvloer brandt alleen het peertje, en Katelijne zoekt naar de schakelaars van alle losse schemerlampen die ze uit het huis heeft gehaald. Ze vindt dat ze de verlengkabels netjes heeft weggewerkt, al zegt ze het zelf. Zelfs de wereldbol van Rogier heeft ze meegenomen; hij verlicht de tafel waar de mensen hun jassen op kwijt kunnen.

Tegen de buitenmuur is een wand van stro gemaakt, langs de mendeuren, als een extra barrière voor de tocht, die als hij de kans krijgt onder rechte rokken kruipt en onder overgooiers. Alleen bij het kleine deurtje dat in de grote mendeur zit – het klinket – is een gat uitgespaard, zodat het eventueel nog als nooduitgang gebruikt kan worden. Ze hebben zo geredeneerd: je hebt maar één gek nodig of één nog brandende sigarettenpeuk en je zit met de gebakken peren.

Langs de stromuur staat een lange rij tafels, met alle tuin- en keukenstoelen die er te vinden waren. Op elke tafel staat een rode kerstster en bij elke stoel een kop en schotel.

Katelijne kijkt goedkeurend in het rond en denkt eraan dat ze binnenkort weer een soort feestje hebben: dertig jaar eersteklas melk, maar dat zullen ze niet zo uitgebreid vieren, omdat het vandaag ook al feest is. Net als vijf jaar geleden zullen ze waarschijnlijk een bolus eten en misschien wel pannenkoeken. En dan krijgen ze eindelijk de nieuwe koe voor op de schouw. Eentje van zilver.

De gasten komen binnen. In hun hand hebben ze een papier. Het blijkt een welkomstlied te zijn dat door de tweeling is uitgedeeld. Katelijne kijkt er verbaasd naar. Daar wist ze niets van af. Zeker geregeld door de ceremoniemeester, tante Mattie.

De moeder vond al die kouwe drukte niet nodig, zo'n ceremoniemeester en zo. 'We doen het toch gewoon op z'n janboerenfluitjes,' zei ze. Er was volgens haar geen enkele reden om chiquerig te gaan zitten doen, want 'de hele bruiloft was al een aanfluiting', en dat waren opeens zomaar twee woorden met 'fluit' erin, die ze anders nooit gebruikte en die daardoor des te gemeender klonken.

'Nou moet je eens goed naar me luisteren,' zei mevrouw Davidse. 'Ik heb maar twee kinders, en als die trouwen krijgen ze een echte bruiloft', waarmee ze bedoelt dat er van minuut tot minuut een programma is. Uiteindelijk ging de moeder overstag, omdat de dominee opeens ook uitgenodigd bleek, en toen moest ze plotseling zelf die ceremoniemeester nog regelen ook, want mevrouw Davidse wist niemand; ze zijn daar nogal op zichzelf en ze hebben ook al geen grote familie. Het werd tante Mattie, omdat die het wel eens eerder had gedaan, en omdat ze geen al te grote angst heeft om te spreken in het openbaar. Toen de moeder haar vroeg, vertelde ze er voor de zekerheid maar niet bij dat de dominee ook zou komen, en tante Mattie zei ja uit meegevoel en consideratie.

'Hier onder dit lage dilt blijven staan,' wijst tante Mattie, 'in twee rijen langs de kant.'

'Ik heb m'n bril niet bij me,' zegt de vader van Petra.

'Dan neurie je maar,' zegt zijn vrouw. 'Het is de wijze van psalm 42.'

'Eén, twee... ja!' zegt tante Mattie.

Terwijl de feestgangers zingen, blij dat ze nog slechts een paar coupletten van een kop koffie verwijderd zijn, loopt het bruidspaar door de haag van bruiloftsgasten naar voren. Ze glimlachen, breder dan voorheen. Hier zijn ze weer op bekend terrein.

Katelijne houdt haar adem in. Het bruidspaar staat al vlak bij de confettidoos, die door Rogier schuin hellend op de laatste balk van het lage dilt is geplaatst. Als ze nog een paar stappen zetten, moet ze aan het touwtje trekken en dan valt de doos over hen leeg, maar het lied is nog lang niet uit en het is een eerbiedig vers. Nu de confetti op hen laten vallen is even ongepast als een klinkende scheet onder het bidden, maar dan nog erger omdat het met opzet gebeurt. De mensen zullen bestraffend en met ontzetting naar haar kijken.

Hier had ze geen rekening mee gehouden.

Het lied sleept zich verder. Ze zingen a capella, op hele noten en even langzaam als in de kerk, zodat ze elke keer halverwege de regel opnieuw adem moeten halen. Dat zijn ze zo gewend. Elke organist die het waagt om in de kerk vlotter te spelen, wordt door de mannenbroeders in de consistorie ontboden.

Katelijne gebaart naar het bruidspaar dat ze moeten stoppen. Petra houdt haar pas in, maar Christiaan loopt door. Nu heb je het gelazer, denkt Katelijne wanhopig. De bruid volgt Christiaan als een hondje.

't Is nu of nooit, denkt Katelijne. Wekenlang heeft ze hiervoor gewerkt. Rogier was degene die met het idee van de doos op zolder was gekomen. Geniaal bedacht, dat vonden ze allemaal. Zou dat nu allemaal voor niks geweest zijn? Of zal ze toch maar gewoon?

Katelijne aarzelt. Nu staat het bruidspaar op exact de goeie plek. Gisteren hebben ze geoefend, met hooi in de doos in plaats van confetti, terwijl Katelijne de tweeling er telkens opnieuw hand in hand onderdoor had laten lopen, tot Peter kwaad was weggelopen (ze had hem een droplul genoemd, omdat hij geen hooi op zijn hoofd wilde krijgen en het daarom steeds met zijn vrije arm probeerde op te vangen). Korné vertikte het vervolgens om in zijn eentje voor bruidspaar te spelen. Niet dat dat gaf: ze had al gezien dat alles werkte.

Zal ze?

Nee, ze doet het niet.

Tante Mattie zet het laatste couplet in:

Zo de Heere aan uw zijde,
Met u gaat door 't leven heen.
Zal dat vreugde u bereiden,

Nimmer laat Hij u alleen.
Laat in waarheid, niet in schijn,
Hij altijd de Eerste zijn.
Wat u dan ook wacht in 't leven,
nooit, nooit zal Hij u begeven.

Katelijne kan niet meezingen. Haar keel heeft het juiste geluid niet paraat en haar ogen zijn niet in staat iets te maken van de letterbrij op het stencil. Ze veegt en ze slikt tot het lied eindelijk uit is. Dan pas merkt ze dat er iets op haar schoen is gevallen. Ze raapt het op. Het is het touwtje dat aan de doos hoorde vast te zitten. Waarschijnlijk gisteren bij het oefenen losgeraakt. Al had ze gewild dat de doos was omgekiept, het had niet eens gekund.

Achter haar komen de mensen in beweging. Christiaan en Petra staan al midden op de dorsvloer te kijken naar de versierde tafels. Petra wijst verrukt naar de strikken van raffia. Christiaan knikt. Ze zijn nu al een twee-eenheid.

Een grote bruidstaart wordt binnengedragen door twee vriendinnen van de moeder, die Katelijne en de jongens tante noemen. Ze dragen rechte lange rokken van spijkerstof en een bodywarmer. Tijdens de dienst zijn ze hier gekomen om grote thermoskannen koffie en thee te zetten. Voor de kinderen is er appelsap of cola.

Na zo'n dagje lacht de bruidstaart je toe. Katelijne helpt mee met ronddelen, maar is er met haar gedachten niet helemaal bij. Ze biedt tante Mattie al voor de derde keer een stukje aan.

'Voor mij niet, dankjewel,' zegt tante Mattie nog steeds even vriendelijk. 'Ik moet een beetje oppassen.'

'Let wel op je koffie,' hoort ze de moeder van Petra zeggen. 'Ik had net een strootje tussen mijn tanden.'

Katelijne loopt op de oma toe, die enigszins verloren op haar stoel op de rode mat zit.

'Hoe gaat het?' vraagt ze lusteloos.

'O, 't gaat nogal wel,' antwoordt de oma. 'Ik dacht er net aan dat opa dat wel niks gevonden zou hebben: trouwen op de dorsvloer. En hij had nooit een hele avond met mij op een mat willen zitten.'

Ze lacht, terwijl ze Katelijnes elleboog streelt. Ze vertelt het als een grap ten koste van zichzelf, maar Katelijne hoort het misprijzen in haar stem.

'Wat vond je van de preek, of heb je niet goed geluisterd?'

'Goed hoor,' zegt Katelijne toonloos. Ze hoopt dat de oma niet over het verhaal van gisteren begint. Ze wil liever met de oma praten over de confetti, over dat ze niet aan het touwtje trok, omdat dat niet eerbiedig was en dat al haar werk misschien voor niks is geweest. Maar ze doet het niet omdat ze dan te veel zal moeten uitleggen.

Ze kijken samen toe hoe Petra probeert om Christiaan een hapje bruidstaart in de mond te stoppen. Hij sputtert tegen, probeert te voorkomen dat ze zijn neus dichtknijpt. Iedereen lacht, Petra het hardst van al.

'Ja, kind, zo kan het soms gaan,' zegt de oma.

Maar Katelijne denkt eraan dat de loop der dingen voor een deel ook uit gevolgen bestaat. Dat er soms daden of momenten van keuze aan zijn voorafgegaan.

Na de koffie smeren Rogier en Jeroen 'm, zoals van tevoren is besproken. Katelijne ziet het en loopt achter hen aan.

'Het touwtje is eraf, bij de doos. Je moet het weer vastmaken.' Ze zegt dat er nog wel een keer een geschikt moment komt om de doos om te kiepen, desnoods als het bruidspaar vanavond weer weggaat. Met dat ze het zegt, krijgt ze er weer hoop op. Ze moet haar kans gewoon afwachten.

'Ik zal er straks eens naar kijken,' belooft Rogier. 'Eerst het cadeau regelen.'

Tegen de stalmuur staat de vader een sjekkie te roken. Ze blijven even bij hem staan. Katelijne snuift de rookwolkjes op die hij uitblaast. Lekker vindt ze die. Ze kan zich amper voorstellen dat ze een poosje in zijn lichaam hebben gezeten.

De vader wijst naar de lucht: 'Moet je zien wat een mooie donkere wolk.'

Ze kijken. Katelijne kijkt eerst naar de wolk, dan naar de vader.

Het ontroert haar dat hij op deze bijzondere dag naar de wolken staat te kijken.

'Ik ga het kalf maar eens halen,' zegt Jeroen.

Ze kijken hem na. 'Als jullie straks gaan melken,' zegt de vader tegen Rogier, 'denk je er dan om dat de melk van Lina niet mee mag. Die had vanochtend uierontsteking en daar heb ik penicilline in gedaan.'

'Weet ik,' zegt Rogier. 'Ik was er zelf bij.'

'Ja, jij wel, maar Jeroen niet en ik heb hem niet gemerkt.'

Haar, realiseert Katelijne zich opeens. Ik heb háár niet gemerkt. Ze zeggen altijd 'hij' tegen een koe en daarom hoort ze bij de mannenwereld.

'Ik herken Lina heus wel.'

'Als ik er maar op kan rekenen.'

Jeroen komt eraan met het kalf.

Ze hebben alles voorbereid. In de oude landauto ligt al een baal stro op de achterbank en als Rogier de kofferbak opent, ligt daar een grote jutezak.

Het kalf, een witrik, komt voor het eerst buiten en snapt niet welke kant het op moet. Het ene moment maakt het gekke sprongen, het andere moment zet het zijn poten schrap. Met veel moeite krijgen ze het beest in de kofferbak. Het past maar net.

''t Is maar een klein stukje,' zegt Rogier.

Katelijne strijkt snel nog een paar keer over de vacht en plukt een paar strootjes weg. Ze heeft het met Jeroen gisteravond nog gewassen en geborsteld. In het aangebouwde bijkeukentje van het varkenskot, waar Christiaan en Petra gaan wonen, zullen ze het stro uitspreiden en het kalf binnenlaten. Als het bruidspaar vanavond thuiskomt, moeten ze eerst door het stro en langs het kalf voordat ze naar bed kunnen.

Tussen de balken hangt de geur van soep en hooi. Zo moeten vroeger de herbergen geroken hebben, denkt Katelijne. Je zegt er vanzelf 'hè, gezellig' van.

'Hè, gezellig,' zegt de domineesvrouw, 'zo landelijk.' Maar ze heeft nog steeds haar jas aan. 'Je hebt geluk dat je op een boerderij geboren bent,' zegt ze tegen Katelijne. Het is het enige wat ze tegen haar zegt. Katelijne wordt er helemaal rood van.

De vader gaat voor, hij zegt het Onzevader op. Zijn stem klinkt net als op andere dagen, maar halverwege is hij opeens de tekst kwijt. Van 'geef ons heden ons dagelijks brood' gaat hij naar 'want van U is het koninkrijk' en zo snijdt hij een heel stuk af. Zijn gezicht wordt er bijna paars van, en ze kijken allemaal tussen hun vingers door naar de dominee, maar die vertrekt geen spier.

'Amen,' zegt Petra's oma – de oma van Schouwen – en iedereen glimlacht tegen haar, op de manier waarop ze dat ook doen naar Lourens als hij zonder het zelf te weten iets grappigs heeft gezegd.

De gasten houden hun bord bij voor de soep, ze hebben een gezonde trek. Aan de tafel van de dominee vliegt er voortdurend iemand op om voor hem het zout te pakken van een andere tafel, wat extra boter, of iets anders waar hij niet om heeft gevraagd. De vader van Petra komt erachter dat er geen maggi is. Katelijne mag van tafel om die bij de oma te gaan halen.

De moeder is het laatst klaar met eten. Ze bijt nog in haar zesde bolletje rollade (''t zijn maar kleintjes') als tante Mattie vraagt of ze zachtjesaan kan beginnen met haar levensloop. De moeder legt haar broodje neer en knikt. Ze rommelt in haar tas en haalt er een papier uit.

Ze begint met wat de dokter 'eit gezeid' toen Christiaan geboren werd, dat hij precies z'n moeder was. Maar z'n streken, die waren van een echte Minderhoud.

Als peuter had hij het al gepresteerd om een keer de auto van de handrem te halen en die was toen achteruit tegen de kuilpit gereden, met Christiaan erin. Hij had nog geprobeerd om hem terug te duwen, en zo had de vader hem gevonden op de helling van de kuilpit: met z'n kont omhoog, z'n handjes tegenaan de bumper en zijn voeten uitglijdend in de zwarte blubber.

Hij begon laat met praten. Pas op zijn derde verjaardag zei hij zijn eerste woordje: 'poep'. Van Rogier geleerd, die hij in alles was begonnen na te doen, en de rest van zijn leven was er altijd wel stront aan de knikker geweest. Dat laatste zegt de moeder natuurlijk niet, maar alle feestgangers kunnen het zelf wel concluderen.

Op de lagere school presteerde hij belabberd; dat wordt dus tijdens deze feestelijkheid verzwegen. De moeder vertelt over het van triplex gefiguurzaagde koetje, dat hij per se boven de staldeur had willen monteren, maar daar hing al die van Rogier, die een jaar eerder dezelfde opdracht had gehad. 'Doe die van jou maar op de school,' had de vader voor de grap gezegd, en de volgende dag hing het zwart-wit geverfde plankje op de voordeur van het schoolgebouw. Hij had het met schroeven en een schroevendraaier gewoon in de houten deur vastgezet. 'Met toestemming van me vader,' stond er in potloodletters op een van de witte vlekken op zijn rug – 'toestemming' met één 'm' en zonder 'g'.

Nu is de moeder van Petra aan de beurt, die er eens goed voor gaat staan. Met haar hand strijkt ze haar nieuwe krullen achter haar oren.

'Ze hoort d'r eigen graag,' fluistert Rogier.

'Onze Petra,' zo begint mevrouw Davidse, nadat ze een keer zichtbaar diep ademgehaald heeft, 'onze Petra kwam twee maanden te vroeg ter wereld.'

'Ja, en voorlijk is ze altijd gebleven,' zegt iemand.

Er klinkt gnuivend gelach. Iedereen schuift naar de punt van zijn stoel, maar wat er verder komt is saai en langdradig: een uitgebreid verslag van alle kinderziektes, dat Petra als zevenjarige een kleedje knipte uit een krant die nog naar de buren moest, dat ze moest spugen tijdens een schoolreisje en daarna tot verbazing van de juffrouw toch nog al haar friet had opgegeten.

Ze is nog niet helemaal klaar of daar komen de eerste avondgasten al: Kees Koppejan met zijn vrouw, Wannes en Sekker. Door de wind slaat de deur met veel lawaai dicht.

'Wat denk je ervan, Wannes, zouden ze hier een borrel hebben?' horen ze Kees vragen.

'Dat denk ik wel hoor,' zegt Wannes. 'Hoewel, als het van de Davidsen moet komen, worden we bij de bok gedaan, ik geef je 't op een briefje.'

'De – de – de helft water, en de – de – de helft je-je-jenever,' stottert Sekker. Hun gelach schalt over de betonnen vloer van het gangetje.

Iedereen heeft het gehoord, en ook de dominee kan zijn gezicht niet in de plooi houden. Als de gasten de hoek om zijn en in de gaten krijgen dat ze zijn afgeluisterd, slaat de vrouw van Kees haar hand voor haar mond. Aan de manier van lopen kan Katelijne zien dat ze weer in verwachting is.

De vader van Petra wordt rood tot aan zijn dikke oorlel. Hij gaat staan en knoopt zijn jasje dicht.

'We moeten nog eindigen,' zegt hij.

'Juist,' zegt Kees, en ze gaan zolang op een paar hooibalen zitten. 'Laat ons trachten,' zegt meneer Davidse zenuwachtig, ''s Heeren aangezicht te zoeken in een gemeenschappelijk gebed.'

De dames ruimen de tafels af. Zelfs de oma loopt voor de vorm met een doekje. Rogier en Jeroen gaan ander goed aandoen en de koeien melken. De bruid moet naar de wc en de moeder en haar zus moeten om een of andere reden met haar mee.

De confetti, denkt Katelijne. Rogier heeft er nog steeds niet naar gekeken.

In de melkstal treft ze Rogier en Jeroen discussiërend over welke koe het meest van al geeft.

Katelijne vraagt Rogier of hij even meekomt.

'Ik ben aan het melken.'

'Jeroen is er toch?'

'Ga maar,' zegt Jeroen. 'Ik red het hier wel.'

Rogier twijfelt.

'Het is maar één minuut.'

'Goed, gauw dan.'

Op de dorsvloer vlecht Katelijne haar handen in elkaar en Rogier gebruikt ze als opstapje om op het lage dilt te klimmen. Na een minuut is hij alweer beneden. Niemand heeft het gezien.

'Het is voor mekaar,' zegt hij. 'Het zit weer vast.'

'Katelijne, waar was je nou?' Petra kijkt haar verwijtend aan. 'Je zou de cadeaus aanpakken en plakkertjes erop doen met de namen van de gasten.'

‘Denk erom,’ zegt de moeder van Petra, ‘als je iets meteen uitpakt, doe dan voorzichtig met het papiertje. Dan kunnen we het nog een keer gebruiken.’

Er is al een flinke rij.

‘Bedankt, en dat je er nog lang getuige van mag wezen,’ hoort Katelijne haar broer tegen iedereen zeggen.

Het cadeau van Kee zit in een gebreide sok. Ze heeft sinds ze van Christiaan z’n huwelijk heeft gehoord alle kwartjes opgespaard die ze in haar portemonnee had. Ze zegt dat ze erop vertrouwt dat het goed besteed zal worden. Ze zegt ook dat als ze morgen misschien een maaltje vis willen, dat ze dan maar een gil moeten geven, dat ze dan Wannes zal zeggen dat-ie er een paar extra meebrengt ‘uit stad’.

‘Bedankt,’ zegt Petra. Ze zegt dat ze morgen nog wel zullen kijken. Ze lust geen vis, weet Katelijne, en Christiaan ook niet.

Opeens staat Jannemieke voor hun neus. Wat moet die hier? denkt Katelijne. Ze ziet er goed uit, maar dat kan ook komen door het zachte licht. Haar haar is alweer aardig bijgegroeid. De kortste plukken vallen in haar nek. Sinds het uit is gegaan met Rogier heeft ze nog een paar keer gebeld voor Christiaan, en ze stuurde hem een kaart van twee zwanen met hun halzen naar elkaar toe. Hij barstte van de spelfouten. Waarom heeft Christiaan haar uitgenodigd? Voor het bruidspaar heeft ze een schoenpoetssetje en een sleutelhanger waar een pasfotootje in kan, die had ze er gratis bij gekregen.

Achter haar staat Levien Flikkermachien. Hij is Christiaan z’n collega op z’n nieuwe werk. Zaterdag hebben ze nog samen bij meester Wisse de septic tank leeggezogen, met de gierslang. De moeder dacht dat hij boven zijn stand leefde, omdat hij op zijn leeftijd dat soort werk nog doet op zaterdag, maar Christiaan zei dat hij thuis ook niet veel heeft en dat hij daarom ook in ’t weekend werkt. Christiaan kan het wel met hem vinden, hij zegt dat hij er nooit niks van merkt, van dat van die kleine huus.

Helemaal als laatste komt Cindy. Pas als ze Christiaan aan het feliciteren is, krijgt Katelijne haar in de gaten. Haar hoofd zat verstopt achter een grote clivia, die ze hem stuntelig in de handen duwt. De moeder is er meteen zot van. Als ze echt van planten houdt, had dat nog wat kunnen worden tussen die twee. Katelijne kijkt naar haar handen. Dunne vingertjes, had Christiaan gezegd. Ze vindt dat hij schromelijk overdreven heeft.

Er is iets aan de hand.

Is de receptie soms afgelopen? denkt Katelijne. Daar heb je Jeroen en Rogier weer. Terug van het melken, gedoucht en weer in hun goeie goed. Hun gezichten staan bedrukt. Ze blijven wat schuchter staan onder het lage dilt. De vader, die al een paar keer op zijn horloge had gekeken of het melken nog niet gedaan was, loopt op hen toe.

Katelijne probeert hun gesprek te volgen.

'Ik was maar eventjes weg,' hoort ze Rogier zeggen. 'Echt, een paar seconden maar. Ik moest even Katelijne helpen.'

De moeder komt er nu ook bij en Christiaan en de kleintjes. Aan de schrik op hun gezichten en aan de manier waarop hun schouders naar beneden hangen, is te zien dat er iets rampzaligs is gebeurd.

'Je liegt toch zeker,' zegt de moeder hoopvol.

De vader ijsbeert opgefokt heen en weer. Schopt tegen een baal hooi, briest dat hij niet 'krom ligt' om 'goeie melk zomaar weg te laten lopen', dat hij 'terug bij af' is en meer van die dingen. Hij wil naar de melkstal gaan kijken, maar de moeder zegt dat hij er nu toch niks meer aan verandert. Dat hij net z'n pak nog even zou bederven. Ze praat tegen hem als tegen een klein kind. Zegt dingen die hij allang weet. Dat er morgen weer een dag is en dat zijn zoon vandaag trouwt. Dat hij maar één keer trouwt (met een blik op Petra). Dat het althans te hopen is dat hij maar één keer trouwt. De vader wil haar van zich afschudden, maar houdt zich in, er zijn vreemden bij.

''k Had het zomaar al gedacht,' zegt hij. 'Je moet hier ook alles zelf doen.'

Katelijne begint te beseffen. Heere God laat het niet waar zijn.

Alstublieft, U bent machtig genoeg om het niet waar te laten zijn. Ze begrijpt dat er voorlopig geen nieuwe koe op de schouw komt. Ze loopt op hen toe.

'Wat was er dan wel zo belangrijk, dat Rogier voor jou onder het melken moest doen?' vraagt de vader haar.

Katelijne slaat haar ogen neer.

'Allà, komt er nog wat van, je vader vraagt je wat,' zegt de moeder.

Katelijne krimpt in een van schuldbesef. Ze had Rogier nooit moeten storen. Niet voor zoiets als confetti.

'Wat doet erop?' vraagt de oma, die op de consternatie af komt sloffen.

'Een hele tank naar de groetenis,' zegt de vader. Zijn stem slaat over van boosheid. Katelijne heeft hem nog niet vaak zo kwaad gezien.

'Eén tank melk?' vraagt de oma. 'Is dat alles?'

'Is dat alles? Is dat alles? Dat is een hoop geld hoor.'

'Toe, toch, Arjaon, als het meer niet is. Daar kom je echt wel weer overheen. We hebben toch wel erger meegemaakt? Weet je nog dat al onze koeien moesten worden afgemaakt, vroeger? Nee, je was nog veel te klein, dat weet je niet meer, natuurlijk. Maar daar zijn we ook weer bovenop geraakt.' Ze tikt Petra en Christiaan op de schouder. 'Kom kinders, laat je dag er alsjeblieft niet door bederven. Je trouwt maar één keer.'

Het feest is afgelopen. De kleintjes zijn naar bed gestuurd, de gasten zijn vertrokken. Meester Wisse en zijn aanstaande waren nog het langst van al gebleven. Ze namen pas afscheid toen de vader en moeder van Petra demonstratief een paar kartonnen dozen uit de auto haalden en de cadeaus erin gingen passen.

Op de dorsvloer loopt Eline al bierdoppen te rapen. Dat kan morgen ook nog wel, denkt Katelijne, maar ze zegt er niks van. De vader zegt dat hij naar de koeien gaat. Rogier loopt achter hem aan. De moeder roept hem terug.

'Laat je vader maar even,' zegt ze. 'Help liever even mee.'

'Wat moet ik doen dan?'

'Opruimen, opruimen, opruimen.'

Tante Mattie drukt hem een vuilniszak in de handen. Ze heeft ook een doos van Tupperware voor alle overgebleven zoutjes.

Ze werken zwijgend. Enkel de moeders en tante Mattie geven aanwijzingen. 'Dat kan er ook nog wel bij', of: 'Doe jij even dat'. Nu iedereen zo stil is, horen ze hoe de wind aan de mendeuren rukt.

Jeroen brengt vast een keukenstoel naar de oma, anders kan ze morgenochtend niet zitten. Rogier zegt dat híj er ook bij wil kunnen zitten als hij morgen zijn havermout eet, dus brengt hij ook hun eigen keukenstoelen weg. Hij neemt er twee tegelijk en stoot er overal mee tegenaan.

De vader van Petra fluit 'Heb je van de zilveren vloot wel gehoord' en Petra vraagt of hij daar alsjeblieft mee op kan houden. Ze zegt dat ze het eindelijk weer voelt schoppen, dat ze het de hele dag niet heeft gevoeld, maar nu gelukkig weer wel. Ze staat demonstratief met haar hand op haar buik.

De hele dag heeft ze gedaan alsof er geen kindje was, denkt Katelijne. En nu moeten we er opeens allemaal naar kijken.

Katelijne en de moeder stoppen de lege glazen in een plastic krat. Alles bij elkaar, hoewel er ook van de oma bij zijn en van de Davidsen.

'Die zoeken we morgen wel uit,' zegt de moeder.

Op tafel staat een lege jeneverfles. Christiaan wil hem in de vuilniszak stoppen, maar er zit nog een bodempje in.

'Ha,' zegt hij boerend, en hij zet de fles aan zijn mond. Hij trekt er een gezicht bij alsof het azijn is. 'Dat was net wat ik nodig had.'

Hij veegt de druppels van zijn kin en zet de fles met een klap weer neer. Hij schopt tegen de borrelnootjes die van de tafels zijn gevallen, probeert de achterkant van Katelijnes benen te raken. Hij treft die van de moeder, die wijdbeens bukkend naar de schakelaar van een schemerlampje zoekt.

'Jongens, zit niet te mieteren.'

'Ha, ik mag nu doen wat ik wil. Niemand heeft meer iets over me te zeggen.' Christiaan kijkt om zich heen, maar krijgt geen reactie.

'Ik moet even sassen,' zegt hij op zo'n luide toon dat het niet te negeren is. Hij kijkt met een schuin oog naar z'n moeder.

Ze zucht. 'Apekees,' zegt ze. Maar ze moet er toch om lachen.

Tante Mattie zegt dat er toch maar mooi precies genoeg bowl was.

'Ja,' zegt de moeder. 'Ik kan dat altijd goed inschatten, al zeg ik het zelf.'

'Heb je al die confetti zelf gemaakt kind? Wat moet dat een werk geweest zijn,' zegt tante Mattie, terwijl ze er met haar voeten doorheen schopt.

De confetti.

Toen de oma zei dat ze wel erger meegemaakt hadden, vroeger, begon Katelijne omslachtig aan de vader uit te leggen dat ze heus wel wist dat vergeleken bij de melkerij haar zaken niet telden, maar dat zij wel degene was die zorgde voor het feestelijke tintje van vanavond, en dat dat ook wat waard was.

'Wat bedoel je, feestelijk tintje?' vroeg de vader, met al ietsje minder boosheid in zijn stem.

'Dit,' zei Katelijne. Haar vingers grabbelden naar het touwtje en ze trok.

Een wit dwarrelend gordijn onttrok de familie voor enkele seconden aan ieders gezicht. Een vitrage van uitgesneden klinkers en medeklinkers ontrolde zich in alle mogelijke combinaties, om vervolgens weer in een heel nieuwe volgorde neer te komen op een roze jurk, een roze hoed, kruinen met stekels, revers van niet al te dure pakken, tussen kraagjes en op verontwaardigde gezichtsplooien, op de betonnen vloer, waar met steeds grotere tussenpozen weer nieuwe letters aan werden toegevoegd, tot een taal waarin slechts het mogelijke besloten lag en niets voor altijd en immer was vastgelegd.

Lichamen kronkelden, voeten schopten, handen sloegen. Alle amper tot rust gekomen combinaties werden alweer omvergeschopt. Confetti dwarrelde in het rond, als de druppels van een zich uitschuddende hond die net uit een watergang komt. Een moment leek het zelfs alsof de bruid toch in het wit was getrouwd.

Katelijne lachte. Het was prachtig.

Even werd het helemaal stil. Toen klonk er verbaasd gelach van de gasten. Ze dachten dat er een stukje werd opgevoerd en sommigen draaiden hun stoelen om het beter te kunnen zien. Tante Mattie, die toch al een beetje op haar horloge zat te kijken, kondigde toen meteen maar aan dat de receptie zo goed als voorbij was en dat over vijf minuten de feestavond zou beginnen met een boodschappenlied. Ze zette een rode wasmand klaar op een baal stro voor de meegebrachte artikelen en begon vast in het wilde weg stencils uit te delen.

Alles zit inmiddels in dozen. De familie Davidse is met een auto vol cadeaus vertrokken. Toen Petra en Eline achterin gingen zitten, naast het broodrooster, de strijkbout, de propvolle wasmand en een grote schemerlamp, was er geen plaats meer voor Christiaan.

'Ik kom wel op m'n fiets,' had Christiaan gezegd. 'Die staat hier toch nog.'

'Tante Mattie heeft haar hoed vergeten,' zegt Katelijne. Ze wijst op de plastic zak die aan de armleuning van een tuinstoel hangt.

'Ze had hem speciaal nieuw gekocht,' zegt de moeder. 'Maar om nu te zeggen dat hij zo mooi is.'

'Wat mankeert er nu weer aan?' vraagt de vader. 'Ze was toch keurig?'

'Jawel, ze had een mooi jasje, zeker.'

'En ze heeft het goed gedaan vandaag.'

'Ja,' beaamt de moeder. 'Daar zeg ik niks van.'

'Nou dan.'

'Zeg, ik heb mijn fiets gevonden, ik ga ervandoor.' Christiaan steekt zijn hoofd door het klinket van de mendeuren. Met de windvlaag die door het kleine poortje naar binnen komt vliegt de confetti op. De snippertjes beginnen rond te cirkelen over de dorsvloer. Ze kijken er gebiologeerd naar.

'Wauw,' zegt Jeroen.

'Allemaal goed en wel,' zegt de vader. 'Maar die troep wil ik morgen weg hebben.'

''t Is al morgen,' zegt Christiaan. Hij kantelt zijn pols, zodat ze op zijn horloge kunnen kijken. Het is tien over twaalf.

Plotseling stuift de confetti in een witte wervelende slang naar het gangetje. Iemand heeft aan het eind ervan de deur opengezet.

Inhoud